WAS DIE DUNKELHEIT VERBIRGT

NORWEGEN THRILLER

DANIELA ARNOLD

ÜBER DAS BUCH

Manchmal ist das abgrundtief Böse näher,
als du glaubst ...

Vier Freunde verbringen ein Wochenende in einer Luxusvilla am Trondheimfjord.

Am Morgen des zweiten Tages ist einer von ihnen tot. Das Opfer wurde regelrecht hingerichtet und die Tat selbst ist an Brutalität kaum zu überbieten.

Hauptkommissarin Hellin Toor von der Kripo Trondheim stößt bei dem Fall schnell an ihre Grenzen, denn es gibt keinerlei Hinweise auf einen Einbruch und außerdem wurde Beweismaterial manipuliert. Schon bald deutet alles darauf hin, dass einer der Freunde des Opfers die Tat begangen haben könnte.

Doch dann kommt es zu einem weiteren Mord und Hellin begreift, dass das wahre Böse im Verborgenen lauert und nur darauf wartet, erneut zuzuschlagen.

Parallel dazu gerät für Alfa Nielsen im beschaulichen Hammerfest die Welt aus den Fugen, als ihre beiden Kinder aus heiterem Himmel von einer Unbekannten bedroht und verfolgt werden.

Als ihr Mann sich trotz allem beharrlich weigert, die Polizei einzuschalten, beginnt Alfa, Nachforschungen anzustellen, kommt so einem düsteren Geheimnis auf die Spur, welches am Ende nicht nur ihr eigenes Leben gefährdet.

Für meinen Sohn Tim

PROLOG

Mittlerweile ist es dunkel geworden. Besser gesagt stockfinster, also noch viel dunkler, als es um diese Jahreszeit sowieso meistens ist. Das Herz schlägt mir bis zum Hals. Wenn alles nach Plan gelaufen ist, müsste es inzwischen vorbei sein. Vorbei … Allein die Vorstellung jagt mir einen wohligen Schauer über den Rücken. Ich starre durch die Seitenscheibe nach draußen, versuche, trotz der Dunkelheit zu erkennen, ob sich noch jemand außer mir an diesem Ort aufhält, doch wie es scheint, bin ich noch immer allein hier oben. Tagsüber ist dieses Fleckchen Erde ein Touristenmagnet, denn keine zweihundert Meter von diesem Parkplatz entfernt befindet sich ein Aussichtspunkt, von dem aus man ganz Trondheim von oben bewundern kann.

Abends jedoch oder besser gesagt mitten in der Nacht ist dieser Ort ein idealer Ruhepol. Vor allem jetzt, im Winter.

Wobei Ruhe in genau diesem Augenblick nicht das ist, wonach ich mich wirklich am dringendsten sehne. Stattdessen war Erlösung das Wort der Stunde. Ich ertappe mich dabei, zum gefühlt hundertsten Mal auf mein Wegwerf-

Handy zu starren, doch wie auch bereits die unzähligen Male zuvor bleibt es stumm.

Ich lehne meinen Kopf gegen das weiche Polster, schließe die Augen, versuche krampfhaft, nicht zu denken. Doch anstatt ein wenig im Nichts zu schwelgen, meine Gedanken einfach loszulassen, tauchen da wieder diese Bilder vor meinem inneren Auge auf. Und mit ihnen all das Chaos, von dem ich mir nichts sehnlicher wünsche, als mich endlich davon zu befreien.

Plötzlich kann ich alles ganz klar vor mir sehen, obwohl ich in Wahrheit meine Augen noch immer geschlossen halte. Ich versuche, mich auf meinen Atem zu konzentrieren.

Bleib ruhig, mahnt die Stimme in meinem Kopf. *Du stehst ganz kurz davor, endlich alles hinter dir zu lassen, sofern du jetzt nicht doch noch die Nerven verlierst!*

Ich reiße die Augen auf, doch es ist zu spät.

Der Film in meinem Kopf ist längst angelaufen und lässt sich nicht mehr stoppen.

Ich sehe fröhliche Menschen in Feierlaune, ein glückliches Paar mittleren Alters, das auf den Stühlen vor dem Standesbeamten sitzt, einander mit vor Ergriffenheit rauen Stimmen das Ja-Wort gibt.

Dann löst sich dieses Bild vor meinen Augen in Luft auf, wechselt zur nächsten Sequenz. Es ist derselbe Tag, die Menschen sitzen am Tisch, trinken und essen, als jemand, den ich noch nie zuvor gesehen habe, mit dem Löffel gegen sein Champagnerglas schlägt und um die Aufmerksamkeit der Gäste bittet. Ein Gast nach dem anderen erhebt sein Glas auf das strahlende Brautpaar und spricht ein paar nette Worte, bis irgendwann ich an der Reihe bin. Mir ist heute durchaus bewusst, wie sehr ich meinen Vater und seine neue Frau damals verletzt habe, als ich sagte, sie mögen beide zur Hölle fahren, und dennoch versetzt mich diese Erinnerung auch heute noch in eine Art ekstatischen Rausch. Ich sehe das erschrockene Gesicht meiner Stiefmutter vor mir, kann erkennen, wie sich ihre Augen mit Tränen füllen, spüre die entsetzten Blicke der anderen Gäste auf mir, doch es fühlt sich keineswegs unangenehm an. Ganz im Gegenteil entlockt mir die Szenerie, die sich vor meinem inneren Auge wieder und wieder abspielt, ein Schmunzeln, bis auch dieses Bild im Nichts verschwindet.

Plötzlich ist es noch dunkler um mich herum, zudem eisig kalt, und obwohl es hier im Wagen angenehm warm ist, kann ich nichts dagegen tun, dass sich die feinen, kleinen Härchen in meinem Nacken aufrichten und ich zu zittern beginne.

Ich sehe mich selbst, wie ich die Stufen zum Haus hinaufgehe, die Tür aufsperre, ins Innere trete.

„Bist du noch wach?", höre ich mich mit meiner damals noch jugendlich-kindlichen Stimme selbst rufen. „Ich hab dem Arschloch die Hochzeit ruiniert."

Doch genau wie damals bleibt es auch in diesem Film in meinem Kopf so unheimlich still, dass ich schließlich nervös werde.

Ich erinnere mich noch, dass ich in meiner kindlichen Naivität damals tatsächlich dachte, dass die Stille nichts zu bedeuten hätte, und einfach weiterging, in Richtung Wohnzimmer. Es war leer. Genau wie die Küche, das Badezimmer und das Schlafzimmer.

Plötzlich nehme ich die Panik von damals wieder wahr, spüre, wie heftig mein Herz gegen die Rippen hämmert, atme hektisch und viel zu schnell, während ich die Treppe zum Dachboden hinaufsteige. Und da sehe ich ihn. Den bleichen und ausgemergelten Körper, leblos und schlaff von einem der Deckenpfosten baumelnd.

Der leise Klingelton meines Handys reißt mich Gott sei Dank ins Hier und Jetzt zurück. Ich konzentriere mich darauf, die trüben Gedanken aus meinem Kopf zu vertreiben, zwinge mich dazu, an etwas anderes zu denken, dann nehme ich das

Gespräch an. „Ich hoffe, Sie haben gute Nachrichten für mich.“

„Selbstverständlich. Es ist alles erledigt! Und ich darf Ihnen versichern, dass auch Ihr Spezialwunsch erfüllt wurde – es sowohl sehr schmerzhaft gewesen ist als auch schnell ging.“ Die dunkle Stimme in gebrochenem Norwegisch lacht scheppernd und augenblicklich überrollt mich eine Welle der Erleichterung.

Ich stoße dem Atem aus, beende das Gespräch und nehme die SIM-Karte aus dem aufklappbaren Gerät, breche beides in der Mitte entzwei. Dann nehme ich ein weiteres Wegwerf-Handy zur Hand, wähle die vertraute Nummer. „Alles gut bei dir?“, frage ich und halte misstrauisch den Atem an, denn als ich das letzte Mal diese Nummer gewählt habe, war überhaupt nichts gut.

Als Antwort bekomme ich ein leises Seufzen. „Ich weiß nicht so recht, ehrlich gesagt.“

„Wir haben lange darüber nachgedacht und gemeinsam entschieden, dass es so das Beste ist.“

„Ich weiß, es ist nur …“

„Hast du vergessen, wofür wir es getan haben?“

„Nein, habe ich nicht.“

„Du musst nur noch ein klein wenig Geduld haben, verstehst du?“

„Ich weiß nicht, wie lange ich das noch ertrage. Können wir nicht jetzt schon alles hinter uns lassen? Einfach abhauen?“

Ich schließe die Augen, spüre, wie sich mein Innerstes zusammenzieht.

Niemals Schwäche zeigen.

Kein Mitleid!

Du bist fast am Ziel!

Die Worte gehen mir wie ein Mantra im Kopf herum, dann hole ich tief Luft. „Du weißt, dass das nicht möglich ist.

Wir haben das alles doch wieder und wieder durchgekaut. Das Wichtigste ist, absolut vorsichtig zu sein. Wir dürfen kein Risiko eingehen. Nicht jetzt, so kurz vor dem Ziel. Aber hey, was hältst du davon, wenn wir uns in einer Stunde an unserem Treffpunkt von neulich kurz treffen? Pass aber auf, dass niemand dich sieht."

Ein erleichterter Seufzer dringt aus dem Hörer, lässt mich erschaudern.

„Dann ist es wirklich … vorbei?"

„Hundertprozentig."

„Ging es schnell?"

„Klar."

„Und war es einigermaßen … menschlich?"

Ich kann nicht verhindern, dass mir ein Kichern entschlüpft, woraufhin ein leises Keuchen vom anderen Ende der Leitung ertönt.

„Ist das denn jetzt noch wichtig?", will ich wissen.

„Na ja", dringt ein Stammeln aus dem Hörer, „ich würde mich wahrscheinlich etwas besser fühlen, wenn ich wüsste, dass … nun ja … dass niemand leiden musste."

Kurz bin ich versucht, zu lügen, zu behaupten, dass alles ganz friedlich vonstattenging, doch dann denke ich, was soll's, Teil zwei meines Plans war inzwischen ebenfalls in Arbeit … von daher war es völlig egal, ob ich log oder die Wahrheit sagte.

„Ich schätze, dass es nicht gerade angenehm war", erkläre ich und höre, wie aus dem Keuchen ein Schluchzen wird. „Aber es musste absolut realistisch wirken, was also blieb mir übrig?"

„Okay", kommt es abgehackt aus dem Hörer. „Du hast natürlich recht. Dann sehen wir uns gleich?"

„Ich werde da sein", erkläre ich und bemerke, wie sich mein Mund zu einem Grinsen verzieht. „Wir gehen ein wenig im Schnee spazieren, quatschen über Gott und die Welt, dabei kommen wir beide mal wieder auf andere Gedanken. Kann zumindest nicht schaden.“

Nachdem ich auch dieses Gespräch beendet und das Gerät kaputt gemacht habe, drehe ich den Schlüssel im Schloss herum, starte den Wagen.

„Ja, ja“, murmele ich leise vor mich hin und zwinkere mir selbst durch den Rückspiegel zu. „Einem von uns beiden geht es mit hundertprozentiger Sicherheit schon sehr bald viel, viel besser.“

1

—————

TRONDHEIM

2009

„Kannst du dich kurz loseisen?"

Hellin riss den Blick von den vor ihr liegenden Papieren, sah ihren Kollegen Varg an. Er trug seine langen, blonden Haare heute zu einem Zopf gebunden und sah dadurch noch mehr als sonst wie ein Student aus und nicht wie ein Mitarbeiter der Kripo. „Klar, was ist los?"

„Da kam eben ein Anruf von den Kollegen in Orkanger rein. Klingt ziemlich übel, das alles."

Hellin legte den Kopf schief, sah Varg ungeduldig an. „Ziemlich übel? Was soll ich mir darunter denn vorstellen?"

„Ein Mann wurde ermordet. Angeblich hat jemand über vierzig Mal auf ihn eingestochen."

„Okay", gab Hellin zurück, „das klingt wirklich nicht gerade gut. Und was haben wir damit zu tun, wenn der Mord doch in Orkanger geschehen ist?"

„Der Tote stammt, wie es aussieht, aus Trondheim. Jedenfalls fanden die Kollegen vor Ort, dass es nicht schaden könnte, wenn wir den Fall übernehmen. Ich hab das bereits mit dem Wolff abgeklärt, er ist einverstanden."

Hellin stieß die Luft aus. „*Kurz* trifft es aber nicht ganz oder?"

Varg sah sie verwirrt an.

„Na ja, du sagtest, ob ich mich kurz loseisen kann. Aber wir brauchen allein für die Fahrt bis nach Orkanger schon knappe fünfundvierzig Minuten, dann noch die Untersuchungen vor Ort, da kommt ein ‚Kurz' wohl nicht ganz hin."

Varg grinste betreten. „Du hast mich ertappt. Ich dachte aber, nachdem wir seit Monaten nichts Spannendes mehr auf dem Tisch hatten, kommt diese Geschichte gerade richtig. Schließlich wollen wir nicht einrosten."

Hellin schüttelte den Kopf. Sie wusste, dass ihr Kollege sich nichts mehr wünschte als etwas mehr Spannung im Polizeialltag und diese war in den letzten Monaten tatsächlich etwas zu kurz gekommen. Außer einigen Dämmerungseinbrüchen im Winter und einer Serie an Überfällen auf Rentner und anderem Kleinganovenkram war es in der letzten Zeit relativ ruhig gewesen. Hellin selbst schätzte Zeiten wie diese, doch für einen jungen Kollegen, der diesen Job noch nicht lange genug machte, um schon alles gesehen zu haben, mochte der momentane Polizeialltag in der Tat etwas zu wenig echte Herausforderung bieten.

Sie stand auf, riss ihr Jackett von der Lehne ihres Schreibtischstuhls, schlüpfte hinein. „Kannst du fahren?", fragte sie und seufzte erleichtert, als sie das begeisterte Funkeln in den Augen des jungen Mannes sah. Sie würde die Zeit der Hinfahrt nutzen, um ein wenig zu schlafen, denn die momentane Vollmondphase ließ sie des Nachts kaum zur Ruhe kommen.

Auf dem Weg zum Aufzug zog sie ihr Handy hervor, wollte gerade die Nummer von Ova aus der Abteilung für Spurensicherheit wählen, als sie Vargs Blick auf sich spürte. „Wenn du Ovas Team abkommandieren willst, das hab ich schon gemacht."

Hellin blieb stehen. „Seit wann, zum Teufel, weißt du das von dem Mord denn schon?"

Varg hob betreten die Schultern. „Knappe zwanzig Minuten. Ich bin anschließend zum Boss hoch, doch der Wolff wusste wie immer schon Bescheid. Ich hab ihn gefragt, wie er es sieht, dass wir den Fall übernehmen sollen, und er fand, dass das eine gute Idee ist. Irgendwie hatte ich den Eindruck, dass da noch was anderes dahintersteckt, aber ich kann mich auch täuschen. Jedenfalls hab ich auf dem Weg zu deinem Büro bei Ova angerufen und ihr gesagt, was los ist. Sie meinte, sie macht sich umgehend auf den Weg nach Orkanger." Er brach ab, sah Hellin verlegen an. „Ich wollte dich nicht … na ja … ausschließen oder so, aber ich dachte, es könnte eine Erleichterung für dich sein, wenn ich schon gute Vorarbeit leiste."

Hellin sah Varg durchdringend an, nickte dann. „Ehrlich gesagt finde ich es gut, dass du Eigeninitiative zeigst. Genau das ist es, was ich mir von meinem Partner wünschte. Also beruflich gesehen, meine ich …" Hellin spürte, dass ihr Gesicht zu brennen begann, und schluckte gegen den Drang an, irgendeine bissige Bemerkung hinterherzuschicken, um ihre eigene Verlegenheit zu überspielen.

Seit ihr früherer Partner, Hege Baardsson, während des Dienstes und mit gerade neunundvierzig Jahren an einem Herzinfarkt gestorben war, tat sie sich schwer, mit seinem Nachfolger klarzukommen. Hege und sie hatten insgesamt zwölf Jahre lang eng zusammengearbeitet, und um genau zu sein, war er es gewesen, dem sie den Großteil ihrer jetzigen Erfahrungen zu verdanken hatte. Von Anfang an hatte Hege zu ihr gesagt, dass es bei ihrer beider Job am wichtigsten sei, hin und wieder der eigenen Intuition zu vertrauen und nicht allein nur darauf, was klar auf der Hand lag.

Hege hatte sie damals unter seine Fittiche genommen, ihr gerade am Anfang keine ruhige Minute gelassen, so lange, bis er wusste, dass sie so weit war, eine Ermittlung allein zu bewerkstelligen. Rückblickend kam es ihr jetzt so vor, als habe er damals schon geahnt, dass er nicht alt würde und sie seinen Posten übernehmen musste. Niemals hätte Hellin auch nur geahnt, dass es bereits zwölf Jahre später so weit wäre und sie das alte Eisen sein müsse, das einen Nachkömmling ausbilden würde.

Sie seufzte leise, während sie in den Aufzug nach unten traten.

Wenn sie ehrlich war, musste sie zugeben, dass Varg gut war, er schon bald ein würdiger Nachfolger für Hege sein würde, doch das fühlte sich wiederum wie ein Verrat an ihrem verstorbenen Partner an.

Hege und sie hatten vor allem in den letzten Jahren ihrer Zusammenarbeit keine Worte gebraucht, um miteinander zu kommunizieren.

Da hatten Blicke gereicht, um zu wissen, was der andere dachte.

Es war Heges Gesichtsausdruck gewesen, aus dem Hellin hatte lesen können, genau wie seine Körpersprache ihr immer genau vermittelte, was er gerade dachte oder fühlte. Sie beide waren ein perfektes Team gewesen, bis der Infarkt diesen außergewöhnlichen Mann aus dem Leben gerissen hatte.

Der einzige Trost für Hellin war, dass Hege weder eine Frau noch ein Kind hinterließ, denn er war seit jeher überzeugter Junggeselle gewesen.

Um genau zu sein, war das einzige Lebewesen, mit dem Hege je bereit gewesen war, Tisch und Bett zu teilen, eine Mopsdame mittleren Alters mit dem etwas fragwürdigen Namen *Bitch,* die Hellin nach Heges Tod, ohne zu zögern, adoptiert hatte.

Glücklicherweise war es Bitch gewohnt, den ganzen Tag über alleine zu sein, sodass die neue Verantwortung Hellins Leben nahezu überhaupt nicht beeinträchtigte.

Ganz im Gegenteil genoss sie es sogar, dass jemand sie erwartete, wenn sie nach einem langen Arbeitstag nach Hause kam, ihr fiepend um die Beine strich, darauf drängte, egal bei welchem Wetter noch eine Runde an die frische Luft zu gehen.

Selbstverständlich wusste Hellin, dass es Bitch nicht reichte, nur einmal täglich rauszukommen, weshalb sie sich seit Kurzem am Morgen eine Stunde früher aus dem Bett quälte, um noch vor Dienstbeginn mit dem Hund rauszugehen.

Als Gegenleistung hatte Bitch relativ schnell kapiert, dass Hege nie wiederkommen würde und sie sich nun gezwungenermaßen mit ihr begnügen musste, und schien zufrieden damit zu sein. Mittlerweile ließ sie sich von Hellin sogar am Bauch kraulen, was noch vor ein paar Wochen nahezu unmöglich gewesen war.

Doch der wahre Grund, weshalb Hellin den Hund ihres Partners adoptiert hatte, war, dass sie jemanden an ihrer Seite hatte, mit dem sie ihren Schmerz und all die Erinnerungen an Hege teilen konnte. Es mochte sich blöd anhören und sie würde sich auch hüten, es laut auszusprechen, doch wenn sie allein mit Bitch war – und das war eigentlich die meiste Zeit über der Fall –, sprach sie mit dem Hund wie mit einem Menschen. Sie erzählte Bitch von ihrer Zeit an Heges Seite und manchmal hatte sie den Eindruck, dass der Hund sie ganz genau verstand, dass er wusste, was sie durchmachte und was sie fühlte.

Im Grunde war es so, dass Bitch einen Teil der Lücke füllte, die Heges Tod in ihr hinterlassen hatte.

„Erde an Hellin … Wo bist du gerade?"

Sie riss die Augen auf, starrte Varg an. „Hast du was gesagt?"

„Ich wollte wissen, ob du Lust hast, dass wir uns auf dem Weg noch einen Kaffee holen … Ich schätze, dass es in

Orkanger länger dauern wird, und ein Wachmacher schadet da ganz sicher nicht."

„Klar", sagte Hellin und schluckte ihren Ärger hinunter. Es gefiel ihr nicht, dass Varg quasi täglich mitbekam, dass ihr Hege noch immer fehlte, sie deswegen mit Samthandschuhen anfasste, sich sogar dann nichts anmerken ließ, wenn sie ihre miese Laune an ihm ausließ.

Sie schluckte gegen die Beklemmung in ihrem Innern an, strich sich nervös eine Strähne ihrer feuerroten Locken hinters Ohr, lief ihm hinterher in Richtung Parkplatz. „Was wissen wir eigentlich über das Opfer? Ich meine, außer, dass es aus Trondheim stammt?"

Varg warf ihr einen schnellen Schulterblick zu. „Um ehrlich zu sein, weiß ich nur, dass das Ferienhaus, in dem der Mord passiert ist, der Familie Ostberg gehört. Sagt dir der Name etwas?"

Hellin blieb stehen. „Du meinst DIE Ostbergs?"

Varg nickte.

„Dann ist jemand aus der Familie das Opfer?"

Varg schüttelte den Kopf. „Soweit ich weiß, nicht. Der Anruf bei den Kollegen in Orkanger kam von einer Frau mit Namen Ostberg-Landvik. Das muss die Tochter von Tommen Ostberg sein – mehr weiß ich bislang auch nicht."

Hellin stieß die Luft aus. Jetzt wurde ihr auch klar, was Varg vorhin meinte, als er sagte, dass er den Eindruck hatte, es würde noch etwas anderes dahinersteckte, weswegen Wolff so schnell damit einverstanden war, dass sein Team die Ermittlungen in dem Fall übernahm.

„Wusstest du, dass Tommen Ostberg und unser Wolff früher mal ein ziemlich übles Problem miteinander hatten? Ich glaube, die waren ziemlich gute Freunde, bis ein Streit sie entzweite. Das Ganze endete in einer Anzeige wegen Körperverletzung, die später jedoch zurückgezogen wurde. Seither hasste Wolff diesen Mann, ließ kein gutes Haar an ihm."

Dabei hatte Tommen Ostberg gerade unter seinen Angestellten als Held gegolten, denn er führte eines der arbeitnehmerfreundlichsten Unternehmen im ganzen Land. Die Firma Ostberg hatte sich darauf spezialisiert, Bio-Fleisch- und Bio-Fisch-Konserven für den weltweiten Einzelhandel herzustellen, und damit das Unternehmen innerhalb von kürzester Zeit ganz an die Spitze der europäischen Lebensmittelindustrie befördert.

Nach Tommen Ostbergs Tod war das Milliarden-Unternehmen in die Hände seiner Tochter übergegangen, die der Belegschaft während einer feierlichen Zeremonie – zumindest munkelte man das – geschworen hatte, die Firma im Sinne ihres Vaters weiterzuführen.

Varg grinste. „Das wusste ich nicht. Aber wenn Ostberg doch tot ist, wieso immer noch seine Besessenheit? Wieso setzt er uns auf den Fall an?"

„Keine Ahnung. Immerhin waren beide früher mal befreundet. Vielleicht denkt er, dass er es Tommen Ostberg irgendwie schuldig ist, nachdem er ihn ein Leben lang verbal in den Boden gestampft hat. Oder er hasst ihn immer noch, auch über seinen Tod hinaus. Ich halte beides für denkbar."

„Stimmt es eigentlich, dass er in seiner Firma gestorben ist?"

„Direkt an seinem Schreibtisch. Ist einfach vornüber gesackt und das war es. Wie ich hörte, soll er eine Lungenentzündung gehabt haben, die er nicht auskurierte, sich trotzdem Tag für Tag in die Firma schleppte. Irgendwann hat schließlich sein Herz schlappgemacht."

Varg senkte den Blick, als sei ihm eben gerade bewusst geworden, dass seine Fragerei über Ostberg Hellin wieder an Hege erinnert hatte. Vor allem ihre Antwort auf seine letzte Frage.

Sie stiegen ins Auto ein und während Varg den Wagen startete, schickte Hellin ein stummes Stoßgebet zum Himmel, dass er ihr wenigstens während der Fahrt etwas Ruhe gönnte. Und als ahne Varg ihren sehnlichsten Wunsch, schaffte er es tatsächlich, die gesamten fünfundvierzig Minuten der Fahrt nach Orkanger seine Klappe zu halten. An der ersten Tankstelle außerhalb von Trondheim hatte er kurz angehalten und Kaffee geholt, Hellin anschließend schweigend einen der beiden Becher in die Hand gedrückt und war, ohne einen Ton zu sagen, weitergefahren.

Fast wäre es Hellin sogar gelungen, ein paar Minuten Schlaf nachzuholen, doch irgendwie ging ihr der unbekannte Tote nicht mehr aus dem Kopf.

Allein die Vorstellung, dass jemand vierzig Mal auf ihn eingestochen, quasi ein wahrhaftes Massaker veranstaltet hatte, jagte ihr einen kalten Schauer über den Rücken.

———

Als sie bei der angegebenen Adresse ankamen – eine kleine Anliegerstraße etwas außerhalb von Orkanger und direkt am Wasser gelegen –, tummelten sich bereits die Kollegen der Spurensicherung vor dem Grundstück. Hellin rechnete es Ova hoch an, dass sie auf Varg und sie gewartet hatte. Sie stieg aus, lief schnurstracks auf ihre Kollegin zu. „Wisst ihr inzwischen ein wenig mehr darüber, was hier passiert ist?" Sie sah sich kurz um, stellte fest, dass der Bungalow, obwohl aufgrund der Lage eindeutig nur als Ferienhaus nutzbar, größer war als so manches Einfamilienhaus in der Stadt. Alles hier an diesem Ort strahlte puren Luxus aus. Allein der weiße Zaun, der das Grundstück umgab, sah sündhaft teuer und edel aus.

„Im Grunde nicht. Ich hab mit den Kollegen vor Ort gesprochen, doch die wollten die Arbeit lieber von Anfang an euch überlassen. Ist ja auch richtig so, zu viele Köche und so …"

Hellin nickte. „Ist der Arzt schon da?“

„Er stellt gerade im Moment den Totenschein aus. Wenn du willst, kannst du zuerst mit ihm sprechen.“

Hellin trat durch das Tor, sog die Atmosphäre auf. Eine riesige Veranda erstreckte sich über die komplette holzvertäfelte Vorderseite des riesigen Bungalows, bot einen spektakulären Blick über das Meer.

Und auch die Sitzmöbel, die überall verteilt unter dem Vordach aus Glas standen, zeugten davon, dass Geld beim Besitzer dieses Anwesens keine Rolle spielte. Als Hellin schließlich noch einen im Boden versenkten riesigen Whirlpool entdeckte, stieß sie die Luft aus. Das alles war dermaßen dekadent und stand in direktem Gegensatz zu dem, was die Leute – außer ihrem Boss natürlich – über Ostberg erzählten. Hier wohnte niemand, der bescheiden und bodenständig geblieben war, sondern jemand, der das Geld mit vollen Händen ausgab, sich seines Reichtums nur zu gut bewusst war.

Hellin streifte sich die Einmalfüßlinge über ihre Schuhe, schlüpfte in ihren mitgebrachten Plastikkittel und zog Handschuhe über. Dann trat sie ins Innere des Hauses, das seltsamerweise nicht überkandidelt, sondern tatsächlich liebevoll eingerichtet worden war und dadurch wohnlich, beinahe mädchenhaft verspielt wirkte.

Hellin begriff, dass das Äußere des Hauses, das Grundstück und alles drumherum wohl noch aus Zeiten des verstorbenen Tommen Ostberg stammte, während seine Tochter den Räumen im Innern neues Leben eingehaucht hatte.

Sie wandte sich zu Ova um. „Wohin müssen wir?“

„In die Küche. Von da aus geht es ins Esszimmer, wo die Leiche liegt. Den Gang ganz nach hinten und dann links.“

In der Küche angekommen, blieb Hellin auf der Schwelle stehen, ließ die Atmosphäre des hellen und sehr einladend wirkenden Raums auf sich wirken. In der Mitte der Küche stand eine große Kochinsel, um die herum mehrere Barhocker standen. Die Wände waren vom Boden bis zur Decke mit hübschen und strahlend weißen Holzschränken bestückt. Die Arbeitsfläche aus dunkelgrauem Schiefer verlieh der Küche einen modernen Touch. Doch das Zentrum des Raumes, der Blickfang quasi, war die riesige schwarze Kühl-Gefrier-Kombi mit angrenzendem Weinkühlschrank.

Hellin konnte sich lebhaft vorstellen, welche Freude das Kochen in einer solch tollen Küche machen würde.

Sie trat ein, ging zu dem kleinen Durchgang am anderen Ende des Raumes und wollte schon auf den Arzt zusteuern – einem untersetzten Mann mittleren Alters und offensichtlich südländischer Abstammung –, als ihr Blick an der Wand links neben ihr hängen blieb.

„Ist ja abartig", kam es von Varg hinter ihr und Hellin kam nicht dagegen an, sich blitzschnell umzudrehen und ihm einen tadelnden Blick zuzuwerfen.

Er hob die Schultern, schien seine flapsige Ausdrucksweise aber keineswegs zu bedauern.

Sie drehte sich wieder nach vorn, sah sich die Sauerei genauer an. Überall an den Wänden, an der hübschen weißen Anrichte aus Holz und vor allem auf dem dunkelbraunen Parkett befanden sich Massen an getrocknetem Blut.

Sie sah den Arzt fragend an.

„Kommen Sie ruhig näher", sagte dieser in einwandfreiem Norwegisch und lächelte ihr freundlich zu. „Mein Name ist übrigens Dr. Ahmed Saluman. Ich würde Ihnen gerne die Hand reichen, schätze aber …" Er brach ab, deutete mit dem Kopf auf seine behandschuhten Hände, die sich gerade am Hals des Opfers zu schaffen machten.

Als der Arzt bemerkte, dass Hellins Blick an einer klaffenden Wunde hängen blieb, etwa drei Zentimeter links neben der Kinnunterseite und in direkter Nähe zu seinen Fingern, räusperte er sich. „Hab ich was falsch gemacht?"

Sie winkte ab. „Schon okay. Ich bin Hellin Toor, von der Kripo Trondheim und meine Kollegen hier …“ Sie wandte sich zu Varg und Ova um. „Das sind Varg Rolffsson und Ova Frank.“

Nachdem sie einander begrüßt hatten, wandte Hellin sich wieder der Leiche des Mannes zu ihrer aller Füße zu. „Sind es wirklich vierzig Messerstiche?“

„Ich bin nicht sicher, dass die Verletzungen von einem Messer stammen …“

„Was wollen Sie damit sagen?“

„Die Wunden sind zwar tief, aber nicht besonders breit, wenn Sie verstehen.“

Hellin runzelte die Stirn, nickte aber.

„Haben Sie eine Vermutung, von was genau die Wunden stammen könnten?“

Der Arzt hob die Schultern, hielt ihrem Blick dabei stand, verzog keine Miene. „Vielleicht von einem Werkzeug … oder einem extrem scharfen Küchenmesser, aber das ist nur eine ganz vage Schätzung.“

Plötzlich war Hellin absolut sicher, dass der Arzt schon weit Schlimmeres als das hier gesehen hatte, ganz genau wie sie selbst.

„Um auf Ihre Frage zurückzukommen“, erklärte er schließlich, „es sind genau dreiundvierzig Einstiche, um ganz präzise zu sein. Doch meiner Meinung nach war bereits einer der ersten davon tödlich – nämlich der am Hals.“

2

HAMMERFEST

MAI 2019

„Habt einen schönen Tag", sagte Alfa liebevoll und nahm erst Stina in die Arme und dann Joshua. Schließlich stellte sie sich auf die Zehenspitzen, drückte Olli einen Schmatzer auf den Mund. „Hast du heute Vormittag was zu tun oder können wir später zusammen zu Mittag essen?"

Olli zog sie an sich, küsste sie liebevoll, näherte sich mit seinem Mund ihrem Ohr. „Ehrlich gesagt dachte ich an etwas anderes, das wir nachher tun könnten." Er warf ihr einen verschwörerischen Blick zu, schmunzelte. Seine blauen Augen funkelten vergnügt.

Alfa grinste zurück, fuhr ihm mit einer Hand durch sein volles dunkelblondes Haar.

Olli und sie waren seit mittlerweile acht Jahren verheiratet, allerdings hatten sie das große Glück, dass ihre Ehe noch keinerlei Abnutzungserscheinungen hatte. Zwischen ihnen beiden war die Liebe noch genauso frisch wie am ersten Tag, was daran liegen mochte, dass sie einander jederzeit ausreichend Freiraum ließen, sich nicht permanent auf der Pelle saßen, den jeweils anderen mit all seinen Marotten respektierten und vor allem – einander zugestanden, dass es Dinge

18

gab, oder vielmehr kleinere Geheimnisse, über die man nicht sprach, sondern sie mit sich selbst ausmachte.

Um es auf den Punkt zu bringen – Alfa konnte sich beim allerbesten Willen nicht vorstellen, dass sich zwischen Olli und ihr jemals etwas zum Negativen verändern würde. Sie beide liebten einander mit Haut und Haar, waren geradezu verrückt nacheinander und selbst die Tatsache, dass sie Eltern zweier Kinder waren, hatte nichts an dieser Leidenschaft füreinander geändert.

Wenn jemand Alfa jetzt fragen würde, ob sie glücklich mit ihrem Leben war, lautete die Antwort schlicht und ergreifend – JA.

Dabei gab es auch in ihrem Leben den ein oder anderen Aspekt, den es noch zu verbessern galt.

Da war zum Beispiel die Tatsache, dass sie ein knappes Jahr nach der Hochzeit auf Ollis Wunsch hin ihren Job an den Nagel gehängt hatte, um sich nur noch auf die Familie konzentrieren zu können. Dabei hatte sie ihren Job als Hebamme wirklich über alles geliebt und er fehlte ihr gerade in der letzten Zeit mehr und mehr. Sie vermisste ihre Kollegen von früher, vermisste es, der Welt zu neuem Leben zu verhelfen und gebraucht zu werden. Natürlich war ihr bewusst, dass ihre Kinder sie brauchten, Olli auch, aber dennoch …

Sie hatte in den letzten Monaten immer mal wieder versucht, Olli dahingehend anzusprechen, ihm zu erklären, dass ihre Arbeit ihr fehlte, doch was dieses Thema anging, schien ihr ansonsten mustergültiger Ehemann taub zu sein. Er verstand nicht, dass ihr Wunsch, zu arbeiten, nichts damit zu tun hatte, auf eigenen Beinen zu stehen oder was zum Familienbudget hinzuzuverdienen, sondern wirklich nur darin begründet lag, dass der Job an sich ihr fehlte. Das Arbeiten mit werdenden Müttern, das Wunder der Geburt, die strahlenden Gesichter der frischgebackenen Eltern.

Doch leider war Olli in dieser Hinsicht tatsächlich extrem stur.

Er beharrte darauf, dass es für die Kinder wichtig sei, ihre Mutter zu Hause zu wissen, was sich später auf alle Fälle auszahlen würde.

Sie seufzte. Es würde noch ein weiter Weg sein, bis sie ihren Ehemann so weit hatte, ihr diesen einen, sehnlichen Wunsch zu erfüllen. Und klar, sie hätte sich über seinen Willen hinwegsetzen und trotzdem arbeiten können, zumindest um zu demonstrieren, dass sie sich nicht bevormunden lassen wollte, doch ihrer Ansicht nach war das keine Option. In ihrer Familie war es so, dass über alles offen gesprochen und diskutiert, die Fakten auf dem Tisch ausgebreitet und eine gemeinsame Entscheidung getroffen wurde. Und Ollis Argumente waren nun mal nicht so leicht von der Hand zu weisen. Stina war gerade zehn Jahre alt und Joshua süße vier.

Olli hatte also recht, wenn er sagte, dass die Kinder in einem Alter waren, in dem die Nähe zur Mutter und Stabilität im Alltag wichtiger war als alles andere. Und ja – ihr Beruf als Hebamme hatte ihr früher einiges abverlangt. Unter anderem Dienste am Wochenende und an Feiertagen sowie spät in der Nacht, weil Babys nun mal nicht auf die Uhrzeit achteten. Sie kamen, wenn es an der Zeit war, und sie als Hebamme stand in der Pflicht, Ruhe zu bewahren, dafür zu sorgen, dass die Geburt gut verlief, selbst dann, wenn sie mehrere Nächte lang nicht geschlafen hatte.

Alfa ging in die Küche, öffnete den Kühlschrank, inspizierte den Inhalt.

Die Kinder wurden in der Schule und Kita versorgt, sie musste sich also nur etwas für Olli und sie zum Mittag einfallen lassen. In Aussicht auf ein lauschiges Stündchen zu zweit, sobald Olli wieder zurück war, entschied sich Alfa, dass heute eine Fertigpizza reichen musste, um ihre Mägen zu füllen.

Am Abend würde sie ein paar magere Steaks auf den Grill schmeißen und ihre Spezialität dazu servieren – Gemüsegratin.

Olli achtete, genau wie sie selbst, extrem auf sein Äußeres, hasste daher schweres und kohlehydratreiches Essen am Abend. Daher hatte sie es sich zur Gewohnheit gemacht, ihre letzte Mahlzeit des Tages ausgewogen und diätkonform zu kochen, was die Kinder selbstverständlich nicht mit einschloss.

Für Stina und Joshua würde sie ein wenig Püree zubereiten, da beide für Gemüse nur mäßig zu begeistern waren.

Als ihr klar wurde, dass sie durch das schnelle Mittagessen tatsächlich etwas Zeit für sich hatte, nahm sie sich vor, die Stunden bis zu Ollis Rückkehr für die Schönheitspflege zu nutzen. Sie warf einen letzten Blick aus dem Fenster in Richtung des kleinen Bootsanlegers, von dem aus Olli an schönen Sonntagen zu angeln pflegte, und freute sich über die grandiose Aussicht über die Bucht. Olli und sie hatten das Haus damals zufällig entdeckt und sich auf Anhieb verliebt. Sie hatten eine Menge Geld und noch viel mehr Arbeit reinstecken müssen, doch das war eine der Stärken ihres Ehemanns – obwohl er nicht gerade arm war, legte er jederzeit gerne selbst Hand an. Er begründete es damit, dass er aus einfachen Verhältnissen entstammte, seine Eltern immer hatten aufs Geld schauen müssen und sich diese Erinnerung in seinem Innern eingebrannt hatte.

Genau wie die Tatsache, dass er für sein heutiges Vermögen sehr hart hatte schuften müssen. Ihm war es gelungen, quasi aus dem Nichts, eine Kette gut gehender Low-Budget-Motels aus dem Boden zu stampfen, bei der bis heute weit über zweihundert Menschen einen Arbeitsplatz gefunden hatten. Außerdem war Olli Mitgründer einer Stiftung für krebskranke Kinder, engagierte sich auch darüber hinaus noch bei weiteren Organisationen als anonymer Sponsor.

Alfa hatte ihm bereits mehrfach angeboten, bei seiner umfangreichen Buchhaltung zu helfen, doch bislang hatte Olli das immer abgelehnt.

Seiner Meinung nach tat sie schon genug für ihn und die Familie, indem sie dafür sorgte, dass die Kinder und er ein behagliches Zuhause ihr eigen nennen und sich umsorgt und behütet fühlen durften. Auf dem Weg nach oben machte sie einen Abstecher zur Haustür, um den Briefkasten auszuleeren. Anschließend stieg sie in den ersten Stock hinauf, wo sie den Stapel Post auf die Schnelle nach Briefen, Werbung und Zeitungen sortierte und anschließend auf Ollis Schreibtisch drapierte. Sie wollte gerade ins Bad gehen, als sie plötzlich innehielt. Verdutzt drehte sie sich wieder zum Tisch um, nahm den zuoberst liegenden Brief in die Hand, drehte ihn um. Das Merkwürdige daran war, dass er weder eine Adresse noch einen Absender aufwies und auch nicht frankiert war. Jemand musste ihn persönlich eingeworfen haben und Alfa fragte sich, wieso derjenige nicht geklingelt hatte. Sie starrte auf den mit mit mehreren Ausrufezeichen versehenen Namen ihres Mannes auf der Vorderseite des Umschlags, runzelte die Stirn, als sie die darunter stehende Mahnung las, dass dieser Brief nicht in die falschen Hände geraten dürfe.

Dann schüttelte sie den Kopf, trat den Rückzug an. Irgendwas an dem Brief kam ihr komisch vor.

Sie konnte es nicht genau in Worte fassen. Aber Fakt war, dass ihre Fingerspitzen gekribbelt hatten, als sie den Brief von allen Seiten inspiziert hatte. Es war fast, als spüre sie, dass der Inhalt des Umschlags etwas Unangenehmes enthielt, und obwohl er nicht für sie, sondern für ihren Mann bestimmt war, kam sie nicht dagegen an, zuzugeben, dass ihr auf einmal unwohl war.

Du hast zu viel Fantasie, schalt sie ihre innere Stimme,

sodass sie schließlich in ein erleichtertes Lachen ausbrach. Das stimmte nämlich. Sie hatte tatsächlich viel Fantasie, hinzu kam, dass sie eine Leidenschaft für düstere Thriller und Horrorfilme hatte, welche hin und wieder für Angstattacken verantwortlich waren. Zum Beispiel hatte sie des Öfteren das Verlangen, nachts alle Türen und Fenster zu verrammeln, selbst an warmen Sommertagen, was sowohl den Kindern als auch Olli gegen den Strich ging.

Sie stieß einen amüsierten Grunzton aus, ging ins Bad und ließ sich Wasser in die Badewanne ein.

Während sie wartete, legte sie eine Gesichtsmaske auf und als sie kurz darauf von warmem Wasser umgeben in der Wanne lag, hatte sie den Brief schon wieder vergessen.

———

Das Einrasten des Schlosses der Haustür unten ließ sie aus dem Wasser hochschrecken. Es war mittlerweile nur noch lauwarm, was bedeutete, dass sie eingenickt sein musste.

Schnell stand sie auf, nahm das Handtuch, das sie sich bereits vor dem Baden parat gelegt hatte, wickelte sich darin. Sie war gerade dabei, sich mit einer duftenden Lotion einzureiben, als sie Ollis Schritte auf der Treppe vernahm. Sie kicherte, als er wenig später zu ihr ins Badezimmer trat, sich von hinten an sie presste und ihr einen Kuss in den Nacken hauchte. „Ich warte im Schlafzimmer auf dich", sagte er mit vor Verlangen heiserer Stimme, bevor er das Badezimmer verließ. Kurz erwog Alfa, ins Ankleidezimmer zu eilen und in einen brandheißen Fummel zu schlüpfen, entschied sich aber dagegen.

Olli mochte sie eh am liebsten splitterfasernackt, von daher konnte sie sich diesen Aufwand auch getrost sparen. Sie verteilte noch etwas von dem teuren Parfüm, das Olli ihr zu Weihnachten geschenkt hatte, auf ihrem Oberkörper, dann machte sie sich auf den Weg ins Schlafzimmer. Unterwegs kam sie an Ollis Büro vorbei, registrierte erstaunt, dass er nicht wie versprochen im Schlafzimmer auf sie wartete, sondern gerade dabei war, seine Post durchzusehen. Er schien sie nicht zu bemerken, saß stocksteif und leichenblass an seinem Schreibtisch, starrte auf das Papier in seiner Hand.

„Alles klar?", fragte Alfa mit ihrer verführerischsten Stimme, doch er nahm sie gar nicht wahr. Stattdessen starrte er weiter stumm vor sich hin, bis ein Ruck durch seinen Körper ging und er so heftig aufsprang, dass der Stuhl hinter ihm gegen die Wand knallte.

Augenblicklich hatte Alfa den seltsamen Umschlag wieder im Kopf. Sie spähte in Richtung des Tischs und tatsächlich lag dieser – mittlerweile geöffnet – ganz oben auf dem Stapel.

„Was ist denn los?", wollte Alfa wissen, doch Olli schüttelte nur geistesabwesend den Kopf, knüllte das Blatt in seiner Hand achtlos zusammen, stopfte es in die Tasche seiner Jeans. Plötzlich schien ihm bewusst zu werden, dass er sie mit seinem merkwürdigen Verhalten zu Tode ängstigte. Er sah sie liebevoll an, kam zu ihr, küsste sie. „Tut mir leid, Baby, aber wir müssen unser Date auf heute Abend verschieben, ich muss dringend noch mal los."

Sie hob die Schultern, sah ihn fragend an. „Ist was passiert?"

Er schüttelte den Kopf, räusperte sich.

„Ist es wegen dieses Briefs ohne Absender? Von wem ist er und was steht drin?" Die neugierigen Fragen waren ihr einfach entschlüpft, ohne dass sie etwas dagegen hätte tun können.

Ollis Blick zuckte hoch. „Was hattest du damit zu schaffen?" Seine Stimme klang auf einmal schroff.

Sie wich erschrocken zurück. „Gar nichts. Er ist mir nur

ins Auge gestochen, als ich den Briefkasten geleert habe. Die vielen Ausrufezeichen …“

Olli stieß die Luft aus, schien sich aber mit ihrer Erklärung zufriedenzugeben. Er sah sie an, wirkte wieder gefasst. „Es ist was Geschäftliches. Es geht dabei um ein Projekt, mit dem ich seit Längerem liebäugele. Wie es aussieht, hat das Finanzamt ein Problem damit.“

Alfa sah Olli an, viel zu perplex, um etwas darauf zu erwidern.

„Ist es okay für dich, wenn du heute Mittag alleine isst? Ich weiß nicht, wie lange ich brauchen werde …“

Alfa nickte, brachte kein einziges Wort heraus.

„Sicher?“

Wieder ein Nicken.

„Ich verspreche, dass ich es spätestens heute Abend wiedergutmache.“

Sie sah Olli verdattert nach, wie er überstürzt die Treppe hinuntereilte, vernahm keine Sekunde später, dass die Haustür ins Schloss fiel.

Alfa spürte, dass heißer Zorn in ihr aufstieg.

Es ist alles in Ordnung, versuchte die Stimme in ihrem Kopf sie zu beschwichtigen, *Olli würde es dir doch sagen, wenn etwas vorgefallen wäre,* und zuerst war Alfa sogar geneigt, ihr recht zu geben. Doch keine Nanosekunde später war es wieder da, unnachgiebig und bohrend.

Misstrauen.

So stark, dass es die Stimme in ihrem Kopf zum Schweigen brachte.

Langsam schüttelte Alfa den Kopf.

Olli log, daran bestand kein Zweifel.

Und noch schlimmer war, dass er sie für so dämlich halten musste, ihm diese abstruse Ausrede abzukaufen.

Doch warum?

Sie schluckte gegen die Enge in ihrem Hals an, spürte, wie Hilflosigkeit und Wut ihr Innerstes erhitzten.

Oder war es am Ende doch irgendwie möglich, dass sie Olli unrecht tat?

Nein!

Auf gar keinen Fall.

Es war schlicht und ergreifend unmöglich, denn kein Finanzbeamter der Welt warf einen Brief persönlich beim Empfänger ein, da war sie hundertprozentig sicher …

3

TRONDHEIM

2009

Hellin starrte den Arzt irritiert an. „Sind Sie absolut sicher?"

Der Mann nickte, deutete auf den linken äußeren Rand der Wunde, schob ihn ein wenig auf die Seite. Er sah Hellin an. „Sehen Sie, wie tief der Einstich ist?"

Hellin schluckte. „Das müssten vier Zentimeter sein."

Dr. Saluman verzog das Gesicht. „Mindestens. Ich schätze eher fünf. Bei dieser Verletzung wurde die Hauptarterie nahezu durchtrennt, das Opfer ist innerhalb kürzester Zeit verblutet." Er wies mit dem Kopf in Richtung der Wand hinter Hellin. „Daher auch diese Mordssauerei. Das Opfer ist mit Sicherheit innerhalb weniger Sekunden zusammengebrochen, hat keinen Mucks mehr von sich gegeben, ich frage mich also, wieso der Täter oder die Täterin weiterhin auf den wehrlosen Mann eingestochen hat."

Hellin stieß die Luft aus, sah Saluman an. „Wann, schätzen Sie, ist der Mann gestorben?"

„Sie meinen, ob ich weiß, wann genau er ermordet wurde?"

Hellin nickte bedächtig.

Salman stieß die Luft aus, legte seine Stirn in Falten. „Im

Anbetracht der Leichenstarre und des Zustands des Toten würde ich sagen so gegen vier Uhr. Vielleicht auch halb fünf."

Hellin nickte dankbar, wandte sich wieder dem Leichnam zu. „Ich hatte von Anfang an den Eindruck, dass diese Tat von äußerster Brutalität und extremem Hass zeugt. Wer immer das auch gewesen ist, war entweder furchtbar wütend auf das Opfer oder muss schwer geistesgestört sein." Sie stoppte, sah Saluman an. „Anders ergibt diese Raserei keinen Sinn für mich."

Sie stand auf, drehte sich zu Ova um. „Sobald Dr. Saluman durch ist, lasse ich den Toten in die Rechtsmedizin abtransportieren, was bedeutet, dass ihr loslegen könnt."

Ova nickte, den Blick auf den reglosen Mann am Boden gerichtet. „Der arme Kerl", murmelte sie leise, schien aber keine Antwort von Hellin zu erwarten, denn plötzlich drehte sie sich auf dem Absatz um, verließ den Raum.

Hellin sah zu Saluman. „Ich muss jetzt erst mal …"

Der Arzt nickte. „Gehen Sie nur. Ich fülle noch die notwendigen Formulare aus, sage Ihnen Bescheid, wenn ich fahre."

Hellin schenkte dem Mann ein Lächeln, machte sich auf den Weg, Varg zu suchen.

Sie fand ihn vor der Haustür, wo er sich gerade mit Ova unterhielt, deren Gesicht beinahe grün aussah, als hätte sie etwas Falsches gegessen.

Dann bemerkte sie einen hellen Fleck im Gras neben der Terrasse und begriff, dass ihre Kollegin sich übergeben hatte.

Verwundert verzog sie das Gesicht, sah Ova an. „Alles klar bei dir?"

Ova hob die Schultern. „Eigentlich hab ich schon weit Schlimmeres gesehen, aber irgendwie …"

Hellin winkte ab, deutete auf den Fleck im Gras. „Wissen alle, dass der von dir ist?"

Ova nickte betreten. „Keine Ahnung, was heute mit mir los ist."

Hellin grinste, warf einen Blick auf Ovas Bauch. „Möglich, dass du schwanger bist?"

Es war eigentlich als Scherz gedacht, doch irgendwie musste sie einen Nerv getroffen haben, weil ihre Kollegin sich plötzlich versteifte und leicht zu zittern begann.

„Ich fahre jetzt", vernahm Hellin die Stimme des Arztes hinter sich, drehte sich um, reichte ihm die Hand zum Abschied. Als der Mann in seinem BMW saß und davonfuhr, sah sie Varg an, der sich angeregt mit dem jungen hiesigen Kollegen unterhielt.

„Die Spurensicherung wird gleich loslegen, doch zuvor würde ich gerne noch mit der Frau sprechen, die bei der Polizei angerufen hat."

Der junge Polizist drängte sich vor Varg, sah Hellin aufgeregt an. „Die Leute sitzen hinterm Haus im Garten. Ich hab sie gebeten, dort zu warten, bis meine Kollegen so weit sind, sie zu befragen. Ich dachte, dann stehen sie nicht im Weg rum. Außerdem wirken vor allem die beiden Damen … nun ja … als könnten sie seelischen Beistand gebrauchen. Ich dachte, etwas frische Luft schadet da ganz sicher nicht."

Hellin dankte dem Mann, machte sich auf den Weg.

Im hinteren Teil des Gartens angekommen, sah sie einen Mann mit zwei Frauen auf einer hübschen Holzbank sitzen. Eine der Frauen, die hübschere von beiden, hielt ein kleines Bündel an die Brust gepresst und es dauerte eine Weile, ehe Hellin klar wurde, dass das ein Baby sein musste.

Als sie sah, dass die Leute sie bemerkt hatten, winkte sie und legte ihren freundlichsten Gesichtsausdruck auf. „Ich bin Hellin Toor von der Kripo Trondheim, ist es okay, wenn ich ganz kurz mit Ihnen rede und Ihnen einige Fragen stelle?"

Die Frau mit dem Baby auf dem Arm stand schwankend auf. Hellin schätzte, dass es sich bei ihr um die Eigentümerin des Anwesens handelte. „Ich bin Iva Ostberg-Landvik", sagte sie mit leiser Stimme und Hellin wusste nicht so recht, ob sie wegen des Babys flüsterte oder weil der Schock über die jüngsten Ereignisse ihr auf die Stimme geschlagen war.

Die Frau deutete mit dem Kopf in Richtung des Mannes links neben ihr. „Das ist mein Ehemann Fynn. Er war es, der …" Sie brach ab, schnappte nach Luft.

Der Mann war nun ebenfalls aufgestanden, um Hellin die Hand zu reichen. „Ich hab Jesper gefunden", erklärte er, mit sich vor Aufregung überschlagender Stimme. „Als ich heute Morgen runter kam, lag er im Esszimmer, rührte sich nicht. Da war all das Blut … Einfach schrecklich. Keine Ahnung, wieso ich zuerst meine Frau nach unten gerufen habe, statt den Notarzt anzurufen … Ich schätze, dass ich wohl einen Schock hatte oder instinktiv wusste, dass es längst zu spät war." Er brach ab, räusperte sich, warf der anderen Frau einen nervösen Blick zu. Die zuckte zusammen, verzog dann das Gesicht. Ihre Augen waren rot verquollen und Hellin wusste, auch ohne nachzufragen, dass das die Lebensgefährtin oder Ehefrau des Toten war. Sie trat auf sie zu. „Ihr Verlust tut mir sehr leid. Brauchen Sie ärztliche Hilfe? Ich kann gerne jemanden rufen lassen, der sich Ihrer annimmt."

Die Frau schüttelte den Kopf. „Ich will nur hier weg."

Hellin nickte mitfühlend. „Ich schlage dennoch vor, dass Sie alle sich nachher ins Krankenhaus begeben und mit einem Arzt sprechen. Sie könnten eine posttraumatische Belastungsstörung davongetragen haben, und eine solche sollte nicht auf die leichte Schulter genommen werden." Sie räusperte sich. „Zuvor muss ich aber wissen, was genau hier vorgefallen ist. Erzählen Sie mir bitte alles, woran Sie sich erinnern."

Die Eigentümerin des Anwesens warf ihrem Ehemann einen Blick zu. Der nickte langsam.

„Ich schätze, das übernehme wohl besser ich. Meine Frau und Kirsti … na ja … Jesper stand beiden sehr nahe."

„Ihnen nicht?“, fragte Hellin wie aus der Pistole geschossen.

Landvik sah sie an, wirkte plötzlich misstrauisch. „Doch, natürlich, wir waren ebenfalls gute Freunde.“ Er holte Luft, starrte auf seine Schuhe. „Allerdings kennen meine Frau und er sich seit vielen Jahren. Beide verband eine lange Freundschaft. Das meinte ich. Ich selbst lernte Jesper erst durch meine Frau kennen und Kirsti, ich glaube, sie und Jesper sind jetzt seit etwas über einem Jahr zusammen.“ Er brach ab, setzte sich, wirkte auf einmal, als koste ihn jedes Wort unglaublich viel Kraft.

„Ein Jahr, zwei Monate und sieben Tage“, kam es plötzlich von der schlanken Frau mit den verweinten Augen. „Jesper hat mir gestern Abend beim Essen einen Antrag gemacht. Und jetzt …“ Sie fing erneut an zu schluchzen. „Ich verstehe das nicht“, brachte sie mit abgehackter Stimme hervor. „Wir waren zu viert beim Essen, hatten einen wundervollen Abend, tranken anschließend noch eine Flasche Champagner hier im Haus und gingen dann alle zu Bett. Jesper und ich lagen noch Ewigkeiten wach, schmiedeten Zukunftspläne und heute Morgen …“ Sie ließ den Satz unvollendet.

„Haben Sie irgendeine Ahnung, was passiert sein könnte?“

Die Frau sah Hellin an, runzelte die Stirn. „Wie meinen Sie das?“

„Na ja, mich würde beispielsweise interessieren, ob Sie etwas gehört haben? Oder ob es gestern oder in den letzten Tagen irgendwelche Zwischenfälle gab, die hiermit in Verbindung gebracht werden könnten.“

Die Frau schüttelte den Kopf. „Weder noch. Jesper war wie immer. Ich hab ihm nicht einmal angemerkt, dass er mir einen Antrag machen will. Er war einfach Jesper … Lustig, unbeschwert, lebensfroh.“ Wieder folgte ein Schluchzen.

„Dann wissen Sie nichts von irgendeinem Streit, den er

gehabt haben könnte, oder irgendwelchen Problemen, die er hatte?"

„Nein, gar nichts."

„Wohnen Sie zusammen?"

Die Frau verneinte.

„Aber wir haben letzte Nacht unter anderem genau darüber gesprochen. Er wollte, dass ich zu ihm ziehe. Wollte, dass wir uns gemeinsam ein Haus kaufen, hat mir eröffnet, dass er sich Kinder wünscht."

Hellin lächelte die Frau an. „Klingt danach, als habe Ihr Verlobter genau gewusst, was er möchte."

Die Frau nickte traurig. „Und ich … ich wollte dasselbe, doch jetzt …" Sie brach ab.

Hellin verzog das Gesicht, griff nach der Hand der Frau, drückte sie sanft. „Fühlen Sie sich imstande, mir weitere Fragen zu beantworten? Oder sollen wir das auf später verschieben, wenn Sie mit einem Arzt gesprochen haben?"

Die Frau schüttelte heftig den Kopf. „Es geht schon. Ich … ich muss wissen, wer das war, hören Sie? Ich muss einfach."

Hellin nickte beschwichtigend.

Dann sah sie das Ehepaar an. „Hat von Ihnen beiden jemand was mitbekommen? Ich meine, Jesper ist nicht einfach umgefallen und war tot, sondern er wurde regelrecht attackiert. Das kann nicht so leise vonstattengegangen sein."

Der Mann sah zu Hellin auf. „Die Schlafräume sind im ersten Stock und liegen auf der Hinterseite des Hauses. Wenn also jemand in der Küche oder im Wohnzimmer einen Mordskrach veranstaltet, dringt das kaum bis nach oben. Und ich weiß, wovon ich rede, denn das Baby …", er deutete auf den Säugling, „kann ziemlich laut und durchdringend brüllen und wenn meine Frau mit ihm nach unten geht, um es zu stillen, herrscht hier oben trotzdem eine himmlische Ruhe."

Hellin sah überrascht zu Iva Landvik. „Dann waren Sie in der Nacht also noch mal im Erdgeschoss?"

Die Frau nickte schwach.

„Um welche Uhrzeit genau?"

„Das muss gegen drei gewesen sein."

„Waren Sie im Wohnzimmer?"

Die Frau nickte. „Ich stille mein Kind meist im Schaukelstuhl, weil es dann schneller wieder einschläft."

„Und zu diesem Zeitpunkt war noch alles in bester Ordnung?"

Nicken.

„Wie lange waren Sie hier unten?"

„Eine halbe Stunde vielleicht."

„Also bis halb vier?"

Wieder ein Nicken.

„Und in dieser halben Stunde ist Ihnen nichts aufgefallen?"

„Absolut nichts, nein."

„Sie kamen runter, haben das Baby gestillt, gewartet, bis es einschläft, und sind wieder nach oben gegangen in ihr Schlafzimmer."

„Nicht ganz", kam es kleinlaut von der Frau.

Hellin zog die Brauen empor, sah die Frau an.

„Was meinen Sie?"

Das Gesicht der Frau wurde dunkelrot, während sie nach den richtigen Worten suchte.

„Ich bin nach oben gegangen, hab das Baby hingelegt und bin noch mal nach unten gegangen, genauer gesagt auf die Terrasse, um eine Zigarette zu rauchen." Sie warf ihrem Mann einen entschuldigenden Blick zu. „Ich rauche nur ganz selten und immer nach dem Stillen, das schwöre ich."

Hellin beobachtete, dass Fynn Landvik mit den Schultern zuckte, als sei es ihm egal, doch sein Gesichtsausdruck zeugte von etwas anderem.

„Und nach dieser Zigarette sind Sie wieder nach oben gegangen und haben sich schlafen gelegt?"

Die Frau nickte.

„Haben Sie während des Rauchens etwas gehört oder gesehen? Irgendwelche Leute, die an Ihrem Grundstück vorbeigingen? Irgendwelches Geflüster?"

Die Frau verneinte.

„Haben Sie die Tür verschlossen, als Sie ins Haus zurück sind?"

Die Frau zuckte zusammen, sah zu ihrer Freundin und dann zu ihrem Mann. „Ich schätze schon …"

Es klang nicht überzeugt.

„Das heißt, Sie wissen es nicht?"

Die Frau senkte den Blick. „Ich bin immer so hundemüde, verstehen Sie? Das ist mein erstes Kind, ich muss erst in diese Rolle reinwachsen."

„Das heißt also, dass es sein könnte, dass Sie nach dem Rauchen vergessen haben, abzuschließen?"

Die Frau seufzte. „Möglich wäre es."

„Sind Sie anschließend schnell eingeschlafen?"

Die Frau schluckte. „Ich denke ja, wie ich sagte, ich bin die meiste Zeit über total fertig."

„Und wer außer Ihnen hat Zutritt zu diesem Haus? Es geht mir um die Fingerabdrücke und Fußspuren für meine Kollegen später."

Die Frau dachte nach, sah Hellin an. „Fynn und ich. Die Putzfrau und die Leute vom Hausmeisterservice, welche sich hier um alles kümmern, während ich in der Stadt bin."

„Also dürften wir im Haus nur Spuren von Ihnen und ihren drei Freunden finden und die des Personals?"

Die Frau nickte.

Hellin sah die Verlobte des Toten an. „Und Sie? Haben Sie durchgeschlafen oder waren Sie auch mal wach?"

Die Frau sog die Luft scharf ein. „Wie ich bereits sagte,

haben Jesper und ich noch ewig miteinander geredet. Es war ein so besonderer Tag für uns beide gewesen, ich wollte nicht, dass er endet. Und als ich schließlich doch weggenickt bin, muss ich so tief geschlafen haben, dass ich nicht einmal mitbekommen habe, dass Jesper noch mal aufgestanden ist."

„Neigte Ihr Verlobter denn dazu, in der Nacht aufzuwachen und durchs Haus zu gehen?"

Kirsti verneinte. „Zumindest ist mir bislang nichts dergleichen aufgefallen."

Hellin warf der Hausherrin einen Blick zu. „Könnte es sein, dass er wach wurde, als Sie und das Baby nach unten sind? Vielleicht wollte er gucken, ob alles okay ist."

Die Frau hob die Schultern. „Während ich unten war, ist alles ruhig im Haus gewesen. Ich hab Jesper weder gesehen noch ihn gehört."

Hellin ließ sich die Aussagen der Frauen durch den Kopf gehen, sah zu dem Vater des Kindes. „Und Sie? Haben Sie durchgeschlafen oder bekamen Sie mit, als Ihre Ehefrau nach unten gegangen ist?"

„Klar bin ich wach geworden. Wie ich bereits erwähnte, kann das Baby ziemlich laut sein. Aber nachdem Iva beteuerte, dass sie alles im Griff habe und ich weiterschlafen solle, hab ich das auch getan."

„Das heißt also, Sie haben auch nichts gehört?"

„Ich hab nicht einmal mitbekommen, als meine Frau wieder ins Bett zurückgekommen ist."

Hellin seufzte innerlich. „Hat irgendjemand von Ihnen eine Idee, was sich da unten abgespielt haben könnte und wieso?"

Die Verlobte des Toten sah Hellin unsicher an. „Diese Gegend hier ist ziemlich nobel", erklärte sie. „Ich meine, Normalsterbliche würden sich hier niemals ein Haus, geschweige denn eine solche Villa leisten können. Ich vermute also, dass Jesper vielleicht runter ist, um sich was zu trinken zu holen, oder mal auf Toilette musste und dabei eben überfallen wurde."

„Sie glauben also an einen Einbruch?"

Die beiden Frauen und der Mann sahen gleichzeitig auf, starrten Hellin an. „Sie etwa nicht?"

Die Polizistin hob die Schultern. „Das wird sich zeigen. Die Spurensicherung arbeitet daran und sobald wir mehr wissen …" Sie brach ab, sah die Hausherrin an. „Ist denn schon einmal in dieses Haus eingebrochen worden?"

„Noch nie. Allerdings haben wir auch zahlreiche, von außen gut sichtbare Kameras am Haus angebracht. Das schreckt doch ziemlich gut ab, schätze ich."

„Funktionieren die?"

„Soweit ich weiß … Die Kameras sind ein Teil der Aufgaben, die der Hausmeisterservice übernommen hat, nachdem mein Vater …" Sie brach ab.

„Und verfügen Sie über eine Alarmanlage?"

Die Frau bejahte. „Allerdings hab ich die übers Wochenende ausgeschaltet, weil wir zu viert gewesen sind. Die Anlage ist eigentlich nur für die Zeiten, in denen sonst keiner hier ist. Sobald der Alarm losgeht, kommt jemand vom Sicherheitsdienst, um nach dem Rechten zu sehen."

„Das heißt, falls sich jemand hier unbefugt Zutritt verschafft hat, müsste er auf den Aufnahmen der Kameras zu sehen sein?"

Die Frau nickte. „In den Geräten befinden sich Speicherkarten, vielleicht haben wir Glück …"

Hellin nickte. „Ich sag meinen Kollegen von der Spusi Bescheid, dass die das mit übernehmen sollen." Sie schüttelte den Kopf. „Wissen Sie schon, ob etwas entwendet wurde? Ich meine, wo genau bewahren Sie Ihre Wertgegenstände auf und haben Sie schon nachgesehen, ob etwas fehlt?" Die Frau schüttelte den Kopf. „Ich hatte noch nicht die Nerven dazu. Ich bin runter, nachdem mein Mann mich gerufen hat, und dann brach auch schon die Hölle über mich herein. An fehlendes Geld und so was Unwichtiges hab ich beim besten Willen nicht gedacht."

„Verstehe", gab Hellin bedächtig zurück, legte sich in Gedanken ihre nächste Frage zurecht.

„Wäre es denn möglich, dass die Attacke auf Jesper sich eigentlich gegen jemand anders hätte richten sollen? Ich meine damit, dass Jesper hier zu Besuch war. Könnte es nicht möglich sein, dass der Anschlag in Wahrheit Ihnen galt und der Mörder Jesper und Sie im Eifer des Gefechts verwechselte?" Sie sah den Mann der Hauseigentümerin durchdringend an, doch der schüttelte heftig den Kopf. „Wie kommen Sie denn auf so etwas? Ich meine, ich hab keine Feinde, nichts auf dem Kerbholz. Ich bin Familienvater, Ehemann, wer sollte mich umbringen wollen?"

„Keine Ahnung", sagte Hellin. „Ich meine, es könnte doch sein, dass Sie Streit mit jemandem hatten, das kann auch schon länger zurückliegen. Fällt Ihnen da wirklich gar nichts zu ein?"

Landvik wehrte ab, wirkte plötzlich fast wütend. „Dieses Haus hier strotzt vor überbordendem Reichtum", rief er wütend. „Jeder, der hier vorbeikommt, sieht, dass hier Menschen leben, denen es gut geht. Also finanziell meine ich. Da liegt es doch eigentlich nahe, dass derjenige, der Jesper das angetan hat, ein Einbrecher war. Jesper hat ihn überrascht und das war sein Todesurteil. Es muss so passiert sein, denn alles andere ergibt überhaupt keinen Sinn. Vielleicht sollten Sie sich wirklich mal die Kameras ansehen und das Haus nach Einbruchspuren absuchen. Und beides am besten so schnell wie möglich."

„Werde ich", erklärte Hellin und sah zu Iva. „Obwohl es natürlich möglich ist, vor allem in Hinsicht darauf, dass Sie nach dem Rauchen die Tür vielleicht nicht abgeschlossen haben, dass ein potenzieller Einbrecher zur Tür rein konnte."

Sie warf Kirsti einen bedauernden Blick zu. „Aber ehrlich gesagt ...“ Sie schluckte, wusste nicht so recht, wie sie die folgenden Worte so ausdrücken konnte, dass sie nicht grauenhaft klangen.

„Ich glaube nicht an einen Einbruch. Jemand, der es aufs Geld abgesehen hat oder auf Wertgegenstände, ist in den wenigsten Fällen darauf aus, die Bewohner zu verletzen oder gar zu töten. Diese Leute sind Kleinkriminelle, aber keine Mörder. Allenfalls kommt es bei gelegentlichen Konfrontationen zwischen den Bewohnern und den Dieben zu leichten bis mittelschweren Verletzungen, doch derjenige, der Jesper das angetan hat ...“ Hellin stoppte, sah die Verlobte des Mannes an. „Haben Sie den Leichnam selbst gesehen?“

Die Frau nickte starr.

„Dann wissen Sie, dass er unzählige Messerstiche aufweist?“

Wieder ein Nicken.

„Und genau das passt in Hinsicht auf einen Einbruch nicht, verstehen Sie? Das ergibt keinen Sinn!“

4
___

HAMMERFEST

MAI 2019

In der Nacht fand Alfa weder Ruhe noch Schlaf. Immer wieder hatte sie den Briefumschlag vor Augen, der sie an Ollis seltsame Reaktion erinnerte.

Er hatte so schroff gewirkt, als sie den Umschlag erwähnte, doch sie hatte im Nachhinein begriffen, dass diese abwehrende Haltung ihr gegenüber lediglich Ausdruck einer Gefühlsregung gewesen war. Alfa hatte dies erst realisiert, als Olli am Vormittag fluchtartig aus dem Haus gerannt war.

Im ersten Augenblick hatte sie in seinem Gesichtsausdruck Zorn gesehen, weil sie sich in seine Angelegenheiten mischte, doch später war ihr bewusst geworden, dass sie auch noch etwas anderes wahrgenommen hatte – blanke Panik.

Die Frage war nur, vor was oder besser vor wem?

Der Gedanke daran hatte sie den ganzen Tag über nicht mehr losgelassen und selbst als das Haus am Nachmittag vom Stimmengewirr der Kinder erfüllt war, kam sie nicht dagegen an, dass die Sache mit Olli und dem Umschlag ihr nicht mehr aus dem Kopf ging.

Sie war so abgelenkt gewesen, dass sie es nicht geschafft hatte, mit Joshua zu spielen, ihn stattdessen mit seinem Lieblingsfilm besänftigen musste.

Auch für Stinas Anliegen – einen Streit mit ihrer besten Freundin – hatte sie am Nachmittag kaum ein offenes Ohr finden können, das Mädchen daher auf den Abend vertröstet, in der Hoffnung, dass Olli sich ihrer annehmen würde. Er hatte versprochen, am Abend zurück zu sein, wollte wiedergutmachen, dass sie ihr geplantes Schäferstündchen am Vormittag nicht hatten genießen können.

Doch als er letztendlich um kurz nach sechs Uhr nach Hause gekommen war, hatte er sich umgehend in sein Büro verzogen und sich bis zum Abendessen nicht mehr blicken lassen. Selbst bei Tisch hatte er abwesend und fahrig gewirkt, wie jemand, der kurz davor stand, die Nerven zu verlieren. So hatte er Joshua und Stina lautstark zurechtgewiesen, als beide sich am Tisch wegen einer Lappalie beinahe an die Gurgel gingen, war schließlich mitsamt seinem Teller wieder in seinem Büro verschwunden.

Alfa hatte ihre liebe Mühe damit gehabt, Josh ins Bett zu bekommen, denn der Kleine konnte beim besten Willen nicht verstehen, wieso sein Papa sich plötzlich überhaupt nicht um ihn kümmerte, und auch Stina fand es doof, dass sie noch immer nicht wusste, wie sie mit ihrem neuen Problem umgehen sollte.

So war Alfa nichts anderes übrig geblieben, als beharrlich an Ollis Tür zu klopfen und darauf zu drängen, dass er den Kindern wenigstens eine Gute Nacht wünschte.

Anschließend hatte sie den Rest des Abends allein vor dem Fernseher verbracht, während Olli sich in seinem Zimmer mit was auch immer beschäftigte.

Es hatte ihr im Herzen wehgetan, als Josh eine Stunde später noch einmal wach geworden war und nach seinem Vater verlangt hatte, Alfa ihm jedoch auf dessen Wunsch hin sagen musste, dass er keine Zeit hatte.

Sie hatte all ihre Konzentration aufbringen müssen, sich

vor dem Kleinen nichts anmerken zu lassen, doch als Josh endlich wieder schlief, war es aus ihr herausgebrochen. Sie hatte Olli durch die geschlossene Tür seines Büros hindurch die Meinung gesagt, doch selbst das hatte ihren Mann nicht zur Vernunft gebracht. Schließlich hatte sie Ollis Bettzeug aus dem Schlafzimmer geholt, es ihm wütend vor seine Bürotür geworfen, in der Hoffnung, dass er dieses Zeichen verstand.

Und nun lag sie hier, allein in ihrem großen Schlafzimmer, weit davon entfernt, auch nur für eine Minute Erholung zu finden, weil sie noch immer absolut zornig auf ihren Mann war.

Dass er Probleme hatte und sich wegen irgendwas sorgte, okay. Auch dass er mit ihr darüber nicht reden wollte und ein Geheimnis draus machte, war im Grunde in Ordnung. Aber es ging nicht, dass er seine Laune an den Kindern und ihr ausließ, sie zu allem Übel noch belog. Und dass er log, daran bestand absolut kein Zweifel. Der Brief war auf keinen Fall vom Finanzamt. Und es ging dabei auch nicht um finanzielle Dinge, denn sie wusste so ungefähr, wie es um das Konto ihres Gatten bestellt war. Olli hatte Geld, viel Geld sogar, da war Alfa sicher, und eine Diskrepanz mit dem Finanzamt würde es auf gar keinen Fall so weit bringen, dass er derartig die Nerven verlor.

Doch was stand in dem Brief? Was hatte ihren Mann so die Fassung verlieren lassen?

Stina hatte ihr am Abend einen Blick zugeworfen, aus dem sie hatte lesen können, dass das Mädchen ähnlich dachte. Auch sie hatte es noch nie zuvor miterlebt, dass ihr Vater sich über Stunden im Büro einschloss, keine Nerven für seine Kinder hatte. Und Josh, nun ja, er war viel zu klein, um sich wirklich Gedanken über das alles zu machen. Joshua war ein kleines Kind und reagierte eben auf das abweisende Verhalten seines Vaters altersgerecht.

Der Kleine war trotzig gewesen, hatte sich in den Schlaf geweint, was ihr beinahe das Herz zerrissen hatte.

———

Ein Scheppern ließ sie aufschrecken und dankbar registrierte sie, dass ein neuer Morgen hereingebrochen war und sie am Ende doch ein wenig geschlafen haben musste. Sie hörte das Lachen der Kinder von unten, vernahm dazwischen Ollis Stimme, drehte sich nach links. Die andere Seite ihres großen Ehebetts war leer, also hatte ihr Mann die stumme Aufforderung ihrerseits am Ende doch kapiert.

Sie lächelte, als ihr bewusst wurde, dass die kleine Strafe wohl Früchte getragen haben musste, nachdem er sie hatte schlafen lassen und sich nun endlich seiner Kinder annahm. Wenn auch erst Stunden später, als sie es gebraucht hätten. Sie hörte Stina laut und aufgeregt plappern, dazwischen Ollis leise Stimme und schließlich einen lachenden Joshua, der froh zu sein schien, dass sein Vater endlich wieder der Alte war. Kurz rang Alfa mit sich, absichtlich noch liegen zu bleiben, um Olli ein wenig länger schmoren zu lassen, doch dann hielt sie es nicht mehr aus. Sie schlug die Decke beiseite, schlüpfte in ihre Hausschuhe, zog sich ihren Morgenmantel über, machte sich auf den Weg in die Küche. Unterwegs ging sie im Bad vorbei, wusch sich das Gesicht, putzte ihre Zähne, warf einen prüfenden Blick in den Spiegel oberhalb des Waschbeckens. Sie erschrak, als sie sah, dass ihr goldblondes Haar strähnig aussah und fasste es daher in einem Zopf zusammen. Anschließend tupfte sie sich ein wenig Creme unter ihre müden Augen, was jedoch auch nichts brachte. „Egal", murmelte sie und ging aus dem Raum. Als sie fast an der Treppe war, warf sie einen Blick ins Ankleidezimmer, bemerkte, dass Ollis Seite des Schranks sperrangelweit offen stand. Sie runzelte die Stirn, trat in den Raum, sah eine halb gepackte Reisetasche auf dem Sessel neben dem Schrank stehen, spürte, dass sich bei dem Anblick ihr Innerstes zusammenzog. In Sekundenschnelle inspizierte sie den Inhalt der Tasche. Sie enthielt Klamotten und Hygieneartikel für ein bis zwei Übernachtungen und augenblicklich wurde ihr speiübel. Wenn sie auch bis eben gerade noch geglaubt hatte, dass alles wieder gut war, wusste sie jetzt, dass sie sich hatte täuschen lassen. Olli war schon wieder auf dem Sprung, hatte sie wahrscheinlich nur deswegen schlafen lassen. Er wollte vor den Kindern und ihr den Anschein erwecken, dass alles gut war, selbst wenn es in der Realität anders aussah. Sie warf einen weiteren Blick in die Tasche, in der Hoffnung den Brief irgendwo zwischen seinen Hemden und Hosen zu entdecken – vergeblich.

Sieh im Büro nach, ging es ihr durch den Kopf, doch schon Sekunden später musste sie feststellen, dass er vorgesorgt und abgeschlossen hatte.

Enttäuscht ging sie nach unten, konzentrierte sich jedoch darauf, sich vor den Kindern nichts anmerken zu lassen.

„Guten Morgen allerseits", trällerte sie in ihrer überzeugendsten Gute-Laune-Stimme und gab jedem ihrer Schätze einen Kuss auf die Stirn.

Als sie vor Olli stand, bemerkte sie an den violetten Schatten unter seinen Augen, dass er die Nacht über wohl wenig bis gar nicht geschlafen hatte, runzelte die Stirn. „Alles klar?", fragte sie betont munter, doch anstatt einer Antwort hielt Olli ihr wortlos eine Tasse Kaffee entgegen, gab ihr somit zu verstehen, dass er noch immer nicht bereit war, sich ihr mitzuteilen. Sie nahm bei den Kindern am Tisch Platz, sah eine Weile dabei zu, wie die beiden ihr Lieblingsfrühstück – Apfelporridge – in Nullkommanix hinunterschlangen, dann warf sie ihrem Mann einen fragenden Blick zu.

Sie hoffte darauf, dass er sich zu ihnen setzte, doch anscheinend sah er seine Pflicht für heute Morgen als beendet an, nachdem sie nun da war. „Ich geh nach oben, muss mich um ein paar Dinge kümmern", erklärte er in die Runde, küsste erst Stina und dann Joshua auf den Scheitel. Für sie hatte er lediglich einen flüchtigen Blick übrig, eine offensichtliche Abwehrhaltung, weil ihm klar war, dass er ihr eine Erklärung schuldete.

Das Frühstück mit den Kindern verlief anschließend weitgehend harmonisch und still, wofür sie dankbar war, angesichts des Gefühlschaos, das in ihrem Innern tobte.

„Ich muss heute früher weg", sagte Stina plötzlich und sprang auf. „Papa hat gemeint, es sei besser, wenn ich Lissi heute abhole und wir beide bis zur Bushaltestelle noch mal über gestern sprechen."

„Soll ich dich hinfahren?", fragte Alfa und war schon dabei, aufzustehen und nach oben zu gehen, um sich herzurichten. „Nicht nötig", erklärte ihre Tochter ernst. „Lissi wohnt doch gleich um die Ecke, das schaffe ich allein."

Alfa sah Stina an, fragte sich, wie es sein konnte, dass das Mädchen innerhalb so kurzer Zeit gereift war. Sie erinnerte sich noch, wie sie selbst im Alter von zehn Jahren gewesen war, und lächelte. Irgendwann ging es wohl bei allen los und bei Stina war es eben jetzt so weit, dass sie langsam anfing, selbstständiger zu werden. Sie wuschelte Joshua durchs Haar. „Dann haben wir beide heute Morgen eben etwas mehr Zeit, ist doch auch nicht übel oder?"

Josh sah sie an, runzelte seine kleine Stirn. „Papa soll mich in den Kindergarten bringen", erklärte er trotzig. „Das hat er versprochen."

„Wann?", wollte Alfa wissen, sah ihren Jungen verdutzt an.

„Vorhin gerade, kurz bevor du aufgestanden bist", kam es von Stina aus dem Gang. „Es war sein Vorschlag, dass ich mich mit meiner Freundin aussprechen soll. Und im selben

Atemzug hat er Joshi versprochen, dass er ihn nachher mitnimmt, wenn er sowieso weg muss."

Alfa spürte, wie ihr Mund trocken wurde.

Bedeutete das, dass er mit den Kindern über seine Pläne sprach, aber nicht mit ihr?

„Wohin will er denn, weißt du das?", fragte sie an Stina gewandt.

„Er meinte, dass er geschäftlich nach Tromso muss und spätestens in zwei Tagen wieder da ist." Stina sah sie misstrauisch an und Alfa begriff, dass es keine gute Idee gewesen war, die Kinder in diese Sache hineinzuziehen.

„Stimmt ja", erklärte sie und klatschte sich in einer übertriebenen Geste an die Stirn. „Das hab ich total vergessen." Sie stand auf, konzentrierte sich darauf, ihre Show von der vergesslichen Mama aufrechtzuerhalten, machte sich auf den Weg nach oben. Als sie sicher sein konnte, dass die Kinder sie weder sahen noch hörten, marschierte sie forschen Schrittes zu Ollis Büro, drückte, ohne anzuklopfen, die Klinke hinter, sah gerade noch, wie er, mit dem Rücken zu ihr sitzend, etwas in den Hörer murmelte und dann überstürzt auflegte.

„Was ist hier los?", zischte sie und funkelte ihren Mann wütend an. „Du hast den Kindern gesagt, dass du weg musst. Was dachtest du denn, wann ich davon erfahre."

Olli sah sie kühl an. „Du wüsstest es wahrscheinlich, wenn ich heute Nacht bei dir hätte schlafen dürfen. Aber wenn du dich erinnerst, hast du mich ausgesperrt und somit nicht mitbekommen, dass Mads Jacobsson angerufen hat."

Sie runzelte die Stirn. „Wer zum Teufel ist der Kerl?"

„Er ist mein Firmenanwalt", erklärte er. „Das solltest du eigentlich wissen. Mads hat seine Kanzlei in Tromso und kümmert sich um alles Rechtliche und somit auch um die Sache mit dem Finanzamt. Dabei handelt es sich um ein großes Ding, das bekomme ich alleine nicht hin."

Alfa nickte, erwiderte seinen Blick. „Dann bleibst du über Nacht weg?"

„Heute auf alle Fälle und wegen morgen muss ich noch gucken. Du hörst von mir, versprochen."

Alfa seufzte, wusste nicht, was sie erwidern sollte. Schließlich begriff sie, dass sie gar keine andere Wahl hatte, als hinzunehmen, was er ihr auftischte. Sie wusste so gut wie gar nichts über seine Firma, weil er sie aus allem raushielt, was seinen Job anging. Sie wusste auch nichts über Mads, seinen Anwalt in Tromso, und über seine finanzielle Situation konnte sie im Grunde auch nur mutmaßen, weil sie, obwohl verheiratet, getrennte Konten hatten.

Olli überwies ihr jeden Monat eine großzügige Summe zu ihrer freien Verfügung und noch einmal einen ganzen Batzen für das Einkaufen der Lebensmittel. All die Zeit nach Joshs Geburt war das okay für sie gewesen, doch jetzt, nach der Sache mit dem Umschlag fragte sie sich zwangsläufig, ob sie nicht ein Stück weit zu bequem gewesen war oder schlimmer noch, zu naiv.

„Lässt du mich bitte noch einen Augenblick allein", drängte sich Ollis Stimme in ihr Bewusstsein. Sie sah ihn an, zog die Brauen empor.

„Ich muss noch ein wichtiges Telefonat führen", erklärte er mit ungeduldiger Stimme und sah sie auffordernd an.

Seufzend gab sie sich geschlagen.

———

Stina war mittlerweile gegangen, weshalb sich Alfa damit ablenkte, eine Runde Memory mit Josh zu spielen, bevor Olli ihn zur Kita brachte. Am liebsten hätte sie den Kleinen heute zu Hause behalten, um sich von der ganzen unklaren Situation zwischen Olli und ihr abzulenken, doch sie wollte nicht, dass Josh am Ende misstrauisch wurde und mitbekam, das etwas nicht stimmte. Zumindest er sollte heute einen besonders schönen Tag erleben, nachdem sein Vater nicht da war, um ihn am Abend zu Bett zu bringen.

Alfa hoffte von ganzem Herzen, dass die Kinder von dem verschont blieben, was sie selbst seit gestern durchmachte, und zum größten Teil lag es nun mal an ihr, den Kindern vorzuspielen, dass alles in bester Ordnung war.

Als sie Ollis schwere Schritte auf der Treppe hörte und sah, wie er wenige Sekunden später mit einer Reisetasche in der einen und seinem Aktenkoffer in der anderen Hand auf der Schwelle stand, warf sie ihrem Sohn einen schmunzelnden Blick zu. „Du hast gewonnen. Bekomme ich später eine Revanche?"

Josh lief jubelnd auf seinen Vater zu, und beinahe hätte man meinen können, alles sei genau wie immer, als Alfa den Blick ihres Mannes auffing. Er starrte sie düster an und ihr wurde klar, was er dachte. Er wusste genau, dass etwas zwischen ihnen passiert war, dass sie ihm nicht traute, nicht mehr, zumindest was diese eine Sache anging.

Der Brief.

Kurz war sie versucht, ihn ein letztes Mal darauf anzusprechen, doch dann ließ sie es. Sie wollte nicht im Bösen mit ihm auseinandergehen, wenn er anschließend zwei Tage nicht nach Hause käme. Deswegen schluckte sie all ihre Bedenken, ihren Stolz und auch ihren Zorn hinunter, ging zu ihm in den Gang, wo er gerade dabei war, sich seine Schuhe anzuziehen.

Sie wartete, bis er fertig war, dann stellte sie sich auf Zehenspitzen, küsste ihn sanft auf den Mund. „Sei so nett und ruf zwischendurch mal an", bat sie und wartete auf seine Reaktion. Er schien mit ihrem Stimmungswechsel nicht gerechnet zu haben, sah verwirrt aus. Schließlich nickte er, zog sie näher zu sich. „Alles okay zwischen uns?", flüsterte er ganz nahe an ihrem Ohr.

Alfa überlegte kurz, nickte dann. „Aber wenn du wieder

zurück bist, möchte ich, dass wir miteinander in aller Ruhe über gestern reden.“

———

Inzwischen war es Abend geworden und Alfa kam nicht umhin, zuzugeben, dass sie Olli trotz allem vermisste.

Er war ein liebevoller Vater und Ehemann, ein wahnsinnig toller Mensch, humorvoll und so voller Liebe, das änderte auch ein einziger Ausrutscher nicht.

Vielleicht stimmte es doch, was er sagte, und sie selbst war es, die sich verrannte. Wenn sie ehrlich war, verstand sie gar nicht, wieso sie sich überhaupt so aufregte. Auch wenn ihre Vermutung stimmte, dass er bezüglich des Inhalts des Briefes log, konnte es doch sein, dass er es tat, weil er sie nicht beunruhigen wollte. Vielleicht war es etwas, dessen Ausmaß auf die Firma sie sich nicht einmal annähernd vorstellen konnte, und weil er dies wusste, hielt er sie eben von vornherein da raus.

Gedankenverloren ging sie in die Küche, um das Abendessen für die Kinder und sich vorzubereiten. Sie machte den Gefrierschrank auf, nahm die Burgerpattys heraus und beschloss, dass es außerdem nicht schaden konnte, wenn sie sich heute Abend ein Glas Wein gönnte. Sie nahm eine Flasche guten Roten aus dem Regal neben dem Kühlschrank, öffnete sie, als das Telefon im Gang klingelte. Sie wollte gerade die Flasche beiseitestellen, als die Tür von Stinas Zimmer aufging und die fröhliche Stimme der Zehnjährigen ertönte. „Ich geh dran, ist bestimmt für mich.“

Alfa grinste. Olli konnte es nicht sein, denn er rief ausnahmslos auf dem Handy an. Und da Stina noch kein eigenes besaß, lag es tatsächlich nahe, dass der Anrufer ihre Freundin war, mit der sie sich inzwischen wieder vertragen hatte.

Als die Flasche auf war, schenkte Alfa sich eines der guten Kristallgläser bis knapp unter den Rand voll, nahm einen großen Schluck, widmete sich schließlich dem Abendessen – Joshs Leibgericht.

Sie war gerade dabei, drei der lecker aussehenden Fischburger in die heiße Pfanne zu geben, als Stina in die Küche kam. Das Mädchen sah aus, als hätte es einen Geist gesehen.

„Was ist passiert?", fragte Alfa besorgt.

Stina sah sie an, das Gesicht kreidebleich, die Augen weit aufgerissen. „Es hat sich keiner gemeldet …" Ihre Stimme klang auf einmal ganz piepsig.

„Was meinst du?"

„Na am Telefon", gab das Kind verunsichert zurück. „Es hat jemand angerufen und sich dann nicht gemeldet. Das war total unheimlich."

Alfa lachte erleichtert auf. „Das macht doch nichts", beschwichtigte sie ihre Tochter. „Da hat sich eben jemand verwählt und ganz schnell aufgelegt. Ist mir auch schon ein paar Mal passiert."

Stina sah sie fest an, schüttelte heftig den Kopf. „Nein, du verstehst nicht, was ich meine. Da war schon jemand dran, nur hat derjenige nichts gesagt. Ich hab nur seinen Atem gehört."

5

TRONDHEIM

2009

Hellins Augen brannten wie Feuer, als sie zum gefühlt zehnten Mal heute in ihren stichpunktartigen Notizen der gestrigen Befragungen blätterte.

Sie seufzte, lehnte sich zurück, presste ihre Lider fest zusammen, in der Hoffnung, dass dieser kurze Moment des Innehaltens auch ihren vollkommen überanstrengten Augen zugutekam.

Die vergangene Nacht war kurz gewesen. Viel zu kurz. Sie hatte, großzügig gerechnet, vielleicht zwei Stunden am Stück geschlafen und den Rest der Zeit damit zugebracht, Löcher in die Dunkelheit zu starren. Bitch musste gemerkt haben, wie ruhelos und nervös sie war, und hatte sich im Laufe der Nacht zu ihr gelegt. Doch obwohl der Hund es normalerweise immer schaffte, sie runterzuholen und zu beruhigen, hatte es Hellin dieses Mal nicht einmal bis Tagesanbruch im Bett gehalten.

Es war noch vor vier Uhr gewesen, als sie ihren ersten Kaffee intus hatte und gerade mal fünf Uhr, als sie bereits in ihrem Wagen saß, auf dem Weg ins Büro.

Und auch jetzt kreisten ihre Gedanken unaufhörlich um

Jesper Skjeggestadt und die Frage, wer zur Hölle ihn auf diese grausame Art und Weise abgeschlachtet hatte.

Die Obduktion gestern am späten Abend bestätigte im Grunde nur, was Dr. Saluman bereits am Nachmittag ausgesprochen hatte.

Nämlich, dass die tödliche Verletzung am Hals innerhalb von Sekunden zum Tod geführt hatte und weit mehr als zwei Drittel der anderen Verletzungen dem Mann erst post mortem zugefügt worden waren. Jemand hatte also fast vierzig Mal auf einen bereits Toten eingestochen und genau das war es, das Hellin keine Ruhe ließ.

Der Täter oder die Täterin musste sich in einem wahren Blutrausch befunden haben, anders war diese Brutalität nicht zu erklären. Auf gar keinen Fall passte diese Handlungsweise zu einem Einbrecher, der von seinem späteren Opfer überrascht worden war.

Hinzu kam die Tatsache, dass die Spurensicherung trotz ihrer langwierigen und akribischen Suche am Tatort nicht das Geringste gefunden hatte.

Es gab weder Einbruchsspuren an Türen oder Fenstern, noch irgendwelche fremden Fingerabdrücke oder sonstige Hinterlassenschaften des potenziellen Täters, mit denen sie arbeiten konnten. Am schlimmsten fand Hellin, dass auch von der Tatwaffe selbst jede Spur fehlte, der Täter sie also mitgenommen haben musste. Laut rechtsmedizinischem Bericht handelte es sich dabei um ein großes Jagdmesser, das normalerweise dazu gedacht war, Wild aus der Decke zu schlagen. Ihre Kollegen von der Spurensicherung hatten buchstäblich jeden Stein in Haus und Garten sowie in der näheren Umgebung danach umgedreht – vergeblich. Die einzigen Spuren stammten von den zum Tatzeitpunkt anwesenden Menschen im Haus sowie dem Personal.

Und dann war da noch die Sache mit den Kameras, die Hellin extrem sauer aufstieß. Irgendjemand hatte jede einzelne davon abgeschaltet, sodass sie jetzt nicht einmal auf die Aufnahmen zurückgreifen konnten.

Das konnte doch kein Zufall sein, oder?

Hellin hatte bereits mit der Hausherrin darüber gesprochen, doch auch Iva konnte sich keinen Reim darauf machen. Sie war absolut sicher, dass weder ihr Mann noch sie selbst die Kameras abgeschaltet hatten, und verwies sie deswegen auf den Hausmeisterservice.

Hellin hatte heute Morgen schon unzählige Male bei dieser Firma angerufen, bis jetzt jedoch kein Glück gehabt. Sie musste dringend mit dem Verantwortlichen sprechen, ob es sich dabei um einen tatsächlichen Fehler bzw. ein Versehen handelte oder ob sie von Vorsatz ausgehen mussten. Letzteres würde diesen Fall, die komplette bisherige Ermittlung in einem vollkommen anderen Licht dastehen lassen.

Sie seufzte, setzte sich wieder auf. Sie konnte es sich nicht leisten, wertvolle Zeit zu verschenken, während ein Mörder, oder in Anbetracht der Grausamkeit der Tat vielmehr ein Monster, noch immer frei draußen herumlief.

Allein beim Gedanken an die Verlobte des Toten drehte sich Hellin der Magen um. Sie hatte auf Anhieb erkannt, dass die Frau unter Schock stand, es ihr noch elender zu gehen schien als dem befreundeten Ehepaar, sodass Hellin darauf bestanden hatte, dass sie sich von einem Arzt untersuchen ließ.

Daher hatte sie die zweite Befragung auch erst für den heutigen Nachmittag angesetzt und hoffte von ganzem Herzen, dass irgendjemand aus ihrem Team ihr bis dahin erste Erkenntnisse liefern würde.

Während der Konferenz heute Morgen hatte sie Varg und eine Kommissariatsanwärterin losgeschickt, um die Angehörigen des Toten zu befragen. Ein weiteres Zweierteam hatte sie angewiesen, sich mit dem privaten sowie beruflichen Umfeld des Mannes zu beschäftigen. Denn Fakt war, um herauszufinden, wer dem armen Kerl auf diese grausame Art das Leben genommen hatte, mussten sie zuallererst einmal in Erfahrung bringen, wer überhaupt Jesper Skjeggestadt gewesen war.

Sie selbst hatte sich nach der Konferenz in der Wohnung des Toten umgesehen, die Kollegen der Spurensicherung im Schlepptau. Hintergedanke dieser Aktion war, dass sich vielleicht in den Habseligkeiten des Mannes etwas fand, das ihnen weiterhelfen würde.

Außerdem stand sie in regem Austausch mit den Kollegen von der Recherche und der Technik, die momentan mit der Onlinespurensuche beschäftigt waren.

Irgendwo, das spürte sie, musste der Verantwortliche dieser abscheulichen Tat etwas übersehen haben, denn das perfekte Verbrechen gab es nicht.

Irgendwann, und wenn es zehn, zwanzig oder sogar dreißig Jahre später war, kam sie ihnen immer drauf.

Wenn sie auch im Privatleben oft viel zu früh aufgab, Beziehungen oder Freundschaften verbockte, war sie in ihrem Job wie ein Pitbull. Sie verbiss sich regelrecht in ihre Ermittlungen, ließ nicht mehr los, sodass es schon fast an Besessenheit grenzte.

Das war auch der Grund, weshalb sie regelmäßig mit Kollegen aneinanderprallte, eben, weil sie von ihnen ganz genau denselben unermüdlichen Einsatz voraussetzte, so wie sie selbst ihn an den Tag legte.

Dabei vergaß sie immer wieder, dass es Menschen gab, auf die zu Hause nicht nur ein Hund, sondern eine Familie wartete, Kinder, ein Ehepartner.

Sie selbst hatte nie das Bedürfnis verspürt, ihr Leben mit einer anderen Person teilen zu wollen, dafür war sie viel zu eigenbrötlerisch veranlagt und ein Stück weit auch egoistisch.

Sie war nicht bereit, sich für jemanden zu verbiegen, Abstriche zu machen, in egal welcher Hinsicht.

Sie wollte nach Hause kommen, tun und lassen können, was sie wollte, ihren Gedanken nachhängen und nötigenfalls eben auch in der Nacht, am Wochenende oder an Feiertagen arbeiten, ohne sich dafür entschuldigen oder gar rechtfertigen zu müssen.

Ihr Job gehörte zu ihr, war Teil von ihr und sie brauchte ihn wie die Luft zum Atmen, selbst dann, wenn er ihr emotional so viel abverlangte, wie aktuell der Mord an dem jungen Mann.

Das Klingeln des Telefons ließ Hellin zusammenfahren. Sie nahm den Hörer ab, stieß erleichtert den Atem aus, als ihr klar wurde, dass es sich um den langersehnten Rückruf des Hausmeisterservices handelte.

Der Mann am anderen Ende der Leitung schien bereits zu wissen, was sich zugetragen hatte, denn er plapperte so schnell, dass Hellin ihn stoppen musste. „Ganz in Ruhe", mahnte sie sanft, „es macht Ihnen wirklich keiner einen Vorwurf, wir müssen nur wissen, ob es möglich wäre, dass einer von Ihren Mitarbeitern vergessen hat, die Kameras einzuschalten. Wir würden uns eine Menge Arbeit ersparen, wenn wir wüssten, dass dies kein Werk des Täters ist, sondern auf menschliches Versagen zurückgeführt werden muss."

„Auf gar keinen Fall", empörte sich der Mann am anderen Ende der Leitung. „Ich selbst bin seit vielen Jahren für das Anwesen der Landviks verantwortlich und ich schwöre bei Gott, dass die Kameras liefen, als ich zuletzt das Grundstück der Familie verlassen habe. Wer immer das gewesen ist, muss also von den Dingern gewusst und so für seine spätere Tat vorgesorgt haben."

———

Als Hellin am Nachmittag in die Kaffeeküche trat, saßen bereits Varg und ein paar weitere Kollegen um den Tisch versammelt und tranken gemeinsam Kaffee. Sie erkannte an ihren Gesichtern, dass keiner von ihnen etwas hatte, das ihnen wirklich weiterhelfen würde. Nachdem sie sich ebenfalls eine Tasse eingeschenkt und hingesetzt hatte, verzog sie das Gesicht. „Nicht alle auf einmal", murrte sie, sah Varg missmutig an. „Den Hausmeister hab ich übrigens inzwischen gesprochen – er schwört bei seinem Leben, dass er die Kameras nicht ausgeschaltet hat."

„Glaubst du ihm denn?"

„Der Mann ist inzwischen weit über sechzig und chronisch krank, wie ich im Nachhinein herausgefunden habe. Er hat den Service vor über dreißig Jahren gegründet, die Ostbergs sind Kunden der ersten Stunde, nur deswegen kümmert er sich noch selbst um das Anwesen. Er hat ansonsten keinerlei Bezug zu der Familie, scheint sein Leben lang ein gesetzestreuer Bürger gewesen zu sein. Ich wüsste ganz ehrlich nicht, wieso er lügen, oder schlimmer noch, sich mitten in der Nacht Zutritt zum Haus verschaffen und einen Freund der Familie brutal niederstechen sollte."

Varg hob die Schultern. „Ich weiß auch nicht, was ich dir sagen könnte, das du nicht bereits weißt. Jesper war IT-Spezialist und hatte eine eigene Firma mit zwei Angestellten. Er war äußerst beliebt, hat eine makellos weiße Weste, noch nicht einmal einen Strafzettel wegen zu schnellen Fahrens. Der Typ war ein Heiliger, das bestätigen auch die Eltern. Ein nettes älteres Pärchen, die Mutter ist zusammengebrochen, als sie vom Tod ihres Jungen erfahren hat. Sie hat ihn seit Ewigkeiten nicht zu Gesicht bekommen und dann so was. Die Arme wusste nicht einmal, dass er eine Freundin hat, geschweige denn, verlobt war."

Hellin schluckte.

„Hast du die Eltern herbestellt?"

Varg nickte. „Aber erst für morgen. Das reicht doch, oder?"

Hellin nickte abwesend. „Gibt es Geschwister?"

„Eine Schwester, die mittlerweile in Deutschland lebt. Ich hab kurz mit ihr gesprochen, doch wirklich weiterhelfen konnte sie auch nicht. Sie hat vor Monaten das letzte Mal von ihrem Bruder gehört, der Altersunterschied sei zu groß, um sich wirklich nahezustehen, hat sie mir erklärt."

„Und die beiden Angestellten?"

„An denen ist Fria noch dran."

Hellin seufzte. „Die Technik jammert, weil Jesper seine Daten alle doppelt und dreifach verschlüsselt hat. Ist wohl nicht gerade leicht, seine Passwörter zu knacken."

Sie sah einen jungen Mann an, der noch nicht lange zu ihrem Team gehörte und den sie gebeten hatte, die Nachbarn zu befragen, während sie sich in der Wohnung umsah. „Hatten Sie wenigstens Glück?"

Peer erwiderte ihren Blick. „Das Paar im Haus nebenan ist weit über achtzig und schwerhörig, von den beiden ist nichts zu erwarten. Aber die junge Dame schräg gegenüber meinte, dass sie vor ein paar Tagen mal mitbekommen habe, dass es von irgendwoher ziemlich laut zuging. Ein Mann und eine Frau mit jung klingenden Stimmen hätten sich angeblich über Stunden hinweg angeschrien, die Frage ist jetzt nur, ob es sich dabei um Jesper und seine Verlobte gehandelt haben könnte."

Hellin legte den Kopf schräg. „Die Nachbarin weiß also nicht genau, aus welchem Haus das Geschrei kam?"

„Genau."

„Scheiße, verdammt!", stieß Hellin aus, sah in die Runde. „Und was ist mit Freunden und Bekannten des Mannes? Irgendjemand muss doch wissen, ob Jesper bedrückt wirkte oder Probleme zu haben schien, vielleicht etwas über einen Streit erzählt hat."

„Da gibt es nur einen engen Freund", erklärte Jahn, ein älterer Kollege. „Der Name des Mannes ist Askjell. Jesper und er telefonierten oft miteinander, deswegen hab ich ihn überhaupt erst kontaktiert. Askjell hat mir erzählt, dass er Jesper seit Monaten nicht gesehen hat, weil dieser nur noch seine Freundin im Kopf hatte. Auch er wusste nichts von der Verlobung seines Kumpels, geschweige denn hat er die Dame jemals zu Gesicht bekommen. Ein typischer Fall von Vernachlässigung des Umfelds wegen einer neuen Flamme."

Hellin warf einen Blick auf ihre Uhr, stand auf. „Die Verlobte des Toten und das Ehepaar Landvik müssten jeden Augenblick eintrudeln." Sie sah erst Varg und schließlich Jahn an. „Ich übernehme Kirsti und ihr beide die Landviks, okay?" Sie ging zur Tür, sah sich noch einmal zum Rest des Teams um. „Und ihr bleibt weiter dran, versucht, die Angestellten von Jesper zu erreichen, herauszufinden, wo er sich regelmäßig in seiner Freizeit herumgetrieben hat, wie es um seine Finanzen steht und all so was. Es wäre gut, wenn die Technik bis heute Abend erste Ergebnisse liefern könnte, wir außerdem endlich etwas über seine Online-Aktivitäten herausfinden. Ach und noch was ..." Sie räusperte sich. „Bei den heutigen Befragungen geht es mehr oder weniger nur um die Verbindung der drei Leute zueinander und zum Opfer selbst und ob sie sich inzwischen doch an etwas erinnern, das wichtig sein könnte. Im Grunde sind es dieselben Fragen wie gestern, nur mit mehr zeitlichem Abstand, in der Hoffnung, dass der Schock über die Ereignisse sich gelegt und ein paar Erinnerungen zutage gefördert hat. Sobald wir damit durch sind, nehmen wir parallel zu den Ermittlungen rund um den Toten selbst gleich noch Privatleben und Umfeld der drei Zeugen unter die Lupe. Ich will alles über diese Leute wissen, und damit meine ich wirklich jede noch so unwichtig erscheinende Kleinigkeit."

„Was genau willst du damit sagen?“, stieß Varg aus. „Dass einer von den dreien selbst es gewesen sein könnte?“

Hellin zuckte mit den Schultern, sah ihren Kollegen nachdenklich an. „Ist eigentlich am naheliegendsten, oder nicht? Schließlich waren, zumindest in Hinsicht auf die Ergebnisse der Spurensicherung, die Verlobte des Toten und das Ehepaar Landvik die einzigen Personen im Haus, als Jesper starb.“

6

HAMMERFEST

MAI 2019

Ein schmerzhafter Tritt weckte sie. Verwirrt richtete Alfa sich auf, sah sich um. Als sie die schlafenden Kinder neben sich sah, fiel ihr alles wieder ein. Stöhnend ließ sie sich ins Kissen zurücksinken, schloss die Augen. Sie alle hatten eine furchtbare Nacht hinter sich. Nicht nur, weil Stina nach dem merkwürdigen Anruf kaum zu beruhigen gewesen war und sich ihre Panik irgendwann auch auf Joshua übertragen hatte. Nein, auch Ollis Abwesenheit hatte letztendlich dazu beigetragen.

Alfa war gestern so wütend auf ihn gewesen, weil er sich nicht wie versprochen bei den Kindern und ihr gemeldet und zudem ihre Anrufe weggedrückt hatte, dass sie sich schließlich entschieden hatte, ihm eine Nachricht zu schreiben, die, rückblickend betrachtet, wirklich nicht gerade nett gewesen war.

Doch nachdem Stina und Joshua sich hartnäckig weigerten, zu Bett zu gehen, ohne zuvor mit ihrem Vater gesprochen zu haben, war ihr keine andere Wahl geblieben.

Als er sich irgendwann doch noch gemeldet hatte, war es fast zehn Uhr gewesen.

Eine halbherzige Entschuldigung murmelnd hatte er den

Kindern und ihr erklärt, den ganzen Tag bei Mads verbracht zu haben, doch so richtig besänftigt hatte zumindest sie diese Ausrede nicht.

Vor allem deswegen, weil sie an seiner Stimmlage erkannt hatte, dass er zu dieser späten Stunde nicht etwa in seinem Hotelzimmer war, sondern noch unterwegs zu sein schien.

Olli hatte versucht, ihr schonend beizubringen, dass es sein könne, dass er eine weitere Nacht weg sein würde, doch nach dem Hin und Her mit Stina hatte sie das Handy vollkommen entnervt an das Mädchen weitergegeben, damit sie ihm selbst sagen konnte, was am Abend vorgefallen war.

Und klar, Olli wäre nicht Olli, wenn er nicht seiner Vaterpflicht nachgekommen und es geschafft hätte, Stina wenigstens für den Augenblick zu beruhigen, doch eine echte Hilfe, fand Alfa, war das auch nicht gewesen.

Sie brauchte ihren Ehemann hier und nicht am Telefon und sie kam nicht umhin, zuzugeben, dass es sie verletzte, dass er sein Versprechen, sich hin und wieder mal zu melden, nicht eingehalten hatte. Nachdem er mit den Kindern gesprochen und die erhitzten Gemüter besänftigt hatte, war es zwar auch ihr ein Stück weit besser gegangen, dennoch fand sie, auch heute Morgen und mit ein wenig Abstand betrachtet, dass er gestern Abend irgendwie seltsam geklungen hatte. Den Kindern war dies glücklicherweise nicht aufgefallen, aber sie hatte sofort bemerkt, dass Ollis Stimme irgendwie merkwürdig klang, zittrig und aufgebracht, beinahe gehetzt.

Auf ihre Frage, wo er denn so spät noch unterwegs sei, hatte er erklärt, dass er bei Mads zu Abend gegessen habe und nun auf dem Weg ins Hotel sei. Eigentlich eine logische Erklärung, nachdem er bereits den Tag bei seinem Anwalt verbracht hatte, und doch war da etwas an seiner Stimme gewesen, das sie daran zweifeln ließ.

Auch die Tatsache, dass er für den Bruchteil einer

Sekunde gezögert hatte, als sie von ihm den Namen seiner Unterkunft wissen wollte, hatte nicht gerade dazu beigetragen, ihr Misstrauen abzulegen.

Irgendwie hatte sie seit gestern den Eindruck, dass dieser unheimliche Anruf, der Stina so verängstigt hatte, auch bei ihrem Mann einen Nerv getroffen haben könnte.

Dafür sprach die Tatsache, dass er Stina geradezu gelöchert hatte, was die Länge des Telefonats und eventuelle Nebengeräusche anging. Okay, er hatte seine Tochter beruhigen wollen, aber trotzdem musste Alfa zugeben, dass die Fragen, die er Stina gestellt hatte, komisch waren. Und dann war da noch sein überstürztes Aufbrechen am Tag, als der Brief ins Haus geflattert kam, seine vollkommen überraschende Abreise gestern Morgen und sein beinahe aggressives Auftreten ihr gegenüber, das sie von ihrem Mann eigentlich nicht kannte.

Es war, als habe sich mit diesem Brief etwas zwischen ihnen beiden verändert, es fühlte sich beinahe an, als schwebe seither ein Damoklesschwert über ihrer Familie und Alfa würde alles, wirklich alles dafür geben, zu erfahren, wieso.

Als sie es am Vormittag schließlich geschafft hatte, eine knappe halbe Stunde auf dem Laufband zu schwitzen und anschließend bei einem Smoothie in der Küche saß, fühlte Alfa sich zumindest etwas besser. Die Bewegung auf dem Band hatte ihr inneres Chaos wieder ins Lot gebracht und dafür gesorgt, dass sie zumindest ein Stück weit wieder klar denken konnte. Heute Morgen hatte sie noch darüber nachgedacht, die Kinder nach der beinahe durchwachten Nacht zu Hause zu lassen, doch dann hatte sie gesehen, dass es eigentlich nur ihr so mies ging, Stina und Josh den Umständen entsprechend gut drauf waren und sie letztendlich doch in

Schule und Kita gefahren. Jetzt war sie glücklich über diese Entscheidung, denn gerade in Krisenzeiten war es für Kinder wichtig, so viel Normalität für nur irgend möglich beizubehalten. Sie hatte den beiden versprochen, dass sie heute Abend gemeinsam einen Film gucken würden, doch der wahre Hintergedanke dieses Versprechens war selbstverständlich Ollis gestrige Vermutung, dass er eine weitere Nacht weg sein würde. Inzwischen konnte Alfa nicht mehr zählen, wie oft sie heute schon aufs Display ihres Smartphones geguckt hatte, doch bislang hatte sie noch nichts von ihrem Mann gehört. Schließlich hielt sie es nicht mehr aus. Sie zögerte den Bruchteil einer Sekunde, dann nahm sie es zur Hand, tippte eine WhatsApp für Olli, klickte auf absenden. Und obwohl sie nicht damit rechnete, klingelte keine Minute später ihr Handy.

Misstrauisch warf sie einen Blick darauf, doch es war tatsächlich Olli, der anrief.

„Haben die Kinder und du einigermaßen gut schlafen können?“, fragte er anstelle einer Begrüßung und Alfa musste sich wirklich extrem beherrschen, ihm keine patzige Antwort vor den Latz zu knallen.

„Wir hatten schon weit bessere Nächte“, sagte sie daher lapidar und legte all ihre Konzentration in den Versuch, ihre Stimme nett oder allenfalls neutral klingen zu lassen. Am Ende gab sie auf, als ihr klar wurde, dass egal wie sehr sie sich auch abmühte, sie doch wie eine keifende Hexe klang. Und in Anbetracht all der Dinge, die in den letzten beiden Tagen vorgefallen waren, schien das auch einigermaßen okay zu sein.

„Stinas Angst wegen des Anrufs hat auf Joshi abgefärbt“, erklärte sie ihm. „Und ich hatte wirklich auch nach deinem späten Anruf richtig Probleme, die beiden ins Bett zu kriegen. Am Ende haben wir zu dritt in meiner Hälfte des Ehebettes geschlafen – und ich denke, du kannst dir vorstellen, dass das nicht gerade lustig gewesen ist."

Sie vernahm Ollis Lachen, doch es klang unaufrichtig und gekünstelt. „Gab es weitere Anrufe oder ist es bislang bei dem einen geblieben?", fragte er plötzlich und diesmal war Alfa absolut sicher, dass da ein Zittern in seiner ansonsten so festen Stimme war.

„Bis jetzt ist es bei dem einen geblieben", gab sie zurück.

„Hab ich ja gesagt", kam es wenig später von Olli und Alfa fand, dass es irgendwie erleichtert klang. „Ich könnte mir inzwischen sogar vorstellen, dass der Anruf ein Streich von irgendeinem Klassenkameraden war. Jemand wollte Stina wohl mit Absicht erschrecken. Vielleicht ein heimlicher Verehrer, schließlich ist die kleine Dame wirklich sehr süß."

Bei seinem letzten Satz klang ein Schmunzeln in Ollis Stimme mit, doch Alfa erkannte, dass das nur Show war. Olli war ganz genauso verunsichert wie sie, nur mit einem großen Unterschied – er wusste zumindest, worüber er sich Sorgen machte.

„Was ist jetzt eigentlich?", fragte sie und wusste selbst, dass sie schmallippig klang. „Kommst du heute wieder oder bleibt es dabei, dass du länger weg bist?"

Ein Seufzen erklang. „Tut mir leid, Baby, aber es geht wahrscheinlich nicht. Mads und ich haben gestern nicht einmal die Hälfte der Arbeit geschafft, die nötig ist, um das Chaos zu beseitigen, das andere mir eingebrockt haben. Wir brauchen also noch mindestens bis heute Abend und so spät mag ich auch nicht mehr ins Auto steigen." Er brach ab und seufzte tief.

Und obwohl Alfa echtes Bedauern aus seinen Worten hörte, kam sie nicht dagegen an, es ihm noch zusätzlich ein klein wenig schwerer zu machen. „Die Kinder hatten gestern nur deswegen so große Angst, weil ihr Vater nicht hier ist, verstehst du? Sie fühlen sich in deiner Gegenwart sicher und geborgen, selbst wenn hundert Idioten bei uns anrufen und sich nicht melden."

Sie hörte, dass Olli leise stöhnte, und verzog zufrieden das Gesicht.

„Ich verspreche dir, dass ich spätestens morgen Nachmittag wieder zurück bin", erklärte er schließlich. „Vielleicht schaffe ich sogar, die Kinder abzuholen. Und dann rede ich noch mal in aller Ruhe mit den beiden. Du wirst sehen, alles kommt wieder in Ordnung."

———

Nach dem Gespräch mit Olli sollte Alfa eigentlich etwas entspannter sein, doch das Gegenteil war der Fall. Sie konnte sich nicht dagegen wehren, dass ihre innere Stimme keine Ruhe gab. *Der lügt doch ... Er lügt ... Er lügt ...*

Die Worte gingen ihr beinahe pausenlos durch den Kopf, begannen bereits, ihr Kopfschmerzen zu bereiten.

Da waren so viele Aspekte, die dafür sprachen, dass Olli tatsächlich etwas vor ihr verheimlichte, ihr diesbezüglich rotzfrech ins Gesicht log.

Der Brief.

Und die damit verbundene Tatsache, dass er noch immer nicht sagen wollte, was darin stand.

Seine Reaktion bezüglich ihres Wissens von dem Brief.

Die überstürzte Abreise.

Seine Stimme am Telefon, die geklungen hatte, als habe er selbst vor etwas Angst.

Und das Gespräch mit Stina gestern Abend. Er hatte sie definitiv ausgefragt, das hatten ihr die Antworten ihrer Tochter mehr als deutlich zu verstehen gegeben.

Und auch das Gespräch vorhin gab mehr als genug Anlass zur Sorge, dass da etwas ganz und gar nicht in Ordnung war.

Er hatte so verunsichert geklungen. Gestresst. Beinahe gehetzt, als würde er vor etwas … oder vor jemandem weglaufen.

Das war ihr bereits gestern Abend aufgefallen.

Und zu guter Letzt dieses Zögern in seiner Stimme, als sie ihn am Abend zuvor nach seinem Hotel gefragt hatte.

Angeblich war er im Radisson Blu abgestiegen, doch als sie vorhin dort angerufen hatte, versicherte ihr die Rezeptionistin, dass es momentan keinen Gast mit dem Namen ihres Ehemanns im Hotel gab.

Kurz hatte sie überlegt, ob sie sich verhört haben konnte, doch den Gedanken hatte sie schnell wieder verworfen. Und nachdem sie herausgefunden hatte, dass es in Tromso nur ein einziges Hotel mit diesem Namen gab, stand nun eben definitiv fest, dass Olli tatsächlich log.

Sie schluckte, atmete tief durch.

Dann schoss ein Gedankenblitz durch ihren Kopf. Olli hatte behauptet, in dem Brief ginge es um finanzielle Probleme seine Firma betreffend.

Doch kümmerte sich um diese Belange nicht eigentlich der Steuerberater?

Sie presste die Lider fest zusammen, versuchte, sich an den Namen der Kanzlei zu erinnern. Dann endlich machte es klick.

Hermansen und Partner …

Sie suchte online nach den Kontaktdaten des Steuerberaters ihres Mannes, stellte fest, dass er hier vor Ort war. In Hammerfest.

Ihre Finger zitterten, als sie die Nummer der Kanzlei wählte. Als wenig später eine Frau dranging, ließ sich Alfa in Sekundenschnelle eine plausibel klingende Ausrede einfallen.

„Herr Hermansen hat meinem Mann diese Woche einen wichtigen Brief mit einem Dokument vom Finanzamt zugesandt. Leider hab ich versehentlich Rotwein drüber geschüttet, deswegen wollte ich Sie bitten, ob es möglich wäre, dass Sie uns eine Kopie des Formulars zukommen lassen."

Die Dame am anderen Ende der Leitung bat Alfa, sich einen Augenblick zu gedulden, dann klickte es und sie hatte Hermansen persönlich am Apparat. Nachdem sie auch ihm ihre Lügenmär vorgetragen hatte, wartete sie beinahe atemlos auf seine Antwort.

„Der letzte Schriftverkehr an Ihren Gatten ging vor mehr als zwei Monaten raus", erklärte der Mann verdutzt. „Was bedeutet, dass Sie sich irren müssen, was den Absender des Briefes angeht. Von meiner Kanzlei stammt er jedenfalls nicht."

Sie bedankte sich, legte auf, schüttelte langsam den Kopf.

Du Schweinehund, dachte sie wütend und kämpfte gegen den Drang an, ihr Smartphone gegen die Wand zu werfen.

Tief durchatmen, sagte sie wie ein Mantra vor sich hin, kaute auf ihrer Unterlippe, bis sie Blut schmeckte.

Nachdem sie sich etwas beruhigt und ihre Fassung zurückerlangt hatte, googelte Alfa mit hämmerndem Herzen den Namen von Ollis Anwalt. Mads Jacobsson lautete dieser und keine Sekunde später hatte sie seine Nummer ins Handy eingetippt. Im Grunde war es nur noch eine reine Formsache, denn sie wusste, auch ohne auf wählen zu klicken, wie die Antwort auf die wichtigste ihrer Fragen lauten würde, dennoch wollte sie es nicht unversucht lassen.

Atemlos lauschte sie dem Klingelton, zuckte zusammen, als kurz darauf die dunkle Stimme eines Mannes um die vierzig ertönte. „Ich bin Alfa Nielsen", erklärte sie ihm schließlich mit zitternder Stimme. „Wäre es wohl möglich, dass ich ganz kurz mit meinem Ehemann sprechen könnte, er geht nämlich nicht an sein Handy."

Der Mann am anderen Ende der Leitung räusperte sich betreten. „Alfa aus Hammerfest?"

„So ist es, und ich weiß, dass mein Ehemann genau jetzt

bei Ihnen in Tromso in der Kanzlei sein müsste, das hat er mir heute Vormittag am Telefon selbst gesagt. Und ich weiß, dass er auch gestern bei Ihnen war. Er sagte, Sie beide hätten miteinander zu Abend gegessen."

Sekundenlang herrschte betretenes Schweigen in der Leitung, dann ertönte ein lang gezogenes Seufzen. „Puh … das ist ja … Oh man … Ganz ehrlich? Ich weiß nicht, was ich sagen soll …" Wieder ein Räuspern, dann ein verlegenes Hüsteln. „Meine Liebe, ich habe ganz sicher schon seit knapp einem Jahr nichts mehr von ihm gehört und gesehen habe ich ihn mindestens schon doppelt so lange nicht mehr."

7

TRONDHEIM

2009

Inzwischen war es früher Abend und Hellin wünschte sich nichts mehr, als endlich Ergebnisse im Fall Jesper Skjeggestadt. Doch leider hatten sie noch immer nichts wirklich Hilfreiches in der Hand. Varg und Jahn waren mittlerweile seit Stunden dabei, das Ehepaar Landvik getrennt voneinander zu befragen, doch die heutigen Aussagen der beiden unterschieden sich bis jetzt nicht im Geringsten von denen, die sie am gestrigen Morgen gemacht hatten. Was Jespers Verlobte Kirsti betraf, musste sich Hellin mit der Befragung noch ein wenig gedulden, denn die Frau hatte kurz vor dem Termin bei ihr angerufen und um etwas Aufschub gebeten, da sie eine furchtbare Nacht hinter sich hatte und es ihr – verständlicherweise – alles andere als gut ging. Hellin war das sogar mehr als recht gewesen, denn das gab ihr die Möglichkeit, noch vor dem Gespräch ein wenig zu recherchieren, was das Vorleben von Jespers Verlobter anging.

Das Team, das auf die Befragungen von Freunden und Bekannten des jungen Mannes angesetzt war, hatte mittlerweile einen Großteil der auf der Liste stehenden Namen abhaken können, bislang ohne nennenswerte Neuigkeiten zu erfahren. Jesper war schon immer ein Technikfreak gewesen, der seine Freizeit am liebsten zu Hause, vor seinem PC verbracht hatte. Seine Freunde beschrieben ihn als eigenbrötlerisch, introvertiert und eher menschenscheu. Doch die Handvoll Freunde, die er seit Jahren an seiner Seite hatte, hegte und pflegte er, er galt als die Sorte Mensch, von denen man das letzte Hemd haben konnte, sofern man es denn benötigte. Auch die Mitarbeiter seiner Firma beschrieben ihn eher als Kumpeltypen und nicht als ihren Vorgesetzten. Er sei sehr fair gewesen, menschlich, einfach liebenswert, umso tragischer erschien Hellin die brutale Art und Weise seines Ablebens.

Allein bei der Vorstellung daran, morgen seinen Eltern gegenüberzustehen, anwesend zu sein, während die beiden ihren toten Jungen identifizieren mussten, drehte sich ihr der Magen um.

Nichts von alledem, was sie bislang über Jesper zu wissen glaubten, ergab in Hinsicht auf seinen Tod einen Sinn.

Hellin starrte betreten auf den Notizblock vor sich auf dem Tisch. Sie konnte nicht mehr sagen, wie oft sie ihre Stichpunkte mittlerweile durchgegangen war, doch wirklich klarer sah sie dadurch noch immer nicht.

Sie mussten ganz einfach die Tatwaffe endlich finden, denn dann … und nur dann … hätten sie den ersten richtigen Durchbruch in diesem Fall vorzuweisen und eine erste echte Spur in Richtung Täter oder Täterin.

Doch selbst Hellins Vermutung, das Messer könnte in der Umgebung rund ums Haus vergraben worden sein, war bislang im Sande verlaufen. Sie hatte sogar darauf bestanden, dass die Spurensicherung den Terrassenteich der Familie abließ, doch glücklicherweise war die Waffe auch darin nicht gefunden worden – was in Hinsicht auf mögliche Fingerabdrücke gut war.

Wobei Varg schon angemerkt hatte, dass, selbst wenn sie die Waffe noch fanden, die Chance, Spuren daran zu finden, minimal war. Wer auch immer Jesper getötet und die Waffe versteckt hatte, war sicherlich so schlau gewesen, seine Spuren zu beseitigen.

Hellin seufzte, schob den Gedanken beiseite. Keiner von ihnen wusste, was im Kopf des Täters vorging. Und somit konnte auch nicht ausgeschlossen werden, ob die Tatwaffe ihnen am Ende nicht doch nutzen würde.

Doch wo suchen?

Sie hatten das Haus der Familie auf den Kopf gestellt, den Garten, die Fahrzeuge der Anwesenden – nichts. Auch die Umgebung rund ums Haus hatte ein Kollege mit zwei Hunden überprüft – ebenfalls ohne Erfolg.

Im Grunde war es so, dass mit jeder Stunde, die verstrich, der Täter weitere Vorkehrungen treffen konnte, um nicht gefasst zu werden.

Was Jesper selbst anging, konnten sie zumindest inzwischen sagen, dass er keine Feinde hatte, zumindest keinen, der seinen Tod wollte.

Inzwischen hatte die Technik auch seinen PC durchleuchtet, alle Passwörter geknackt, doch wirklich fündig war keiner von ihnen geworden.

Jesper war auf Instagram aktiv gewesen, hatte mehrere Follower – alles Nerds wie er selbst, doch von denen hatte er keinen wirklich gekannt. Die Kommunikation auf dieser Plattform hatte für Jesper nur darin bestanden, gelegentlich Fotos oder Videos zu posten und mit seinen Followern in der Kommentarfunktion Nettigkeiten auszutauschen.

Facebook hatte er ausschließlich beruflich und zu Werbezwecken genutzt, sodass es auch da keinerlei Anlass gab, tiefer zu graben. Blieben noch einige Foren, in denen sich IT-Spezialisten über ihre Arbeit austauschten, doch Hellin vermutete, dass die Kollegen auch da weiterhin im Dunkeln stocherten.

Es war zum Verzweifeln. Ein Mann war gestorben und sie begriff das Motiv hinter dem Verbrechen nicht.

Jesper hatte keine Schulden, trank nicht, rauchte nicht, hatte noch niemals etwas mit Drogen am Hut gehabt. Im Grunde war er ein Jedermann, wieso also diese schreckliche Tat?

Eifersucht käme vielleicht noch als Motiv infrage, doch Kirsti hatte am Vorabend des Mordes einen Verlobungsring von ihm bekommen. Warum sollte sie ihn derartig zurichten? Ganz abgesehen davon, dass sie einen Schock erlitten hatte, behandelt werden musste, eine Beteiligung ihrerseits am Mord an Jesper ergab noch weniger Sinn als ein Einbrecher, der zwar nichts gestohlen, aber einen Gast getötet hatte.

Es stand also nach wie vor die Möglichkeit der Verwechslung im Raum. Was, wenn der Täter gar nicht Jesper hatte erwischen wollen, sondern Ivas Ehemann?

Beide Männer waren in etwa gleich groß, hatten dunkelblondes Haar, markante Gesichtszüge. Von hinten oder von der Seite, noch dazu im Dunkeln konnte man Jesper sicherlich ganz leicht für Ivas Ehemann halten.

Hellin machte sich eine Notiz, die sie daran erinnern sollte, Iva und ihren Ehemann Fynn zu fragen, ob es in der letzten Zeit irgendwelche Vorkommnisse gegeben hatte, die Anlass gaben, in diese Richtung weiterzusuchen. Immerhin hatte Ostberg senior seiner Tochter und deren Mann nicht nur eine gut gehende Firma hinterlassen, sondern unzählige Immobilien, Anlagepapiere und eine beeindruckend hohe Barschaft. Das alles hatte Hellin vorhin innerhalb kürzester Zeit herausgefunden, während Jahn und Varg mit dem Paar selbst gesprochen hatten.

Iva und ihr Mann waren nicht nur reich, sondern steinreich, und das wiederum gab durchaus Anlass dazu, auch in diese Richtung zu denken. Was also, wenn der verstorbene Senior seiner

Tochter und ihrem Mann nicht nur sein Vermögen hinterlassen hatte, sondern auch verärgerte Geschäftspartner, ehemalige Angestellte oder sonstige Hater? Hinzu kam, dass Landvik, bevor er mit seiner späteren Frau Iva Ostberg zusammen gekommen war, in der Personalabteilung der Firma seines späteren Schwiegervaters gearbeitet hatte. Gut möglich, dass es während dieser Zeit zu irgendwelchen unschönen Begegnungen mit anderen Angestellten gekommen war, die ihre Schatten ins Hier und Jetzt warfen. Vielleicht hatten er und Ostberg senior jemanden gefeuert und waren so ins Kreuzfeuer eines Irren geraten? Irrsinn aus der Not geboren – so was kam immer wieder vor.

Wie GENAU ist Ivas Vater gestorben?, kritzelte Hellin in ihr Büchlein, unterstrich die Frage mehrmals. Sie durften keine Option außer Acht lassen, mussten in jeder möglichen Richtung nach Hinweisen suchen, ganz egal, wie abstrus diese auf den ersten Blick auch erscheinen mochten.

Ein Klopfen riss sie aus ihren Gedanken.

Kurz darauf trat Varg ins Zimmer, sah sie nachdenklich an. „Hast du einen Moment?", fragte er, warf einen kurzen Blick auf ihr Notizbuch.

Sie klappte es zu, richtete sich auf. „Klar, setz dich."

Als ihr Kollege Platz genommen hatte, stieß er die Luft hart aus. „Es ist wegen Landvik. Der Typ kommt mir komisch vor. Ich weiß auch nicht …"

Hellin runzelte die Stirn. „Ich denke, es gab keinerlei Widersprüche in seiner heutigen Aussage?"

Er schüttelte den Kopf. „Das meinte ich auch nicht. Es ist eher so, dass ich ihm nicht über den Weg traue. Er ist so … nett, irgendwie übereifrig. Ich bin mir absolut sicher, dass mit dem etwas nicht stimmt. Er verheimlicht was, sagt nicht die ganze Wahrheit."

Hellin runzelte die Stirn. „Und das erkennst du daran, dass er vorbildlich mit uns zusammenarbeitet?"

Varg verzog das Gesicht. „Ich weiß selbst, wie blöd sich

das anhört, trotzdem ist es so, dass ich das Gefühl habe, dass sein Verhalten nur eine Scharade ist. Der macht uns was vor, versteckt sein wahres Gesicht hinter seinem netten Gehabe."

„Jesper und er waren gute Freunde. Er mochte ihn, natürlich will er, dass wir herausfinden, was passiert ist. Also das allein würde mich persönlich jetzt nicht misstrauisch machen."

„Dennoch hältst du es für möglich, dass einer von den dreien es gewesen ist."

„Aber nicht, weil sie kooperieren, sondern weil es eben keinerlei Hinweise auf einen Einbruch gibt."

Varg seufzte leise. „Wusstest du, dass Iva und Jesper früher liiert waren?"

Sie zog die Brauen empor „Ich meine, mich zu erinnern, dass ihr Ehemann gestern sagte, sie sei mit ihm seit Langem befreundet gewesen, doch von einer Beziehung der beiden wusste ich nichts."

„Die haben sich an der Uni kennengelernt, waren ein paar Monate lang liiert. Das Ganze ging auseinander, weil sie irgendwann begriff, dass Jesper nur eine wahre Liebe hat – seinen Computer. Und als ihm klar wurde, dass er beiden niemals würde gleichermaßen gerecht werden können, trennte er sich von Iva."

„Und das hat dir Iva selbst erzählt?"

Kopfschütteln. „Ihr Mann hat es mir gesagt. Oder besser gesagt ist es ihm wohl versehentlich rausgerutscht."

„Hast du Jahn davon erzählt?"

„Ich hab ihn rausgeklopft und es ihm gesteckt, damit er es ihr gegenüber beiläufig erwähnen kann, doch wie es aussieht, wusste auch er es bereits."

„Na wenigstens haben sie es nicht verschwiegen. Das ist doch schon mal was."

„Schon … dennoch kann ich den Typen nicht ab. Ich weiß auch nicht, der ist mir eben zu schmierig und aalglatt.

Von ihm weiß ich auch, dass seine Frau und Kirsti sich im Fitnessklub kennenlernten und dass es seine Idee war, Jesper und Kirsti zu verkuppeln, nachdem beide Frauen sich schnell sehr eng anfreundeten."

Ein Gedankenblitz schoss durch Hellins Kopf. „Eine der Nachbarn von Jesper hat doch diesen Streit mitbekommen …" Sie brach ab, starrte ihren Kollegen an. „Was, wenn es dabei genau darum ging? Was, wenn Kirsti da erst erfuhr, was sich zwischen ihrem Freund und ihrer Freundin früher mal abgespielt hat?"

Hellin lehnte sich zurück, sah ihren Kollegen triumphierend an. „Möglich, dass Kirsti also jetzt erst von der früheren Affäre beider erfahren hat und deswegen ausrastete."

„Allerdings hat er sie kurz danach gefragt, ob sie seine Frau werden will. Ich schätze also mal, dass sie ihm, falls sie ihm wirklich böse war, spätestens beim Antrag vergeben hat."

Hellin sah auf ihre Uhr, stand auf. „Sie müsste jeden Augenblick eintrudeln. Darf ich dich um einen Gefallen bitten? Versuche bitte, die Zeit, während ich mit Kirsti spreche, dazu zu nutzen, etwas über ihre Vergangenheit herauszufinden. Ich hab schon ein paar Dinge zusammengetragen, weiß, dass sie aus Oslo stammt, nach Trondheim kam, um Design zu studieren, und im dritten Semester hingeworfen hat. Anschließend jobbte sie in zahlreichen Bars und Diskotheken, lebte mehr oder weniger von heute auf morgen. Es gibt einige ältere Akteneinträge von ihr, unter anderem wegen Trunkenheit am Steuer und Drogenkonsums. Ich weiß nicht, ob sie ein Junkie war oder nur gelegentlich was genommen hat, schätze aber, dass uns ihre ehemaligen Arbeitgeber und Kollegen helfen können."

„Haben wir da jemand Spezielles, den wir ausquetschen könnten?"

„Einer ihrer Ex-Arbeitgeber hat sie selbst angezeigt, weil

sie ihm gegenüber handgreiflich wurde. Sie sagte aus, dass er sie begrapscht habe, doch seiner Aussage nach hat sie angeblich Geld gestohlen."

„Dann willst du, dass ich mit diesem Typen über Kirsti rede?"

„Ganz genau. Und ebenfalls mit alten Kollegen von ihr, falls es da noch welche gibt, die sich an sie erinnern."

———

Hellin war gerade dabei, sich einen Kaffee einzuschenken, als ihr Handy summte. Sie zog es aus der Hosentasche, warf einen Blick darauf, erkannte, dass es jemand vom Empfang war, der anrief. Sie nahm das Gespräch an, stieß erleichtert die Luft aus, als Omar, der neueste Empfangsmitarbeiter, ihr sagte, dass Kirsti soeben eingetroffen war.

„Bring sie bitte nach oben", bat Hellin, nahm einen großen Schluck. Anschließend machte sie sich auf den Weg ins Besprechungszimmer. Sie hatte gerade Platz genommen, als es an der Tür klopfte. „Herein", rief sie, stand auf, um die Verlobte des Toten zu begrüßen.

Beim Anblick der Frau erschrak Hellin, denn Kirsti wirkte, als stünde sie komplett neben der Spur. Ihre Augen waren glasig und sie schwankte leicht, so als habe sie viel zu viel von den ihr verschriebenen Beruhigungsmitteln eingenommen.

„Tut mir leid, dass es später geworden ist", erklärte sie mit verwaschener Stimme und erst als Hellin den leichten Geruch nach Alkohol im Atem der Frau wahrnahm, begriff sie, dass Kirsti betrunken war.

Hellin runzelte die Stirn, verkniff sich jedoch eine Bemerkung. Die Frau hatte ihren Verlobten verloren und es stand ihr nicht zu, darüber zu urteilen, wie Kirsti mit ihrer Trauer und dem Verlust umging.

„Darf ich Ihnen einen Kaffee anbieten?", fragte sie, doch Kirsti verneinte. „Lassen Sie uns gleich loslegen", erklärte die Frau leise. „Ich bin total kaputt, will nur schlafen und für einen Augenblick alles vergessen."

Hellin nickte, sah die Frau mitfühlend an. „Jesper und sie sind verkuppelt worden, hab ich vorhin gehört?"

Die Frau verzog das Gesicht zu einem kleinen Lächeln. „Ja, das war die Idee von Fynn. Er hat auf Anhieb erkannt, dass Jesper und ich gut zueinanderpassen würden, und hat Iva überredet, ihr Bestes zu geben."

„Können Sie mehr darüber erzählen?"

Die Frau hob die Schultern. „Das war ganz unspektakulär. Iva hat was gekocht und uns beide eingeladen, wo sie uns miteinander bekannt machte. Der Rest ist schnell erzählt – wir verstanden uns super, haben unsere Telefonnummern getauscht und uns verabredet. Beim zweiten Date war es dann so weit – wir landeten in der Kiste, waren seither ein Paar."

„Und Jespers Marotten machten Ihnen nichts aus?"

„Sie meinen, dass er ein Nerd war und nur seinen Computer im Kopf hatte?" Sie lachte traurig. „Nein. Ich hab mich zuvor nur auf Arschlöcher eingelassen, die mich betrogen oder geschlagen haben. Mit Jespers Art kam ich danach wirklich prima klar, wie Sie sich sicher denken können."

„Und dass er früher mit Ihrer Freundin liiert war? Auch das störte sie nicht?"

Kirsti zuckte beinahe unmerklich zusammen. „Woher wissen Sie das? Hat Iva das angesprochen?"

„Um ehrlich zu sein, war es Fynn."

Kirsti schluckte. „Jesper hat es mir gleich bei unserem ersten Date erzählt. Er wollte nicht, dass ich es von jemand anderem erfahre. Und obwohl es mich am Anfang schon ein bisschen gestört hat, hab ich mich irgendwann damit abgefunden, weil es ziemlich lange her war." Sie brach ab, sah Hellin mit klarem Blick an. „Ehrlich gesagt weiß ich von allen früheren Beziehungen meines Verlobten. Jesper ist immer ehrlich zu mir gewesen, hat mich Anteil an seinem Leben und seiner Vergangenheit nehmen lassen."

„Und wusste er von der Ihren?"

Kirstis Gesicht verdüsterte sich. „War ja klar, dass die Frage kommen musste." Sie stieß die Luft aus, streckte den Rücken durch. „Ja, das wusste er. Ich hab ihm alles erzählt. Von dem Vorfall an der Uni, wegen dem ich abgebrochen habe, und dass ich deswegen an die falschen Leute geraten bin."

„Was genau war denn an der Uni?"

„Ich hatte ein Verhältnis zu einem verheirateten Mann. Seine Frau kam dahinter, hat einen Mordsaufstand gemacht, alle wussten schließlich davon. Doch während er als Weiberheld dastand, war ich die Schlampe, die seine Ehe zerstörte."

„Deswegen haben Sie hingeschmissen?"

Kirsti nickte. „Ich hab mich seitdem mit Gelegenheitsjobs über Wasser gehalten, hab bedient und so. Irgendwann begegnete mir Aron. Und dank ihm bin ich letztendlich zum Junkie geworden. Zuerst war es Koks, später Heroin. Hat sich anfangs gut angefühlt, aber irgendwann war alles scheiße. Gott sei Dank hab ich letzten Endes noch die Kraft gehabt, selbst die Notbremse zu ziehen. Ich machte einen Entzug, suchte mir einen richtigen Job, hab sogar drüber nachgedacht, irgendwann mein Studium zu Ende zu bringen."

„Aber dann trafen Sie Iva im Fitnessklub und durch sie schließlich Jesper?"

Die Frau nickte, brach in Tränen aus. „Er war das Beste, was mir seit Langem passiert ist."

„Und trotzdem hatten Sie Probleme miteinander?"

Die Frau riss den Kopf hoch. „Was soll das heißen?"

„Wir wissen, dass Jesper ein paar Tage vor seinem Tod

lautstark mit einer Frau gestritten hat. Die Nachbarn haben es gehört."

Kirsti seufzte. „Und da denken Sie natürlich sofort an mich?"

„Etwa nicht?"

Kopfschütteln. „Ich habe Jesper vor unserem gemeinsamen Wochenende ein paar Tage lang nicht gesehen. Das ging von ihm aus, er hatte wohl einen Auftrag, der ihm einiges abverlangte, saß oft bis spät in der Nacht in der Firma, verbrachte teilweise die Nächte vor seinem Computer."

„Irgendeine Idee, wer es gewesen sein könnte? Seine Nachbarin konnte uns nicht sagen, wer die Frau war, die mit Jesper gestritten hat, aber dass es eine weibliche Stimme gewesen ist, die sie gehört hat, dessen ist sie sich absolut sicher."

Kirsti senkte den Blick. „Ich weiß es wirklich nicht."

Plötzlich wusste Hellin, dass Kirsti log.

„Der Morgen, an dem Sie Jesper leblos am Boden gesehen haben, was ist Ihnen da zuerst durch den Kopf gegangen?"

Die Frau wurde blass, starrte sie perplex an. „Ich hab gar nichts gedacht, konnte nur nicht fassen, was ich vor mir sah. Jesper war meine große Liebe, ihn tot zu sehen, hat mich innerlich zerrissen."

„Um alles noch mal zusammenzufassen", erklärte Hellin und sah Kirsti fest an, „er hat also am Abend zuvor um Ihre Hand angehalten, vor Ihren Freunden, anschließend verbrachten Sie die halbe Nacht damit, sich ihrer beider Zukunft in den buntesten Farben auszumalen, und dann fanden Sie ihn am nächsten Morgen tot im Wohnzimmer."

„Ivas Mann hat ihn gefunden und uns anschließend gerufen."

„Wissen Sie noch, wie Iva auf den Anblick reagierte?"

„Sie ist genauso zusammengebrochen wie ich. Immerhin kannte sie ihn viele Jahre und wie wir beide wissen, hat sie ihn auch einmal geliebt."

„Und als Jesper Sie am Abend zuvor vor Iva bat, seine Frau zu werden, wie war das für Sie beide?"

Kirsti schluckte. „Ich hätte mir gewünscht, dass dieser besondere Augenblick nur uns beiden gehört, ohne Zuschauer, verstehen Sie? Aber wir waren immerhin alle gut befreundet, deswegen verstehe ich, dass Jesper unsere Freunde daran teilhaben lassen wollte."

„Könnte es nicht sein, dass er es tat, um Ihnen etwas zu beweisen? Vielleicht hatten Sie beide doch Streit. Und vielleicht ging es dabei sogar um seine frühere Beziehung zu Iva. Wäre doch möglich, dass er Ihnen mit dem Antrag vor Ihrer beider Freunde beweisen wollte, dass nur Sie ihm wichtig sind."

Kirsti schnappte nach Luft. „So war es aber nicht, okay? Wie ich bereits sagte, störte es mich überhaupt nicht mehr, dass beide ..." Sie brach ab. „Das alles lag so lange in der Vergangenheit und ich war nur froh, endlich einen so tollen Kerl an meiner Seite zu haben. Zwischen Jesper und mir war Eifersucht kein Thema, ich vertraute ihm tausendprozentig und vielleicht sollten Sie lieber mal bei Iva und Ihrem Mann nachhaken." Sie stoppte abrupt. „Sorry, vergessen Sie es. Das war Blödsinn."

Hellin schüttelte den Kopf, beugte sich ungeduldig über den Tisch. „War es nicht. Und das wissen wir beide, also raus damit!"

Kirsti seufzte. „Jesper und Iva standen sich noch immer sehr nahe. Näher als Iva und ich einander jemals standen. Ihm hat sie wirklich alles anvertraut. Sie hat ihm sogar erzählt, dass es zwischen ihrem Mann und ihr kriselte, seit das Baby da ist. Jesper sagte, dass sie auf ihn bei ihrem letzten Gespräch irgendwie nervlich angekratzt wirkte, beinahe als stünde sie kurz vor einem totalen Zusammenbruch. Er nahm sie in den Arm, wollte sie nur trösten, doch sie muss das komplett missverstanden haben. Sie hat geweint, schien total am Ende zu sein und dann hat sie ihn plötzlich aus heiterem Himmel einfach geküsst."

Hellin starrte Kirsti verdutzt an. „Iva hat Ihren Verlobten geküsst?"

„Ganz genau. Allerdings waren wir zu dem Zeitpunkt noch nicht verlobt."

„Und was ist danach passiert?"

„Jesper hat sie natürlich freundlich, aber bestimmt abgewiesen, doch sie ist daraufhin total ausgeflippt. Er sagte, dass er Mühe hatte, sie zu beruhigen. Und genau das muss der Streit gewesen sein, den seine Nachbarin gehört hat."

8

HAMMERFEST

MAI 2019

Alfas Herz raste, nachdem sie das Telefonat beendet hatte. In ihrem Kopf vermischten sich unzählige Fragen und Gedanken zu einem wirren Brei, welcher verhinderte, dass sie auch nur für eine Minute klar denken konnte.

Um sie herum drehte sich alles, hinzu kam, dass ihr plötzlich speiübel war.

Für den Bruchteil einer Sekunde kämpfte sie gegen die Tränen an, doch letztendlich überwog der Zorn. Wie eine Welle flutete er ihr Innerstes, ließ sie erzittern.

Kurz überlegte sie, ihrem Mann eine Nachricht zu schreiben, dass sie über seine Lügen Bescheid wusste, doch schließlich entschied sie, dass das warten musste. Ihm zu schreiben, käme einer Vorwarnung gleich, was ihm die Möglichkeit verschaffte, sich eine Ausrede einfallen zu lassen.

Dies wollte … nein, dies musste sie auf jeden Fall verhindern. Sie war es leid, schamlos belogen und für dumm verkauft zu werden, hatte ein verdammtes Recht darauf, zu erfahren, worum es bei dieser speziellen Geheimniskrämerei tatsächlich ging.

Mittlerweile war Alfa sich nicht einmal mehr sicher, ob es in dem Brief überhaupt jemals um etwas Geschäftliches gegangen war.

Viel eher vermutete sie, dass es sich um etwas Privates handelte, inzwischen schloss sie nicht einmal eine eventuelle Affäre ihres Mannes aus. Um ehrlich zu sein, war diese Vermutung sogar die einzige, die tatsächlich Sinn ergab.

Vielleicht war es von Anfang an sein Plan gewesen, unter dem Vorwand eines geschäftlichen Notfalls für einige Tage zu verschwinden, um ein paar nette Schäferstündchen mit der anderen verbringen zu können.

Alfa spürte, wie sich ihr beim Gedanken daran der Magen umdrehte. Sie schmeckte bittere Gallenflüssigkeit im Rachen, schaffte es gerade noch rechtzeitig ins Bad.

Als sie wenig später erschöpft und mit wackeligen Beinen zurück in die Küche kam, schenkte sie sich trotz der frühen Tageszeit ein Glas Wein ein. Sie brauchte jetzt den wärmenden Trost des Alkohols im Bauch, diesen leichten Nebel im Kopf, der ihr wenigstens für eine kurze Zeit die Sicht auf die Realität verklärte. Nachdem sie einen großen Schluck getrunken hatte, atmete sie tief durch und schloss für einen Moment die Augen. Plötzlich zuckte sie zusammen, als wie aus dem Nichts eine Frage in ihrem Kopf auftauchte.

Falls es wirklich so war, wie sie vermutete, würde sie es ihm verzeihen können?

Alfa schnappte nach Luft, trank noch einen Schluck Wein.

Konnte sie einfach so hinnehmen, dass er sich außer Haus vergnügte, während sie hier saß und sich um die Kinder kümmerte?

Langsam schüttelte sie den Kopf. Ja, sie liebte Olli, vergötterte ihn geradezu, aber wenn sie ganz ehrlich zu sich selber war, musste sie zugeben, dass sie nicht selbstlos genug war, um einen solchen Vertrauensbruch verzeihen zu können.

Also liefe es im Grunde auf eine Scheidung hinaus.

Olli hatte Geld – das nahm sie zumindest an, also würde es ihr zumindest finanziell an nichts fehlen. Außerdem hatte sie noch ihren Job, den sie liebte und dem sie wieder würde nachgehen können. Und was die Kinder anging, schätzte sie, dass eh alles auf ein gemeinsames Sorgerecht hinausliefe. Sie mussten alles daransetzen, dass Stina und Joshua von alldem so unbehelligt wie nur irgend möglich blieben. Auf gar keinen Fall wollte sie, dass die Kinder leiden mussten, nur weil sie als Eltern versagt hatten.

Sobald Olli wieder zu Hause war, würde sie das Gespräch mit ihm suchen und hoffte schon jetzt, dass sie alles so ruhig und respektvoll wie möglich über die Bühne bringen konnten.

Und wenn doch etwas ganz anderes hinter all dem steckt?, fragte die Stimme der Vernunft in ihrem Kopf.

Sie seufzte. Ihr fiel beim besten Willen keine andere Erklärung dafür ein, dass ihr Mann behauptete, es habe sich ein finanzielles Problem ergeben, von dem sein Steuerberater nichts zu wissen schien. Und dann die Lüge, er sei bei seinem Anwalt in Trondheim.

Was, außer einer Affäre, konnte denn ansonsten dahinterstecken?

Ihr fiel beim besten Willen nichts ein.

Doch war es nicht so, dass sie ihren Mann im Grunde gar nicht richtig zu kennen schien?

Er besaß eine so introvertierte Persönlichkeit, hatte noch nie viel von sich und seinen Gefühlen preisgegeben, focht seine inneren Kämpfe stets im Alleingang aus. Was bisher auch Teil des Funktionierens dieser Ehe gewesen war.

Bislang hatte Alfa diese Eigenschaften als ein Zeichen der inneren Stärke angesehen, ihn sogar dafür bewundert, doch jetzt musste sie zugeben, dass sie im Grunde mitverantwortlich waren, dass sie beide sich trotz der jahrelangen Ehe nie wirklich nahegekommen waren.

Wieso hatte sie das bislang nicht als so gravierend wahrgenommen?

Wieso hatte sie diese Distanz zwischen ihnen beiden als Freiraum wahrgenommen?

Weil sie verliebt war?

Naiv?

Oder weil ihr nach außen hin so glückliches Leben ihr die Sicht auf die Realität versperrte?

Alfa schätzte, dass es ein bisschen was von allem war.

Sie trank ihr Glas leer, stellte es in die Spüle, fühlte sich von einem Augenblick auf den anderen merkwürdig rastlos. Ihre Haut kribbelte, ihre Finger zuckten unkontrolliert.

Auf einmal hatte sie das Bedürfnis, irgendwie aktiv zu werden. Ein Gedanke schoss durch ihren Kopf. Hastig machte sie auf dem Absatz kehrt, rannte die Treppe hinauf, blieb vor der Bürotür stehen, rüttelte sekundenlang frustriert an der Klinke.

Nach einem Ersatzschlüssel hier im Haus brauchte sie gar nicht erst zu suchen, weil sie beinahe sicher war, dass Olli auch daran gedacht hatte.

Ruf doch den Schlüsseldienst, flüsterte die Stimme in ihrem Kopf ungeduldig und Alfa seufzte erleichtert auf. Warum war ihr das nicht schon viel früher eingefallen? Olli war nicht zu Hause und würde heute auch nicht mehr auftauchen, was bedeutete, dass sie den ganzen Tag hatte, sich in seinem heiligen Büro umzusehen.

Sie rannte in die Küche, wo ihr Handy auf dem Tresen lag, suchte im Internet nach einem geeigneten Anbieter in der Nähe. Als sie fündig geworden war, wählte sie die angegebene Nummer, überlegte sich blitzschnell in Gedanken eine Ausrede.

———

Als eine knappe Stunde später das Auto des Schlüsseldienstes vorfuhr, spürte Alfa, wie ihr Herz sich vor Aufregung überschlug. Sie eilte nach draußen, um den Mann, mit dem sie vorhin telefoniert hatte, hereinzulassen, versuchte dabei, sich ihre Unsicherheit sowie das schlechte Gewissen, das sie Olli gegenüber verspürte, nicht anmerken zu lassen. Denn obwohl ihr Mann sie nachweislich belogen hatte, wusste sie nicht so recht, ob es ihr zustand, in seinen privaten Angelegenheiten herumzuschnüffeln.

Sie reichte dem Mann, einem älteren Herrn um die sechzig, die Hand, lächelte. „Wirklich nett, dass Sie es so schnell einrichten konnten."

„Kein Problem", erklärte der Mann. „Und Sie sind also die junge Dame, die den Schlüssel zu ihrem Büro verlegt hat?"

Alfa grinste verlegen. „Ich hab zwei Kinder und möchte nicht, dass sie beim Spielen etwas da drin anstellen. Deswegen schließe ich immer ab, doch jetzt weiß ich eben nicht mehr, wo ich meinen Schlüssel hingelegt habe."

Der Mann lachte herzhaft, folgte Alfa ins Haus.

„Darf ich Ihnen etwas zu trinken anbieten?"

„Das ist nett, aber wirklich nicht nötig. Ich hab in wenigen Minuten schon den nächsten Termin. Scheint, als wären Sie nicht die Einzige, die sich ausgesperrt hat."

Alfa lachte. „Die Tür ist im ersten Stock, wenn Sie mir bitte folgen würden."

Sie stieg die Treppe hinauf, blieb schließlich vor Ollis Bürotür stehen.

Der Mann sah sich das Schloss an, lachte dann. „Das ist überhaupt kein Problem", erklärte er schließlich. „Soll ich Ihnen nur aufmachen oder möchten Sie, dass ich Ihnen zusätzlich einen Ersatzschlüssel anfertige? Der dauert allerdings bis morgen."

Alfa verzog das Gesicht. „Ein neuer Schlüssel wäre toll,

aber morgen ist mir fast zu spät. Ich hab Bedenken, die Tür über Nacht aufzulassen – der Kinder wegen."

Der Mann sah sie an, hob die Schultern. „Früher schaffe ich es nicht, aber ich könnte mich heute Abend noch dransetzen, dann können Sie ihn gleich morgen früh um zehn Uhr bei mir abholen."

Alfa überlegte, nickte schließlich. Olli kam sicher erst gegen Mittag oder noch später, also reichte es vollkommen, wenn sie den Schlüssel in der Früh holte, um die Tür wieder abzuschließen, ehe er etwas bemerkte.

Während der Mann am Schloss herumwerkelte, überlegte Alfa, was sie Olli sagen würde, sollte sie in seinem Zimmer tatsächlich etwas finden, das seine Lügen untermauerte.

Schließlich entschied sie, dass es reichen musste, wenn sie ihm sagte, dass sie wisse, dass Trondheim eine Lüge war.

„Offen", erklärte der Mann, lächelte sie über die Schulter hinweg an, während er die Klinke hinunterdrückte und die Tür aufstieß. „Ich hab den Riegel draußen gelassen, dann können Sie die Tür bis Morgen verschließen, einfach, in dem Sie sie zuziehen, wenn Sie fertig sind. Ab Morgen haben Sie dann ja wieder einen Schlüssel – es sei denn, Sie finden den Ihren heute noch …" Er grinste, legte den Kopf schräg. „Die Rechnung schicke ich Ihnen per Post zu, okay?"

Alfa schüttelte schnell den Kopf. Die Gefahr war zu groß, dass Olli sie in die Finger bekäme. „Lieber wäre mir, wenn ich bar bezahlen könnte", stieß sie aus.

Der Mann hob die Schultern, nickte dann. „Das können wir morgen früh mit erledigen, wenn Sie wegen des Schlüssels kommen."

Alfa lächelte dankbar, denn sie bezweifelte, dass sie so viel Bargeld im Haus hatte.

Sie begleitete den Mann zu seinem Wagen, reichte ihm die Hand. „Sie haben mir den Tag gerettet", erklärte sie und wartete, bis er den Wagen gestartet hatte und davonfuhr.

Dann erst machte sie auf dem Absatz kehrt und rannte ins Haus zurück, die Treppe hoch.

Als sie auf der Schwelle zu Ollis Büro stand, warf sie einen Blick auf die Uhr. Sie hatte noch eine knappe Stunde, ehe sie Josh von der Kita abholen musste. Und soweit sie sich erinnerte, hatte Stina heute Morgen verkündet, dass sie mit ihrer besten Freundin zusammen von der Schule nach Hause laufen wollte, da sie schließlich keine kleinen Mädchen mehr seien. Alfa hatte selbstverständlich die Mutter von Stinas Freundin angerufen und gefragt, ob das wirklich in Ordnung ginge, und nachdem auch sie keinerlei Bedenken geäußert hatte, war ihr nichts anderes übrig geblieben, als ebenfalls zuzustimmen.

Alfa lächelte angesichts der Veränderung, die ihre Tochter innerhalb so kurzer Zeit durchlaufen hatte. Sie war vom kleinen Mädchen zum präpubertären Teenager geworden und das alles, ohne dass Olli oder sie es bewusst wahrgenommen hatten.

Sie trat ins Büro, sah sich um, saugte die Atmosphäre des Raums in sich auf. Alles hier spiegelte den beinahe fanatischen Ordnungswahn ihres Mannes auf beängstigende Art und Weise wider. Nichts stand herum, keine Deko, keine Fotos, nicht einmal Blumentöpfe auf der Fensterbank. Alles hier drinnen wirkte kühl und nüchtern, fast trist. Hinzu kam, dass es in diesem Raum blitzsauber war, ganz im Gegensatz zu den anderen Zimmern des Hauses, die zu säubern ihr selbst oblag, weswegen des Öfteren das blanke Chaos herrschte – sehr zu Ollis Ärgernis übrigens.

Sie setzte sich auf seinen sündhaft teuren Schreibtischstuhl, schaltete seinen Computer an, wartete. Als das Gerät zu blinken anfing, machte ihr Herz einen Satz. Doch schon wenig später folgte die Ernüchterung, als ihr klar wurde, dass Olli seinen Computer selbstverständlich mit einem Passwort geschützt hatte. Sie versuchte es mit den Namen und

Geburtstagen der Kinder – nichts. Auch ihr Name samt Geburtstag und Hochzeitstag passten nicht. Sie versuchte noch einige andere Kombinationen, gab irgendwann auf. Sie schaltete das Gerät wieder ab, zog an der oberen Schublade des Schreibtisches.

Abgeschlossen.

Auch die anderen Schubfächer ließen sich nicht öffnen. Sie sprang auf, lief zu dem großen raumhohen Schrank rechts neben der Tür, doch auch dieser war abgeschlossen. Genau wie der Sekretär auf der anderen Seite des Raums. In Alfas Ohren begann es zu rauschen. Wieso um Gottes willen verschloss Olli sowohl sein Büro als auch jeden einzelnen Schrank darin? Was zum Teufel befand sich in all diesen Schubfächern?

Kurz überlegte sie, den Mann vom Schlüsseldienst erneut herzubitten, doch dann wurde ihr klar, dass dies wirklich merkwürdig aussehen würde. Den Schlüssel zum Büro selbst zu verlegen, passierte sicher vielen Menschen jeden Tag, doch wie oft mochte es vorkommen, dass jemand sogar alle Schrankschlüssel verlegte? Gut, sie könnte behaupten, dass sich alle an einem Schlüsselbund befanden, doch wieso war ihr das nicht vorhin schon eingefallen? Sie seufzte. Ganz davon zu schweigen, was das kosten würde. Ein Schloss zu knacken und den dazugehörigen Schlüssel nachmachen zu lassen, war sicher einigermaßen bezahlbar. Aber alle Schlösser und alle Schlüssel? Olli würde es sicher merken, wenn sie einen so hohen Betrag von ihrem Haushaltsgeld für etwas ausgab, das sie nicht genauer deklarieren konnte, ihr deswegen dann ein Teil des Geldes für die benötigten Ausgaben fehlte.

Wieder spürte sie heißen Zorn in sich aufsteigen, diesmal jedoch sich selbst gegenüber. Mehr als jemals zuvor wurde ihr genau hier und heute bewusst, wie abhängig sie sich von ihrem Ehemann gemacht hatte. Sie stieß die Luft aus, stapfte wütend aus dem Zimmer. Sie war gerade in der Küche, um sich ein weiteres Glas Wein einzuschenken, als sie durchs Küchenfenster sah, wie Stina mit ihrer Freundin im Schlepptau, den Weg zum Haus hinauf gerannt kam.

Alfa schüttelte den Kopf, eilte zur Tür und öffnete, um die Mädchen im Empfang zu nehmen. Stina und ihre Freundin japsten beide aus dem letzten Loch, hatten hochrote Köpfe von der Anstrengung des schnellen Laufens, wirken vollkommen aufgeregt.

„Wieso habt ihr es denn so furchtbar eilig?", fragte Alfa belustigt, weil sie im ersten Augenblick dachte, dass die beiden irgendeinen Wettstreit miteinander ausgefochten hatten.

Stina und Lissy wechselten einen schwer zu deutenden Blick, während sie weiter um Atem rangen.

Stina war es schließlich, die ein schrilles Schluchzen ausstieß und schließlich zu weinen anfing. Augenblicklich war Alfa in Alarmbereitschaft.

„Was ist denn passiert?", fragte sie, sah erst ihre Tochter, dann deren Freundin an. „Hat sich eine von euch wehgetan?"

Beide schüttelten synchron ihren Kopf.

„Da war so ein Auto", brachte Stina schließlich kleinlaut hervor.

Erst jetzt wurde Alfa bewusst, dass die Mädchen nicht aufgeregt zu sein schienen, sondern vollkommen verängstigt wirkten.

„Was meinst du, Liebes? Was für ein Auto?", fragte sie und spürte, wie ihr heiß und kalt zugleich wurde.

Stina schien beinahe panisch, als sie zuerst ihre Freundin und dann Alfa ansah. „Es ist uns die ganze Zeit über hintergefahren, Mami, und ich hatte wirklich große Angst."

9

TRONDHEIM

2009

Hellin gähnte herzhaft. Vor einer guten Stunde, es war während des Gesprächs mit Kirsti gewesen, war sie von einer so überwältigenden Welle der Müdigkeit erfasst worden, von der sie sich noch immer nicht erholt hatte. Auch der doppelte Espresso gerade eben änderte nichts daran. Sie musste Feierabend für heute machen, nach Hause fahren und zur Ruhe kommen. Ganz abgesehen davon, dass Bitch am Nachmittag vom Nachbarmädchen ausgeführt worden war, aber dennoch darauf bestand, dass Frauchen am Abend ebenfalls eine Runde mit ihr drehte.

Hellin warf einen Blick auf die Uhr, seufzte. Es war inzwischen neun vorbei und noch immer hatten sich weder Varg noch Jahn im Präsidium blicken lassen und gingen leider Gottes auch nicht ans Handy. Hellin wusste weder, wo ihre Kollegen sich gerade herumtrieben, noch, ob sie heute überhaupt noch im Dienst waren.

Es war im Grunde sehr gut möglich, dass beide nach Hause gefahren waren, nachdem sich das Gespräch mit Kirsti hingezogen und sie sich anschließend sofort an das dazugehörige Protokoll gesetzt hatte.

Sie lehnte sich in ihrem Stuhl zurück, griff nach ihrem

Handy, warf einen Blick darauf, sah, dass Varg gerade online war und ihre letzte Nachricht zu kommentieren schien.

Bist du noch im Büro?, stand in der Nachricht, die keine Sekunde später im Antwortfeld erschien.

Wo sonst?, antwortete sie prompt, stieß verärgert die Luft aus.

Dann sei so nett und bestell uns eine Pizza, kam es umgehend von ihrem Kollegen. *Ich hab nämlich echt Kohldampf!!!*

Hellin verzog das Gesicht, grinste schließlich. *Was soll's?*, dachte sie, *hab ich zumindest schon was im Magen, wenn ich heimkomme.*

Okay, ich geh jetzt online und du bringst das Futter mit, schrieb sie und lockte sich auf der Website ihrer Lieblingspizzeria ein, gab die Bestellung auf.

Anschließend nutzte sie den kurzen Augenblick der Vorfreude auf warmes, fettiges Essen, um ein klein wenig innezuhalten.

Das Gespräch mit Kirsti beschäftigte sie noch immer und obwohl sie sich eigentlich vorgenommen hatte, sich zuerst mit ihren Kollegen darüber auszutauschen, ehe sie sich ein Urteil bildete, kam sie nicht umhin, zuzugeben, dass sie der jungen Frau irgendwie nicht mehr über den Weg traute.

Lag es an ihrer Vergangenheit?

Hellin schüttelte nachdenklich den Kopf.

Sie beurteilte niemanden hinsichtlich seiner Vergangenheit, vielmehr ging es ihr meist darum, wer die Menschen im Hier und Jetzt waren, was sie ausmachte und antrieb.

Und diese Kirsti …

Als sie zum ersten Mal mit ihr gesprochen hatte, war da eine gebrochene Frau gewesen. Oder zumindest war es Hellin, die eine solch verletzliche Person gesehen hatte oder sie hatte sehen wollen …

Doch vorhin, beim zweiten Gespräch, war es ihr seltsamerweise so vorgekommen, als sei die Frau, die vor ihr saß, nicht die echte, reale Kirsti.

Das gesamte Gespräch hatte auf sie wie einstudiert gewirkt, wie eine unbeholfene Vorstellung, keineswegs aufrichtig.

Ein Klopfen ließ sie aus ihren Gedanken hochfahren, dann streckte Varg auch schon seinen Kopf zu ihr ins Büro. „Essen ist da", erklärte er grinsend, stieß die Tür auf, trat ein, einen großen, viereckigen Karton auf der Handfläche balancierend. „Brauchst du Teller und Besteck oder essen wir, wie es sich gehört?"

Hellin lief beim Geruch nach geschmolzenem Käse, scharfer Salami und Peperoni das Wasser im Mund zusammen. „Setz dich", forderte sie ihren Kollegen auf, schob zwei Aktenordner auf die Seite, damit der Karton Platz hatte.

Andächtig klappte sie ihn auf, schloss für den Bruchteil einer Sekunde genüsslich die Augen. Dann nahm sie sich eines der Stücke, biss einen ordentlichen Brocken ab.

Als sie beide schon beinahe die Hälfte der Pizza verschlungen hatten, sah sie Varg an, erzählte ihm kurz und knapp, was Kirsti ihr hinsichtlich des Streits zwischen Jesper und Iva erzählt hatte.

„Und das glaubst du?", wollte er wissen und sah irgendwie zweifelnd aus.

„Wieso nicht? Ich meine, möglich wäre es doch, immerhin waren beide schon einmal liiert, vielleicht wollte sie ihn zurück, weil ihre Ehe kriselte." Sie brach ab, seufzte. „Und du? Warst du wegen Kirstis ehemaligen Bosses unterwegs?"

Er nickte.

„Ich hab mich mit dem Typen unterhalten, der sie damals wegen Diebstahl angezeigt hat. Ein schmieriger Kerl, also ich glaube dem kein Wort."

Hellin sah ihren Kollegen an, runzelte die Stirn. „Was

meinst du?"

„Seine Bar ist eine richtige Absteige, total verlottert, genau wie er selbst. Er hat zwei junge Frauen beschäftigt, beides Studentinnen und mir kam es irgendwie so vor, als gingen die beiden ihrem Boss mehr oder weniger aus dem Weg. Ich könnte mir ehrlich gesagt sogar vorstellen, dass der Kerl ein richtiges Arschloch ist. So ein Typ, der sich für unwiderstehlich hält und sich an seinem Personal vergreift."

Hellin dachte einen Augenblick darüber nach. „Du hältst es also für denkbar, dass das, was Kirsti damals aussagte, tatsächlich so war? Er begrapschte sie, was sie sich nicht gefallen ließ, woraufhin er ihr Diebstahl vorwarf?"

Varg stieß die Luft aus, nickte schließlich.

„Ich kenne solche Kerle zur Genüge. Die denken, sie haben einen Freifahrtschein und wenn sich jemand nicht fügt, würgen sie demjenigen hintenrum eins in die Fresse."

Hellin verzog das Gesicht zu einem Grinsen. „Der Typ muss mächtig Eindruck auf dich gemacht haben."

Er hob die Schultern. „Die Bedienungen, die inzwischen dort arbeiten, kannten Kirsti nicht. Aber sie gaben mir den Tipp, ein paar Stammgäste auszuquetschen. Dabei bin ich auf einen Typen und seine Freundin gestoßen. Die Frau kannte Kirsti aus der Uni, erinnert sich noch ziemlich gut an sie. Sie erzählte mir, dass Kirsti jemand war, der alleine nie wirklich gut zurechtkam. Sie brauchte immer Leute um sich, hatte Probleme damit, auf sich selbst gestellt zu sein. Als sie wegen dieser Affäre ihr Studium schmiss, fühlte sie sich wie eine Versagerin, kapselte sich von ihrem damaligen Umfeld ab. So ist sie eben an die falschen Leute gekommen. Aber – diese Frau sagte auch, dass Kirsti keine gewalttätige Ader hatte, sie sich stets von Problemen fernzuhalten versuchte. Von daher passt es irgendwie nicht, was ihr ehemaliger Boss ihr vorwirft. Ich denke stattdessen, dass Kirsti ihm gefallen hat, ihn aber rigoros abblitzen ließ, sich gegen weitere Annäherungsversuche seinerseits zur Wehr setzte. Das muss ihm ziemlich bitter aufgestoßen sein, woraufhin er es ihr heimzahlte." Varg stoppte, sah Hellin ernst an. „Ich glaube, dass Kirsti eine dieser Frauen ist, die nicht dazu geboren sind, ihr Leben selbst in die Hand zu nehmen. Frauen wie sie brauchen einen Mann an der Seite, der ihnen den Weg weist und immer für sie da ist, sie behütet und beschützt, ihnen jegliche Entscheidung abnimmt. Ein Mann, dem sie voll und ganz vertrauen und dessen sie sich immer sicher sein können. Und genau da kommt Jesper ins Spiel. Ein Nerd anstatt eines Frauenhelden, zuverlässig, loyal, selbstständig und auf gewisse Art und Weise unabhängig. Jesper war ein Mann, der Kirsti, nach allem, was sie durchmachen musste, wie gerufen kam, und deswegen finde ich, sollten wir sie von der Liste der Verdächtigen streichen. Dieser Mann war, schätze ich, das Beste, was Kirsti jemals passiert ist – wieso sollte also gerade sie ihn umbringen wollen, noch dazu, wo er ihr doch am Tag zuvor einen Antrag gemacht hat?"

Hellin hob die Schultern, stieß die Luft aus. „Ich spüre, dass diese Frau uns gegenüber nicht aufrichtig ist. Sie wirkte heute vollkommen unecht, verstehst du?"

Varg runzelte die Stirn. „Also gestern warst du noch vollkommen überzeugt davon, dass sie ärztliche Hilfe braucht, weil sie kurz vor einem Zusammenbruch stünde. Und gerade einen Tag später denkst du schon, sie könnte uns das nur vorgespielt haben?"

„Du misstraust dem Ehemann von Iva Ostberg-Landvik. Hast sogar gesagt, dass er dir unsympathisch ist und du findest, er sei etwas zu glatt. Und wenn ich sage, dass ich gegenüber Kirsti ähnliche Bedenken habe, kreidest du mir das an?"

Varg nahm sich ein Stück Pizza aus der Schachtel, biss herzhaft ab, schluckte. Dann wischte er sich mit dem Handrücken das Fett aus dem Mundwinkel, sah Hellin an. „Da ist nur ein Unterschied zwischen uns. Mein Misstrauen Landvik gegenüber hat sich wegen meines Bauchgefühls entwickelt. Du wiederum hast deine Meinung Kirsti gegenüber erst geändert, seit du einen klitzekleinen Teil ihrer Vergangenheit kennst."

———

Nach einer unruhigen Nacht fühlte Hellin sich heute Morgen noch nervöser und ausgelaugter als am Abend zuvor. Nachdem Varg und sie hinsichtlich Kirsti auf keinen grünen Zweig gekommen waren, hatten sie beschlossen, eine Nacht drüber zu schlafen.

Es war beinahe elf Uhr gewesen, als Hellin endlich nach Hause gekommen war. Anschließend hatte sie noch mit Bitch raus gemusst, danach unter die Dusche und letztendlich war es weit nach Mitternacht gewesen, als sie unter ihre weiche Decke hatte schlüpfen dürfen.

Doch trotz ihrer Erschöpfung oder vielleicht gerade deswegen hatte sie lange keinen Schlaf gefunden. Sie hatte eine gefühlte Ewigkeit darüber nachgedacht, ob Varg mit seiner Vermutung recht hatte und sie sich gegenüber Kirsti ein vorschnelles Urteil bildete. Irgendwann war sie über diesem Gedankengang eingeschlafen, was zu einer Menge wirrer Träume geführt hatte.

Einer von denen hatte sie so sehr erschreckt, dass sie es bereits vor dem Morgengrauen nicht mehr in ihrem Bett hielt. Sie war viel zu früh aufgestanden und somit auch um einiges zu früh im Büro erschienen, was ihr die Gelegenheit gab, noch vor dem Erscheinen ihrer Kollegen einen wichtigen Anruf zu erledigen. Sie sah auf ihre Armbanduhr, fragte sich, ob es okay war, um kurz nach sechs Uhr morgens bei den Landviks anzurufen. Schließlich hob sie die Schultern, schob alle Bedenken beiseite, wählte.

Es dauerte eine Weile, ehe sie die verschlafen klingende Stimme von Fynn Landvik vernahm. „Guten Morgen", flötete sie in den Hörer, verzichtete ganz bewusst auf eine Entschuldigung für die frühe Störung. „Ich hatte gestern ein sehr aufschlussreiches Gespräch mit Ihrer Freundin Kirsti", begann sie. „Und Kirsti hat mir erzählt, dass Ihre Ehefrau und Ihr toter Freund Jesper ein paar Tage vor dem Mord eine Auseinandersetzung hatten." Sie machte eine bedeutungsvolle Pause, um ihre Worte wirken zu lassen, dann holte sie tief Luft. „Angeblich war Ihre Ehefrau bei Jesper zu Hause, wo sie ihm anvertraute, dass es in Ihrer beider Ehe kriselte. Er tröstete sie, immerhin waren beide gute Freunde, doch dann kam es zu einem Kuss, der von Ihrer Ehefrau ausging."

Hellin vernahm einen Zischlaut, dann ein leises Lachen. „Das ist Blödsinn", kam es von dem Mann am anderen Ende der Leitung. „Wieso sollte meine Frau Jesper küssen? Sie empfand nichts mehr für ihn außer tiefen freundschaftlichen Gefühlen. Das ergibt keinen Sinn."

„Und doch war es so", erklärte Hellin dem Mann mit fester Stimme. „Jesper hat es Kirsti selbst erzählt. Er sagte, dass er Iva zurückgewiesen habe, woraufhin sie vollkommen durchgedreht sein soll. Das war übrigens genau die Auseinandersetzung, die eine von Jespers Nachbarinnen mitbekommen hat."

Wieder erklang ein Lachen, diesmal troff es jedoch vor Unsicherheit. „Und wie kommt Kirsti darauf, dass es in unserer Ehe kriselt? Zwischen Iva und mir läuft alles bestens. Wir sind glücklicher als jemals zuvor, vor allem, seit unser Kind auf der Welt ist."

„Vielleicht sieht Ihre Ehefrau das anders?", kam es Hellin über die Lippen, ehe sie sich bremsen konnte. „Viele Frauen brauchen nach der Geburt erst mal eine Weile, ehe sie sich mit ihrer neuen Verantwortung und der Situationen im Allgemeinen zurechtfinden. Kann also durchaus sein, dass Sie Ihre

Ehe als krisensicher und glücklich empfinden, während Ihre Ehefrau das vollkommen anders sieht. Und da Jesper und Iva gute Freunde waren, liegt es doch im Bereich des Möglichen, ja, es ist vielleicht sogar mehr als nachvollziehbar, dass sie ihm anstatt Ihnen ihr Innerstes anvertraute und dabei die Kontrolle verlor – und wenn auch nur der alten Zeiten willen. Vielleicht wäre es daher angebrachter, wenn ich mit Ihrer Ehefrau persönlich darüber spreche – unter vier Augen quasi."

Eine Weile herrschte Stille am anderen Ende der Leitung, dann vernahm Hellin ein leises Seufzen. „Iva schläft noch", sagte er schließlich. „Das Baby hat uns bis spät in die Nacht auf Trab gehalten."

„Wären Sie bitte so nett und richten ihr aus, dass sie mich zurückruft, sobald sie wach ist?"

„Ich dachte wirklich, dass es Iva gut geht", kam es anstelle einer Antwort auf ihre Frage stockend von ihm. „Sie hatte seit Monaten keinen Termin mehr bei Dr. Erikson, deswegen bin ich automatisch davon ausgegangen, dass sie stabil ist."

„Was meinen Sie?", fragte Hellin scharf.

„Iva … ich weiß, dass sie als Jugendliche unter einer posttraumatischen Belastungsstörung litt, nachdem ihre Mutter viel zu früh gestorben ist. Und als sie vor ein paar Jahren ihren Vater verlor, ging alles wieder von vorne los. Sie bekam schwere Depressionen, erlitt einen Zusammenbruch, konnte über Wochen hinweg nicht schlafen. Und irgendwann fing es schließlich wieder an, dass sie nächtelang durchs Haus wandelte und sich am nächsten Morgen an nichts erinnern konnte."

„Ihre Frau ist Schlafwandlerin?", fragte Hellin atemlos.
Stille.
Dann ein tiefes Seufzen. „Nur wenn sie unter starkem psychischem Druck steht."

10

HAMMERFEST

MAI 2019

Nachdem Alfa den verängstigten Kindern eine heiße Schokolade und sich selbst einen Tee gekocht hatte, setzte sie sich zu den Mädchen an den Küchentisch. „Jetzt noch mal ganz von vorne", drängte sie die beiden sanft. „Was genau hat es mit diesem Auto auf sich?"

Stina sah ihre Freundin an, dann verzog sie das Gesicht. „Wir sind aus dem Schulhof raus und in Richtung der Hauptstraße gelaufen, da ist es mir zum ersten Mal aufgefallen. Ein silbernes Auto mit ganz dunklen Scheiben. Es ist langsam neben uns hergefahren und wir dachten zuerst, dass das Zufall ist. Aber dann sind wir in einen Laden rein, um uns ein paar Süßigkeiten zu kaufen, und als wir rauskamen, stand der Wagen immer noch da, fuhr los, als wir weiterliefen. Da haben wir Angst bekommen, sind den Rest des Weges gerannt."

Alfa sah ihre Tochter ernst an, dann deren Freundin. „Und ist der Wagen schneller geworden, als ihr losgerannt seid?"

Stina sah zu Boden. „Das weiß ich nicht genau. Ich hatte solche Angst, dass ich mich beim Rennen nicht mehr umgedreht habe. Aber als wir den Weg zum Haus hoch sind, hab ich aus dem Augenwinkel gesehen, dass das Auto ziemlich knapp hinter uns war."

„Könnt ihr den Wagen beschreiben? Ich meine, war es ein SUV oder ein Pkw? Sah er teuer aus? Alt oder neu?" Sie stoppte, als sie sah, dass die Mädchen überfordert zu sein schienen, atmete tief durch.

Du musst wieder runterkommen, mahnte die Stimme in ihrem Kopf. *Wenn du jetzt überreagierst, wird Stina nur noch panischer. Von dem anderen Mädchen ganz zu schweigen. Wie willst du das dessen Mutter erklären?*

Sie stieß die Luft aus.

„Okay, Mädels, jetzt beruhigen wir uns alle erst mal", erklärte sie fest, nippte an ihrem Tee. Sie sah Stina an. „Der Anruf gestern Abend … kann es nicht sein, dass du deswegen noch immer ein bisschen ängstlich bist und in dieses Auto zu viel hineininterpretiert hast? Ich meine, wäre doch möglich, dass es gar nicht ein und derselbe Wagen war. Du hast also das Auto gesehen, das langsam neben euch herfuhr. Dann seid ihr in den Laden rein und als ihr rauskamt, stand da wieder ein silbernes Auto. Du hast Angst bekommen, bist weggerannt. Ich meine damit … was, wenn alles ganz harmlos ist?

Zum Beispiel könnte im ersten Wagen eine ältere Person gesessen haben, die langsamer fahren muss. Oder jemand Ortsfremdes, der sich nicht auskennt? Ein Tourist zum Beispiel? Und das zweite Auto vor dem Laden könnte jemand gewesen sein, der auch beim Einkaufen war und genau dann losfuhr, als ihr ebenfalls losgelaufen seid. Ich meine damit, was, wenn dir deine Angst nur einen Streich gespielt hat? Immerhin hast du dich gestern Abend ziemlich erschrocken wegen dieses Anrufes."

Stina sah Alfa an, dann schüttelte sie heftig mit dem Kopf. „Papa hat mir gestern Abend erklärt, dass es ein Streich gewesen sein kann. Und als ich es heute meinen

Freundinnen in der Schule erzählt hab, dachten die genau dasselbe wie Papa. Ich hatte also keine Angst wegen des Anrufs und das mit dem Auto bilde ich mir auch nicht ein!"

Alfa bemerkte, dass Stina wütend zu sein schien, weil sie sich nicht ernst genommen fühlte.

Sie seufzte innerlich. „Dann noch mal zum Auto. Kannst du es genauer beschreiben?"

„Es ist ziemlich groß und sieht neu aus."

Alfa nahm ihr Handy zur Hand, suchte nach Bildern von silberfarbenen SUVs, zeigte sie den Mädchen. „War es so etwas in der Art? Oder eher kleiner?"

Stina starrte auf das Display, nickte schließlich. „So ähnlich hat es ausgesehen. Fast wie ein Geländewagen."

„Und die Scheiben waren richtig dunkel? Du konntest also nicht sehen, wer drin sitzt?"

Stina schluckte schwer. „Als ich den Weg zum Haus hoch bin, konnte ich den Wagen ganz kurz aus dem Augenwinkel von vorne sehen. Und ich glaube, dass da eine Frau drinnen saß."

„Eine Frau?", stieß Alfa aus und kam nicht dagegen an, dass sich Erleichterung in ihr ausbreitete. „Dann kann es doch sein, dass es sich dabei um die Mutter eines Mitschülers handelt. Vielleicht wollte sie euch was fragen, und als sie merkte, dass ihr Angst bekommt, hat sie es gelassen. Oder sie hat sich verfahren … Ehrlich gesagt mache ich mir jetzt, wo ich weiß, dass es sich beim Fahrer um eine Frau handelt, überhaupt keine Sorgen mehr."

Stinas Freundin sah Alfa skeptisch an. „Meine Eltern sagen, dass ich bei Fremden im Allgemeinen vorsichtig sein muss. Egal, ob es sich dabei um einen Mann oder eine Frau handelt."

Alfa legte den Kopf schräg, sah das Kind an. „Und da haben sie auch absolut recht", erklärte sie. „Ich denke, dass deine Eltern damit meinen, dass du nicht mit Fremden mitgehen oder in ihre Autos einsteigen sollst. Egal, ob es sich um eine Frau oder einen Mann handelt. Aber diese Frau in dem Wagen heute hat euch weder angesprochen noch versucht, euch zu ihrem Wagen zu locken. Sie ist nur langsamer als üblich gefahren. Trotzdem denke ich nicht, dass da eine böse Absicht dahintersteckte. Und ich bin inzwischen überzeugt davon, dass der gestrige Anruf dafür verantwortlich ist, dass Stina die Sache mit dem Auto heute so erschreckend wahrgenommen hat."

Alfa zuckte zusammen, als das Telefon im Gang klingelte. Sie ging hinaus, nahm den Hörer ab, verzog schuldbewusst das Gesicht, als ihr klar wurde, dass es die Mutter von Stinas Freundin war, die sich um ihre Tochter sorgte. „Tut mir leid", beschwichtigte Alfa die beunruhigte Frau. „Das ist meine Schuld. Die Mädchen wirkten so aufgelöst, dass ich ihnen eine heiße Schokolade gemacht und nicht darüber nachgedacht habe, dass Sie sich Sorgen machen würden, wenn die Kleine später nach Hause kommt."

„Ist denn etwas passiert?", fragte die Frau am anderen Ende der Leitung erschrocken.

Alfa zögerte für den Bruchteil einer Sekunde, dann erzählte sie der Frau von dem gestrigen Anruf bei Stina und dem silberfarbenen Auto vorhin, das die Mädchen so verängstigt hatte.

Die Frau am anderen Ende der Leitung schien erleichtert, was Alfa in ihrer eigenen Meinung nur noch mehr bestärkte. „Ich bringe Ihre Tochter innerhalb der nächsten halben Stunde nach Hause – ist das okay für Sie?"

———

Als sie sich eine knappe Stunde später mit Joshua auf dem Weg zurück nach Hause befanden, war Alfa klar, dass Stina ihr noch immer böse war, weil sie ihre Angst nicht ernst genug nahm. Die Mutter des anderen Mädchens hatte Stina vorhin angeboten, dass sie den Nachmittag bei ihnen verbringen könne, doch auch davon hatte ihre Tochter nichts wissen wollen. Stattdessen hatte sie den gesamten Weg zum Kindergarten geschwiegen, hatte selbst auf Alfas Vorschlag, ein Eis essen zu gehen, nicht reagiert.

Sie seufzte innerlich, als ihr klar wurde, dass sie Stinas Laune heute den gesamten Rest des Abends würde allein ertragen müssen. Sie konnte daher nur hoffen, dass ihre Tochter Joshua nichts von dem silberfarbenen Auto erzählte, denn anderenfalls würde sie heute Abend wieder Probleme haben, die Kinder ins Bett und zum Schlafen zu bekommen, weil sie sich gegenseitig aufstachelten. Sie bog in die Auffahrt zum Haus ab, stieß einen Seufzer der Erleichterung aus, als sie Ollis Auto in der Einfahrt stehen sah. Entweder hatte er seine Termine doch früher abhaken können oder sich der Kinder wegen umentschieden. Wie auch immer, sie war heilfroh, dass er nun doch früher als geplant zurück war.

„Papa ist da", jubelten beide Kinder begeistert und schnallten sich voller Vorfreude bereits ab, während sie noch die Einfahrt hinauffuhr. Sie hatte kaum den Motor abgestellt, da sprang Stina schon von der Rückbank ins Freie und stürmte auf die Haustür zu.

Joshua folgte ihr auf dem Fuße und als nur Sekunden später die Haustür aufging und ihr Vater heraustrat, ließen sich beide selig strahlend in seine Arme fallen.

Alfa lächelte bei dem Anblick und fühlte sich augenblicklich besser, obwohl sie immer noch sauer auf Olli war, weil er sie angelogen hatte.

Sie nahm ihre Tasche vom Beifahrersitz, sperrte das Auto ab, lief auf die Haustür zu. Olli sah sie zwar über die Köpfe der Kinder hinweg lächelnd an, doch Alfa spürte plötzlich umso deutlicher, dass sich seit ihrem letzten Telefonat eine Kluft zwischen ihnen beiden aufgetan hatte, die zu übertreten ihr nicht so leichtfallen würde. Daher blieb sie stehen, beobachtete die rührende Szenerie vor sich, wartete ab.

Als Stina wie aus dem Nichts zu weinen begann, zog sich ihr Herz zusammen. „Was ist denn, mein Liebling?", fragte Olli und runzelte fragend die Stirn. Die Worte waren an seine Tochter gerichtet, doch sein Blick – eine Mischung aus Unverständnis, Verwirrung und … Misstrauen – galt ohne jeden Zweifel ihr.

„Da war so ein Auto", begann Stina stockend. „Es war silberfarben und da saß eine Frau drin. Es ist uns nach der Schule die ganze Zeit über hinterher gefahren. Ich hatte solche Angst."

Alfa fiel auf, dass Olli sich bei der Ausführung seiner Tochter versteifte, beinahe entsetzt wirkte.

„Ich hab ihr bereits erklärt, dass es im Bereich des Möglichen liegt, dass sie die Situation wegen des Anrufs gestern Abend, der sie so sehr erschreckt hat, fehlgedeutet hat. Dass dieses Auto ihnen überhaupt nicht nachgefahren ist. Vielleicht war die Fahrerin eine Touristin oder allenfalls die Mutter eines Mitschülers, die die Mädchen etwas fragen wollte."

Olli sah ungläubig von ihr zu Stina. „Du hast eine Frau im Wagen gesehen?"

Das Mädchen nickte.

„Und sie war es auch, die gefahren ist?"

Wieder ein Nicken.

„Kannst du die Frau beschreiben, meine Kleine?"

Alfa seufzte innerlich. So wie Olli die Sache anging, würde auch Joshua jeden Augenblick die Nerven verlieren. Sie ging auf ihren Sohn zu, zog ihn aus der Umarmung seines Vaters, hob ihn hoch.

„Ich weiß nicht genau", kam es schließlich von Stina. „Ich hab sie nur ganz kurz gesehen. Die Scheiben des Autos waren an der Seite fast schwarz. Ich hab die Frau nur gesehen, als ich die Auffahrt zum Haus hoch gerannt bin und den Wagen ganz kurz von vorne sehen konnte. Ich glaube, die Frau hatte dunkle, lange Haare."

„Was schätzt du, wie alt sie gewesen ist?"

Stina sah ihren Vater an, schien zu überlegen.

„War sie ungefähr so alt wie Mama?"

Stina schüttelte den Kopf. „Ich glaube ein bisschen älter."

„Hat sie etwas zu dir gesagt?"

„Nein, wir sind weggelaufen."

„Aber als du dich noch mal umgedreht hast? Erinnerst du dich vielleicht, ob sie etwas gerufen oder dir zugewunken hat?"

Stina schüttelte den Kopf. „Sie hat mir nur hinterher geguckt und sah dabei irgendwie … böse aus."

Olli stieß die Luft aus, sah zuerst Alfa und dann Stina wieder an. „Also wenn ich ehrlich bin, denke ich, dass deine Mutter recht haben könnte", erklärte er schließlich zu Alfas Erstaunen. „Du warst gestern wegen des Anrufs ziemlich erschrocken und heute hast du überreagiert, weil deine Fantasie dir einen Streich gespielt hat."

Stina sah zu Boden. „Genau das Gleiche hat Mama auch gesagt."

„Und denkst du nicht, dass es so sein könnte?", fragte Olli.

Stina hob die Schultern. „Ich bin mir absolut sicher, dass die Frau in meine Richtung geguckt hat. Und dass sie dabei böse aussah. Und außerdem …" Sie seufzte, sah kurz zu Alfa, dann zu ihrem Vater.

„Was?", fragte Olli und knuffte sie liebevoll gegen die Schulter. „Raus mit der Sprache, kleine Lady."

Stinas Augen füllten sich mit Tränen. „Ich hab schon seit ein paar Tagen das Gefühl, dass jemand mich beobachtet. Auch schon vor dem Anruf gestern Abend. Zum ersten Mal, als ich mit Bea auf dem Spielplatz war. Da spürte ich plötzlich so ein Kribbeln im Rücken. Und manchmal denke ich, dass da abends jemand bei uns vorm Haus steht und hereinsieht."

Olli sah Stina an, wirkte plötzlich überfordert.

„Und warum genau denkst du das?"

„Weil ich überall am Körper ganz plötzlich Gänsehaut bekomme."

„Wieso sollte denn jemand bei uns vor dem Haus stehen? Hast du denn Ärger mit einem Mitschüler? Könnte sein, dass der dir einen Streich spielt."

Stina schüttelte den Kopf. „Ich hab mit niemandem Ärger, das hab ich Mama auch schon gesagt."

„Und war denn jemand in der Nähe, als du dieses Gefühl auf dem Spielplatz hattest?", fragte Olli.

Stina verneinte. „Zumindest hab ich keinen gesehen."

„Und wann genau war das, als du dachtest, da könnte jemand vorm Haus stehen? Wieso hast du nicht früher etwas davon gesagt?"

Stina seufzte leise. „Ich bin zehn Jahre alt und wollte nicht, dass ihr denkt, ich wäre noch ein Baby."

———

Als Olli es eine knappe halbe Stunde später endlich geschafft hatte, seine Tochter zu beruhigen, und zu ihr in die Küche kam, spürte Alfa, wie sich ihr der Magen zusammenzog. Sie war gerade dabei, eine Flasche guten Rotwein zu öffnen, als Olli ihr den Korkenzieher aus der Hand nahm und sie in Richtung der Sitzgruppe schob. „Ich will jetzt wissen, was los ist!", schnauzte er sie an.

Alfa zuckte zusammen. „Was meinst du? Stina hat Angst und ich musste doch irgendwie versuchen, sie zu beruhigen. Hätte ich sie in dieser Situation etwa noch bestärken sollen?"

Olli seufzte. „Das meinte ich nicht. Was Stina angeht,

hast du absolut richtig gehandelt. Ich schätze, dass sie sich vielleicht heimlich bei einer Freundin einen Gruselfilm angesehen hat und deswegen jetzt durchdreht. So was hab ich als Kind auch gemacht und hatte wochenlang Schiss davor, dass wir auch einen Geist im Haus haben könnten. Meine Mutter hatte alle Hände voll zu tun, mich wieder zur Vernunft zu bringen."

„Dann denkst du tatsächlich, dass da nichts dahintersteckt?"

„Du etwa?", fragte Olli scharf.

„Bis gerade eben nicht", gab Alfa zu. „Zumindest nicht was das Auto und den gestrigen Anruf angeht. Aber dass Stina sich schon länger beobachtet fühlt, sogar im Haus selbst Angst zu haben scheint – das macht mir jetzt ehrlich gesagt schon Sorgen. Vielleicht sollten wir zur Sicherheit doch die Polizei einschalten."

Olli starrte sie mit einer Mischung aus Belustigung und Gereiztheit an. „Wir werden ganz sicher nicht die Polizei ins Boot holen", erklärte er und schien sich beherrschen zu müssen, nicht laut zu werden. „Was glaubst du, was das mit den Kindern macht, wenn da plötzlich Polizisten herumlungern und die beiden ausquetschen. Davon bekommen Stina und Josh erst recht einen Knacks."

Alfa nickte betreten. Sie wusste ja, dass Olli recht hatte, doch irgendwie …

Sie senkte den Blick, als ihr bewusst wurde, dass sie vor allem wegen seiner Reaktion auf Stinas Ausführungen total verunsichert war.

Olli war regelrecht zusammengezuckt, als seine Tochter ihm von dieser Frau im Auto erzählt hatte. Auch die Art, wie er sie anschließend ausquetschte und dabei selbst irgendwie panisch wirkte, verunsicherte sie. Und dann war da noch sein leichenblasses Gesicht gewesen, als er hörte, dass es laut Stina nicht zum ersten Mal passiert war, dass jemand sie beobachtete. Sie war fast schockiert gewesen, als Olli die ganze Sache Stina gegenüber als Lappalie abtat. Eben weil sein Verhalten und dieser Schluss nicht zusammenpassten.

Und auch jetzt, diese Bitterkeit in seiner Stimme, als sie vorschlug, die Polizei zu informieren … Sie kam nicht umhin, sich einzugestehen, dass sie ihren Mann nicht wiedererkannte. Sie straffte die Schultern, sah auf, erwiderte seinen stechenden Blick. „Du hast mich angelogen", schoss es plötzlich aus ihr hervor. „Ich weiß nicht, wo du warst, aber in Tromso bei deinem Anwalt bist du ganz sicher nicht gewesen."

Sie hätte mit allem gerechnet, aber nicht damit, dass Olli vollkommen gelassen auf ihre Konfrontation reagieren würde.

„Ich weiß bereits, dass du mir hinterherspioniert hast", stieß er leise aus. Seine Stimme klang enttäuscht. Dann fiel ihr siedend heiß die Bürotür ein. Hatte sie etwa vergessen, die Tür ins Schloss zu ziehen, als sie gegangen war? Dann würde er sich nämlich denken können, dass sie den Schlüsseldienst hatte kommen lassen und ihr heimlicher Ersatzschlüssel, den sie morgen abholen wollte, wäre somit nutzlos.

„Mein alter Kumpel hat mich angerufen und mir von deinem Anruf erzählt."

Der Anwalt, dachte Alfa. Das hätte sie sich auch denken können. Erleichterung durchflutete sie. Dann wurde sie von einer Welle des Zorns überrollt. „Du redest nicht mit mir", schoss sie zurück. „Der Brief, dein überstürzter Aufbruch – was hätte ich denn machen sollen?"

„Mir einfach vertrauen." Olli schüttelte den Kopf, sah sie traurig an. „Was genau geht dir eigentlich durch den Kopf, Alfa? Was glaubst du denn, wo ich war? Bei einer anderen Frau? Ist es das? Denkst du, dass ich eine Geliebte habe?"

Sie hob die Schultern, spürte, dass ihr Mund auf einmal staubtrocken war. „Hast du denn eine?"

Olli stieß ein Lachen aus, das nichts Fröhliches an sich hatte. Dann kam er ganz nah zu ihr, ging vor ihr in die Hocke, umfasste ihre Arme mit seinen Händen. „Es gibt keine andere Frau in meinem Leben, hörst du? Weil ich dich liebe." Er hielt inne, seufzte. Dann holte er tief Luft. „Und wenn du auch nur einen Bruchteil meiner Liebe zu dir erwiderst, dann bitte ich dich, es gut sein zu lassen, mit deiner Schnüffelei, hörst du? Ich verspreche dir, dass du noch früh genug erfährst, an was für einem Projekt ich im Moment dran bin, was genau in dem Brief stand und warum ich so überstürzt abhauen musste. Aber alles zu seiner Zeit, okay? Bis dahin musst du mir vertrauen. Kannst du das?" Er sah sie an, wirkte dabei so aufrichtig, dass sie gar nicht anders konnte, als zu nicken, obwohl sich in ihrem Innern ein Sturm zusammenbraute.

Und während er sie in seine Arme zog und ihr einen liebevollen Kuss auf die Stirn gab, sie sanft hin und her wiegte, wurde sie von düsteren Bildern – vielleicht eine Art Vorahnung – bombardiert, die plötzlich vor ihrem inneren Auge auftauchten und sie mehr und mehr in Alarmbereitschaft versetzten. Sie sah Stina, wie sie in einen silbernen SUV gezerrt wurde, sich selbst, wie sie vor Kummer im Zimmer ihrer Tochter saß und weinte, weil die Polizei noch immer keine Spur hatte.

Sie klammerte sich an Olli, der ihre hilflose Geste vollkommen missverstand und seine Hand in ihre Jeans gleiten ließ.

Stina … dachte sie und verkrampfte sich.

Konnte es möglich sein, dass alles damit zu tun hatte, dass sie …?

Erschrocken schob sie diesen Gedanken beiseite.

Sie liebte dieses Mädchen so sehr, dass es beinahe schmerzte, das hatte sie vom ersten Augenblick an getan und sie würde alles, wirklich alles dafür tun, um es zu beschützen.

11

TRONDHEIM

2009

Als Hellin im Besprechungszimmer auf Varg und Jahn traf, fühlte sie sich wie elektrisiert. Das Gespräch mit Fynn Landvik ging ihr nicht mehr aus dem Kopf. Doch bevor sie gegenüber ihren Kollegen damit herauskam, wollte sie zuerst wissen, wie die Frau bei der Besprechung auf Jahn gewirkt hatte.

„Schieß los", sagte sie ungeduldig und setzte sich an den großen Tisch.

Jahn hob die Schultern. „Ich hab ihre Aussagen mit denen verglichen, die sie kurz nach dem Leichenfund gemacht hat, und es hat sich keinerlei Abweichung ergeben."

„Und sie ist tatsächlich freiwillig damit rausgerückt, dass sie früher mal was mit dem Opfer am Laufen hatte?"

Er nickte. „Das war sogar ziemlich das Erste, was sie von sich gegeben hat. Vielleicht war sie deswegen so ..." Er stoppte, schüttelte den Kopf. „Ich weiß nicht, wie ich es sagen soll, aber irgendwas an ihr ist seltsam. Vielleicht liegt es an der Art, wie sie sich während des Gesprächs benommen hat. Sie war irgendwie nervös, wirkte gehetzt. Ich weiß auch nicht."

Hellin sah Jahn an. „Was genau meinst du? Ich denke, ihre Aussage war okay?"

„Genau das ist es ja. Sie hat alles eins zu eins wiedergegeben wie am ersten Tag nach dem Mord. Als hätte sie jeden Aspekt ihrer Rede einstudiert oder auswendig gelernt. Sie hat das alles heruntergerattert und das passt für mich nicht mit ihrem Verhalten während der Befragung zusammen. Sie war hibbelig, ist auf ihrem Stuhl herumgerutscht, hat permanent an ihren Haaren herumgefummelt."

„Würdest du sagen, dass sie für dich so aussah, als könnte sie es gewesen sein?"

Jahn starrte sie an. „Wie kommst du darauf?" Er sah zu Varg, bemerkte dessen Grinsen. „Ihr wisst doch etwas oder?"

Hellin seufzte. „Kirsti hat mir gestern etwas sehr Interessantes erzählt." Sie holte Luft, erklärte ihrem Kollegen in Kurzform, was sich angeblich zwischen Jesper und Iva zugetragen haben soll.

„Und glaubst du ihr?"

Hellin hob die Schultern. „Also laut ihrem Ehemann sei dies vollkommen ausgeschlossen. Angeblich habe beide nur eine tiefe Freundschaft verbunden, nicht mehr. Aber mal ehrlich, glaubst du etwa, dass sie es ihrem Mann auf die Nase gebunden hätte, wenn sie noch etwas für Jesper empfinden würde?"

Jahn nickte, sah nachdenklich zu Varg. „Was denkst du darüber?"

Er stieß die Luft aus. „Kirsti behauptet, sie wisse es von Jesper höchstpersönlich. Er hat es ihr vor dem Wochenendausflug erzählt. Falls es also tatsächlich stimmt, könnte es sein, dass er seiner Kirsti den Antrag deswegen vor seinen Freunden gemacht hat. Einfach, um Iva gegenüber ein Zeichen zu setzen. Vielleicht wollte er ihr so zeigen, dass seine Gefühle nur noch Kirsti gelten, sie für ihn keine Rolle mehr spielt."

„Und das könnte dazu geführt haben, dass Iva durchdrehte", vollendete Jahn seine Ausführung.

Hellin hob die Hände. „Nicht so voreilig", rief sie. „Diese Kirsti ist auch nicht ohne. Ich weiß nicht, ob Varg es dir gesagt hat, aber die Dame ist ein Ex-Junkie. Ein ehemaliger Boss von ihr behauptet, sie hätte ihn bestohlen – ob das stimmt – keine Ahnung … Aber Fakt ist, dass auch Kirsti einen Grund gehabt hätte, die Nerven zu verlieren. Angenommen, Jesper und Iva standen sich wirklich noch sehr, sehr nahe – was liegt da näher, als dass die neue Freundin des Typen vollkommen am Rad dreht vor lauter Eifersucht? Vor allem dann, wenn sie ihren neuen Freund quasi in den Himmel gehoben hat, nach allem, was sie durchmachen musste und sich doch verarscht fühlte …"

Sie sah Varg an, der seine Stirn skeptisch in Falten zog. „Wie ich bereits gestern anmerkte, kannst du jemanden nicht nur nach seiner Vergangenheit beurteilen."

„Das mache ich auch nicht. Aber es ist definitiv eine Überlegung wert."

Sie lehnte sich zurück, seufzte. „Allerdings ist da noch etwas, das ihr wissen solltet. Und das ist meines Erachtens ein echter Hammer." Sie machte eine bedeutungsvolle Pause, dann erzählte sie Varg und Jahn von ihrem Telefonat mit Ivas Ehemann.

Als sie ihre Ausführungen beendet hatte, starrten ihre Kollegen sie mit offenen Mündern an.

„Okay", sagte Varg schließlich und verschränkte die Arme vor der Brust. „Das ist ein wirklich interessanter Ansatz, finde ich. Angenommen, dass Iva Ostberg-Landvik tatsächlich noch was für ihren früheren Lover empfand und von ihm einen Korb bekam, könnte es doch sein, dass ihr das so sehr zusetzte, dass ihr psychisches Problem wieder hochkam. Ist es denn nicht so, dass eine Belastungsstörung nie vollkommen ausheilt? Dass man als Patient nur daran arbeiten kann, damit leben zu lernen? Was also, wenn die Geburt des ersten Kindes ihre Psyche so durchgerüttelt hat, dass sie langsam, aber sicher wieder abdriftete? Das würde auch den Kuss erklären und den Zusammenbruch gegenüber Jesper. Und als er ihr mehr oder weniger zu verstehen gab, dass er nichts mehr für sie empfindet, wurde alles zu viel. Ist es denn nicht so, dass Menschen vor allem im Schlaf verarbeiten, was ihnen tagsüber widerfährt?

Sie hatte also daran zu knabbern, Jesper für immer verloren zu haben, und als sie ihm während des Schlafwandelns über den Weg lief …" Er brach ab, hob die Schultern. „Das mag sich verstörend anhören, würde aber Sinn ergeben, wenn man bedenkt, dass wir keinerlei Spuren von fremden Personen im Haus gefunden haben."

„Und die Waffe?", fragte Hellin. „Wo ist die in deiner Geschichte?"

Er zuckte mit den Schultern. „Die kann überall und nirgends sein. Immerhin war sie nicht bei sich, als sie Jesper tötete."

Als ihr Smartphone in der Hosentasche vibrierte, zuckte Hellin zusammen. Sie zog es hervor, sog die Luft scharf ein. „Das ist sie", erklärte sie den Kollegen, nahm das Gespräch an.

„Schön, dass Sie zurückrufen", flötete sie übertrieben freundlich, verdrehte die Augen, als sie sah, dass ihre Kollegen fies grinsten.

„Es geht um ein Gespräch, das ich gestern mit Kirsti geführt habe und …"

„Erst einmal sorry, dass es mit dem Rückruf so spät geworden ist", entschuldigte Iva sich. „Ich hab wie eine Tote geschlafen, die letzten Tage hängen mir noch total in den Knochen." Sie räusperte sich. „Mein Mann hat mir erzählt, was Kirsti gesagt hat." Sie brach ab, klang auf einmal extrem müde. Dann stieß sie ein leises Lachen aus. „Ich weiß nicht, wie Kirsti auf diesen Blödsinn kommt, denn selbstverständlich habe ich Jesper nicht geküsst. Wieso auch? Ich bin verheiratet und er war mit Kirsti zusammen. Warum sollte ich so etwas tun?"

„Kirsti meinte, dass es in Ihrer Ehe krisele."

„Ach und dann liegt es Ihrer Meinung nach nahe, dass ich meinem besten Freund an die Wäsche gehe?"

„Das stammt nicht von mir", erinnerte Hellin sie. „Jesper selbst hat es Kirsti erzählt."

„Dann hat sie definitiv etwas missverstanden."

„Kriselt es denn in Ihrer Ehe?"

„Als Krise würde ich es nicht bezeichnen."

„Wie nennen Sie es denn?"

„Eine kleine Durststrecke … Die erste Zeit mit dem Baby war hart. Die Unsicherheit, ob ich auch wirklich alles richtig mache, die durchwachten Nächte und zu guter Letzt die Frage im Kopf, wie mein Mann damit zurechtkommt." Sie seufzte leise. „Er wollte noch nicht Vater werden, wissen Sie? Es ist … einfach passiert, nachdem wegen eines gesundheitlichen Problems die Pille nicht wirken konnte, doch ehe mein Gynäkologe dahinterkam, war ich bereits schwanger."

„Hat er sich denn mittlerweile damit arrangiert?"

„Das hatte er schon vor der Geburt. Die Sache ist nur … ich weiß ja nun, wie er zuerst darüber dachte, und bekomme das nicht mehr aus dem Kopf."

„Waren Sie denn vor Jespers Tod noch einmal bei ihm in seiner Wohnung?"

Eine Weile herrschte Schweigen in der Leitung, dann ertönte ein Stöhnen. „Das war ich. Dennoch habe ich nicht versucht, ihn zu küssen."

„Und es gab auch keinen Streit zwischen Ihnen beiden?"

Iva räusperte sich. „Doch, den gab es."

Hellin spürte, wie die feinen Härchen in ihrem Nacken sich aufrichteten.

„Und warum, wenn ich fragen darf?"

„Ich hatte einen miesen Tag, hab mich total in alles reingesteigert und ihm erzählt, dass es um meine Ehe ziemlich beschissen steht, was allerdings Quatsch ist, rückblickend betrachtet. Doch in dem Moment war ich einfach am Ende, hab die Realität verkannt. Jesper ist … war eine ehrliche Haut, weshalb ich ihn auch schätzte, und er hat mir den Kopf wieder gerade gerückt."

„Dann haben Sie beide sich also an jenem Abend gestritten?"

„Das war kein Streit im eigentlichen Sinne, sondern vielmehr eine hitzige Diskussion."

„Sind Sie im Streit auseinandergegangen?"

„Nein", erklärte Iva fest. „Jesper hat mir klargemacht, dass ich die ganze Sache sehr einseitig sehe, und anschließend haben wir ein Glas Wein getrunken. Und nur falls Sie jetzt denken sollten, wie unvernünftig, weil ich stille – an jenem Abend hatte ich bereits eine ganze Menge Milch abgepumpt, konnte es mir also leisten, ein Gläschen zur Beruhigung zu trinken."

Hellin holte tief Luft, warf Varg und Jahn einen ungeduldigen Blick zu. „Und wie kommt Kirsti darauf, dass Sie Jesper geküsst haben? Warum sollte sie sich das ausdenken?"

Iva lachte bitter. „Es ist schmerzhaft, so etwas über meine Freundin sagen zu müssen, aber Jesper und sie … meiner Meinung nach war diese Beziehung eh zum Scheitern verurteilt. Kirstis Vergangenheit setzte ihm zu und auch sie selbst litt noch immer darunter, jemand zu sein, dem vor gar nicht allzu langer Zeit alles entglitten ist. Für sie war Jesper so etwas wie der Startschuss in ein neues Leben und ich war von Anfang an der Meinung, dass mein bester Freund etwas Besseres verdient hat."

„Warum haben Sie die beiden dann verkuppelt?"

„Das war die Idee meines Mannes. Er meinte, Kirsti und

er könnten einander guttun, und so war es auch. Am Anfang zumindest. Später gab es immer wieder Momente, in denen mir klar wurde, dass beide doch nicht so perfekt harmonierten, wie mein Mann es gerne gesehen hätte. Jesper war ein Mann, der seine Arbeit über alles liebte, und Kirsti ... nun ja ... sie ist eine sehr fordernde Person, will alles und das am besten sofort, setzte ihn oft ziemlich unter Druck, vereinnahmte ihn vollends, war beinahe wie eine Klette."

„Dann haben Sie versucht, Jesper davon zu überzeugen, dass er besser ohne sie dran ist?"

„Selbstverständlich nicht! Kirsti ist meine Freundin und natürlich freute ich mich darüber, wie glücklich sie mit Jesper war. Dennoch hab ich mir hin und wieder Gedanken gemacht, hoffte, dass er irgendwann selbst erkennt, was ich längst gesehen habe."

„Dann war sein Antrag ein Schock für Sie?"

„Nicht direkt. Ich wusste ja, dass Kirsti genau darauf hingearbeitet hat."

„Wie würden Sie Ihre Freundschaft zu Kirsti beschreiben?", fragte Hellin.

Iva stockte, schien darüber nachzudenken. „Alles war gut, bis Jesper und sie auszugehen begannen. Von da an war es irgendwie komisch zwischen uns. Vielleicht lag es daran, dass er ihr unbedingt hatte erzählen müssen, dass er und ich früher auch mal liiert waren."

„Hatten Sie den Eindruck, dass Kirsti eifersüchtig auf Sie war? Also in Bezug auf Ihre gemeinsame Vergangenheit mit Jesper sowie der Tatsache, wie nahe Sie einander noch immer standen?"

Einen Moment lang blieb es still in der Leitung und gerade als Hellin dachte, Iva habe aufgelegt, ertönte ein leises Seufzen. „Ich bin absolut sicher, dass Kirsti eifersüchtig ist. Nicht nur in Hinsicht auf Jesper, sondern im Allgemeinen. Sie hat sogar einmal zugegeben, dass sie mich um mein

Leben beneidet – weil ich im Gegensatz zu ihr alles habe, wovon sie immer geträumt hat."

„Aber auch Sie hatten es nicht immer einfach, nicht wahr?"

„Was meinen Sie?", fragte Iva und klang auf einmal misstrauisch.

„Ihre Mutter … Sie starb, als sie noch ein halbes Kind waren."

Die Frau am anderen Ende der Leitung seufzte. „Das stimmt. Und sie hat eine riesige Lücke in meinem Innern hinterlassen. Und einen Riss in meinem Herzen. Glauben Sie mir, wenn ich sage, dass ich allen Luxus und alles Geld eintauschen würde, wenn ich dafür nur meine Mutter zurück bekäme."

Hellin schluckte angesichts dieser Offenheit.

„Nur leider sehen gerade das die meisten Leute nicht. Sie sehen nur, was sie sehen wollen. Eine junge Frau, die in ein Leben hineingeboren wurde, das vor Luxus strotzt. Dass ich allerdings einen Vater hatte, der nie da war, und eine Mutter, die mir alles bedeutete und viel zu früh starb – das interessiert keinen."

„Natürlich hat Sie der Tod Ihrer Mutter sehr schwer getroffen. Und ich weiß, dass Sie anschließend eine Therapie machen mussten."

„Ich litt viele Jahre an einer posttraumatischen Belastungsstörung. Was zum Teil auch die Schuld meines Vaters war, weil er sich auch nach dem Tod meiner Mutter kaum um mich kümmerte. Er ließ mich mit allem allein, hatte immer nur seine Firma im Kopf."

„Ihr Mann sagte, dass Sie lange Zeit stabil waren, aber nach der Geburt des Babys wieder Probleme bekamen. Stimmt das?"

„Zum Teil. Wie ich vorhin bereits erwähnte, dauert es, bis eine Frau sich an die neue Situation gewöhnt."

„Und das Schlafwandeln?", stieß Hellin hervor. „Ist das in der letzten Zeit auch wieder aufgetreten?"

Iva am anderen Ende der Leitung sog hörbar die Luft ein, schien vollkommen überfordert. „Was wollen Sie damit sagen?", stieß sie hervor.

„Gar nichts", beschwichtigte Hellin sie. „Das war nur eine ganz normale Frage, hören Sie? Wir reden nur, nichts weiter."

Iva stieß die Luft hart aus, lachte verbittert. „Reden Sie lieber noch mal mit Kirsti und quetschen sie aus, wieso sie diesen Mist über mich erzählt. Wenn hier jemand etwas zu verbergen hat und deswegen lügt, dann nämlich sie!"

———

Nachdem Hellin das Telefonat mit Iva Ostberg-Landvik beendet hatte, sah sie ihre Kollegen an, brachte sie kurz und knapp auf den neuesten Stand.

„Was willst du jetzt machen?", fragte Jahn.

Sie hob die Schultern. „Einfach weiter", erklärte sie. „Eine der beiden Frauen lügt, so viel steht fest. Und welche von beiden, müssen wir jetzt eben so schnell wie möglich rausfinden, weil die einzige Person, die es uns hätte sagen können, tot ist."

Sie zog ihren Notizblock aus der Innentasche ihrer Jacke, schlug es auf, machte sich stichpunktartige Notizen. „Ich werde mich jetzt zuerst mal in Hinsicht auf das Thema Schlafwandeln informieren und danach unseren Polizeipsychologen ausquetschen. Eventuell könnte uns auch Dr. Erikson helfen, das ist Ivas ehemalige Psychiaterin."

Sie sah zu Varg, dann zu Jahn. „Ihr beide versucht, in der Chefetage durchzubringen, dass wir uns Iva und Kirsti wirklich gründlich vorknöpfen dürfen. Ich will Einsicht in die Anrufliste der beiden Frauen, brauche Zugang zu deren

Konto- und Kreditkartenbuchungen und will wissen, wo beide sich online herumtreiben."

Varg nickte, sah aber nicht gerade glücklich aus. „Dürfte schwierig werden, das weißt du oder?"

Hellin schluckte. „Okay, wir haben keine Beweise für eine Beteiligung von einer der beiden Frauen an dem Mord. Aber Fakt ist nun einmal, dass wir dieser Spur nachgehen müssen, ob die beiden nun nur Zeugen oder Verdächtige sind, spielt für mich augenblicklich keine Rolle."

———

Als sie wieder allein im Büro war, lehnte sie sich zurück, durchsuchte mit ihrem Smartphone das Internet zum Thema Schlafwandeln und nach einem Psychiater namens Erikson. Es dauerte nicht lange, da hatte sie Dr. Unni Erikson gefunden, wählte kurzerhand ihre Nummer. Als sie die Frau am anderen Ende der Leitung hatte, holte Hellin tief Luft, stellte sich vor und erklärte der Ärztin, weshalb sie anrief.

Die Frau am anderen Ende der Leitung hüstelte betreten. „Schon mal etwas von der Schweigepflicht gehört?", fragte sie Hellin direkt. „Falls ja, wüssten Sie eigentlich, dass ich mit niemandem, auch nicht mit der Polizei, über meine Patienten reden darf."

„Es geht hier um den Mord an einem jungen Mann, auf den über vierzig Mal eingestochen ..."

„Das sagten Sie bereits", unterbrach Erikson sie. „Dennoch darf ich Ihnen nichts sagen, was meine Patientin betrifft, selbst dann nicht, wenn bereits feststünde, dass sie es gewesen ist."

Hellin stieß einen ungeduldigen Grunzlaut aus. „Darum geht es mir auch nicht, Frau Dr. Erikson", erklärte sie. „Ich möchte nicht mit Ihnen über Iva sprechen. Zumindest nicht direkt. Vielmehr würde ich gerne von Ihnen im Allgemeinen erfahren, ob Sie es für möglich halten, dass eine Patientin, die, obwohl sie als stabil galt, wegen der Geburt ihres ersten Kindes wieder psychische Probleme bekommt. Und ob es daraus resultierend zu Schlafstörungen kommen kann, die mit Schlafwandeln einhergehen."

Dr. Erikson stieß die Luft aus, seufzte. „Selbstverständlich kann die Geburt eines Kindes, noch dazu des ersten Kindes, ein bestehendes psychisches Problem zurück an die Oberfläche bringen. Ob dies bei Iva so gewesen ist, darüber will und darf ich mir jetzt kein Urteil bilden. Zumindest nicht, solange Frau Ostberg-Landvik nicht selbst damit zu mir kommt und sich Hilfe sucht." Sie brach ab, schien ihre nächsten Worte ganz genau abzuwägen. „Doch falls dem so wäre, könnte die betreffende Person natürlich auch unter Schlafstörungen leiden, die unter Umständen auch mit Wandelattacken einhergehen. Genaueres kann ich diesbezüglich aber auch nur mit der Patientin selbst besprechen, wobei …" Sie seufzte. „Sie sagten, der Mann starb an über vierzig Stichen?"

„Ja", gab Hellin zurück. „Allerdings war bereits einer der ersten davon tödlich, weil der die Hauptarterie am Hals traf."

„Dennoch", wandte Erikson ein. „Menschen, die schlafwandeln, noch dazu Frauen, haben nicht plötzlich übermenschliche Superheldenkräfte, auch wenn das in Filmen manchmal so rüberkommt. Man darf nicht vergessen, dass diese Leute trotz allem eines tun – nämlich schlafen, deswegen heißt es auch schlafwandeln. Und Iva … nun ja … sie ist eine wirklich schmächtige Person. Wie soll sie denn … ich meine … noch dazu im Schlaf …" Die Frau brach ab.

„Also halten Sie es für vollkommen ausgeschlossen?"

„Na ja, das Opfer, ich meine dieser Mann, er muss doch geschrien und sich gewehrt haben. Ich kann mir beim besten Willen nicht vorstellen, dass sie davon nicht aufgewacht wäre, falls es tatsächlich so passiert sein sollte. Die Anzahl seiner Verletzungen macht in Hinsicht auf diese Vermutung also überhaupt keinen Sinn, es sei denn …" Dr. Erikson brach ab, schwieg sekundenlang.

„Was?", fragte Hellin aufgeregt.

„Es sei denn, die betreffende Person hat alles ganz genauso geplant und lediglich vorgegeben, zu schlafwandeln, um im Falle einer Verhaftung ein milderes Urteil zu erhalten oder gar straffrei davonzukommen."

———

Als Hellin eine knappe Stunde später aus dem Büro des Polizei-Psychologen trat, schüttelte sie nachdenklich den Kopf. Im Grunde hatte er dasselbe gesagt wie Dr. Erikson, was Hellin und ihrem Team die Sache nicht gerade einfacher machte. Vor allem die Option, die Dr. Erikson vorhin ins Spiel gebracht hatte.

Hellin runzelte die Stirn. Traute sie Iva eine solche Abgebrühtheit zu?

Die Antwort war, dass sie nicht einmal diese Frage beantworten konnte. Jeder dieser drei Leute wirkte auf sie irgendwie unaufrichtig. Kirsti jedoch nicht wegen ihrer Vergangenheit, wie Varg vorhin behauptet hatte, sondern viel mehr deswegen, weil sie, ohne zu zögern, durch ihre Aussage ihre angeblich beste Freundin in den Fokus der Ermittlungen gerückt hatte. Genau wie der Ehemann von Iva, der ihnen aus freien Stücken erzählt hatte, dass seine Frau früher mit dem Opfer liiert war.

Und Iva selbst? Hellin kam nicht umhin, zuzugeben, dass sie die Frau irgendwie nicht einschätzen konnte. Am besten wäre wahrscheinlich, wenn sie noch einmal mit dem Ehepaar persönlich sprach. Nicht am Telefon, sondern von Angesicht zu Angesicht, wo es um einiges schwerer war, zu verbergen, was in einem vorging.

Gedankenverloren lief sie in Richtung ihres Büros, als hinter ihr jemand ihren Namen rief. Sie wirbelte herum, sah Varg, wie er aufgeregt auf sie zugerannt kam.

„Was ist los?", fragte Hellin. „Hattest du beim Boss etwa tatsächlich Glück?"

„Ganz im Gegenteil." Er schüttelte den Kopf, rang nach Luft, als er vor ihr zum Stehen kam. „Allerdings brauchen wir seine Genehmigung auch nicht mehr, denn jetzt wird es definitiv offiziell." Er brach ab, grinste. „Rate mal, wer gerade im Vernehmungszimmer sitzt und ein umfassendes Geständnis ablegen möchte?"

Hellin riss die Augen auf. „Rück schon damit raus, ich hab keine Lust auf ein saublödes Ratespiel."

Varg lachte. „Iva Ostberg-Landvik. Sie ist plötzlich vollkommen aufgelöst in der Lobby aufgetaucht, wollte Jahn sprechen, doch der ist momentan unterwegs. Deswegen bin ich zu ihr runter, hab sogar noch versucht, dich zu erreichen, leider umsonst."

Hellin hob gereizt die Schultern. „Ich war bei unserem Psychologen, das wusstest du doch!"

Er winkte ab. „Schon klar, bleib locker. Jedenfalls hab ich sie ins Vernehmungszimmer gebracht und gesagt, dass wir noch auf eine Kollegin von mir warten müssten, als sie plötzlich anfing, hysterisch zu werden und zu heulen." Er schüttelte den Kopf, grinste triumphierend. „Als sie sich wieder im Griff hatte, gestand sie wie aus dem Nichts heraus, dass alles, was sie bislang zu Jespers Tod ausgesagt hat, eine einzige riesengroße Lüge ist, und sie es selbst war, die ihn umbrachte."

12

HAMMERFEST
MAI 2019

„Was ist denn mit dir, mein kleiner Schatz?" Alfa warf Joshua durch den Rückspiegel einen Blick zu, doch der Junge wich ihr aus. Er senkte seinen Kopf, starrte auf seine Schuhspitzen.

„Hattest du Streit mit einem deiner kleinen Freunde?"

Kopfschütteln.

„Hast du was angestellt und Ärger mit einer der Erzieherinnen bekommen?" Sie schmunzelte, denn Joshua konnte tatsächlich manchmal ein wenig über die Stränge schlagen.

Wieder ein Kopfschütteln.

Als Alfa registrierte, dass sie aus ihrem Sohn auf die Schnelle nichts herausbekommen würde, konzentrierte sie sich auf die Straße.

Nach Ollis Heimkehr gestern und ihrem kurzen Gespräch in der Küche war der Rest des Tages relativ ruhig verlaufen. Er hatte es tatsächlich geschafft, Stina dazu zu kriegen, die Begebenheit mit dem Auto beinahe zu vergessen. Erst am Abend, als er sie zu Bett gebracht und ihr noch etwas vorgelesen hatte, war das Thema noch einmal kurz aufgekommen. Olli hatte seiner Tochter versprochen, die nächste Zeit zu Hause zu bleiben, was sie sichtlich beruhigt hatte. Alfa vermutete, dass es daran lag, dass das Mädchen heute Morgen wieder vollkommen unbeschwert und fröhlich gewirkt hatte.

Sie schluckte hart. Konnte es möglich sein, dass Stina einzig und allein wegen der Abwesenheit ihres Vaters so heftig auf den Anruf und das Auto reagiert hatte?

Sie war von klein auf ein Papakind gewesen, vollkommen fixiert auf Olli. Und er selbst … früher war ihm diese Klettenhaftigkeit oft zu viel gewesen, doch irgendwann hatte er gelernt, die Nähe zu genießen, trug seine Tochter seither auf Händen, selbst ein Blinder konnte sehen, wie viel ihm dieses Kind heute bedeutete.

Alfa seufzte leise, sah durch den Rückspiegel zu Joshua, der noch immer in seinen Sitz versunken schien und irgendwie … verstört wirkte. Ja, das schien das richtige Wort dafür zu sein, dass ihr ansonsten so lebhafter Junge noch keinen Mucks von sich gegeben hatte, seit er ins Auto eingestiegen war.

Sie schüttelte den Kopf, biss sich gedankenversunken auf die Unterlippe, bis sie den metallischen Geschmack nach Blut im Mund hatte.

Was, wenn es ihr eigenes Verhalten war, das die Kinder derartig verunsicherte?

Der Gedanke war gar nicht abwegig, denn im Grunde war es der seltsame Brief gewesen, mit dem alles begonnen hatte. Sie selbst hatte seither eine Paranoia entwickelt, misstraute Olli, was lag da näher, als dass sich ihr Verhalten in dem der Kinder spiegelte. Sie straffte die Schultern, schwor sich in Gedanken, künftig mehr darauf zu achten, ihr Innerstes nicht zu offensichtlich nach außen zu transportieren. Vor allem durfte sie vor den Kindern nicht zeigen, wenn sie sich über Olli ärgerte. Die beiden kamen stets an erster Stelle, ihr Wohl stand über allem anderen, selbst über ihren eigenen Gefühlen.

Sie musste sich ganz einfach zusammenreißen, ihre

Bedürfnisse hinten anstellen, zumindest so lange, bis Gras über die Geschehnisse der letzten Tage gewachsen war.

Außerdem, wenn sie ganz ehrlich war, gingen Ollis Geschäftsbeziehungen sie nicht das Geringste an. Er hatte seine Firma aus dem Nichts aus dem Boden gestampft, ernährte damit die Kinder und sie, engagierte sich zudem ehrenamtlich, wer war sie denn, sich in seine Angelegenheiten zu mischen.

Wenn Olli sagte, dass dieser Brief etwas mit seinem Geschäft zu tun hatte, war dem eben so, was bedeutete, dass er sie nicht im Mindesten zu interessieren hatte.

Sie nickte, lenkte den Wagen die Einfahrt hinauf, nahm sich fest vor, dass diese ganze Debatte rund um den Brief und Ollis Reise nach Tromso hier und heute beendet sein würde.

Es ist, wie Olli gestern gesagt hat, dachte sie. *Ich muss ihm da vertrauen und wenn die Zeit gekommen ist, wird er mir schon sagen, was genau los war.*

Sie stieg aus, half Joshua aus seinem Sitz, sah zu, wie er aus dem Wagen stieg und auf die Tür zutrottete. Es schien, als habe er von heute Morgen bis jetzt seinen Elan und seine Lebensfreude verloren, so deprimiert wirkte er plötzlich. Sie verschloss das Auto, lief hinter ihm her, strich ihm, während sie die Tür aufschloss, sanft über die Wange.

„Was hältst du davon, wenn wir gemeinsam dein Lieblingsessen kochen und dann zusammen was Nettes spielen?"

Sie sah ihn verschmitzt an, doch Joshua schien in seiner eigenen Welt zu sein, denn er hob nur die schmalen Schultern, verschwand ohne ein weiteres Wort in seinem Zimmer.

Alfa schlüpfte aus ihren Schuhen, ging in den ersten Stock hinauf, wo sie Olli in seinem Büro vorfand. „Du hast die Uhr im Auge?", fragte sie und zwang sich zu einem Lächeln. „Stina hat in einer knappen Stunde Schluss."

Er grinste zurück. „Ich muss nur noch schnell eine Mail schreiben, dann bin ich fertig für heute."

Sie atmete erleichtert auf, trat zu ihm an den Schreibtisch, setzte sich auf den Stuhl gegenüber. „Joshua ist ziemlich mies drauf. Er hat sich in sein Zimmer verzogen. Keine Ahnung, welche Laus ihm über die Leber gelaufen ist, denn er redet nicht mit mir." Sie brach ab, zögerte kurz. „Kannst du vielleicht später versuchen, an ihn heranzukommen?"

Olli sah von seinem Bildschirm auf, musterte ihr Gesicht. Schließlich nickte er. „Klar, mach dir keine Sorgen, Schatz. Bestimmt hat er sich nur mit einem der anderen Kinder gezankt, ist deswegen sauer. Aber wenn es dich beruhigt, rede ich gleich mit ihm, bevor ich Stina hole." Er wandte sich wieder dem Bildschirm zu, was so viel hieß wie, dass er nun nicht mehr gestört werden wollte. Alfa stand auf, machte sich auf den Weg in die Küche, um frische Pommes, Salat und Hähnchenfleisch fürs Abendessen vorzubereiten. Joshua liebte selbst gemachte Pommes mit Nuggets und viel Ketchup, also würde sie ihren Teil zu seinem Wohlbefinden beitragen, indem sie ihm kochte, was er am liebsten mochte. Während sie Kartoffeln schälte und in fingerdicke Stifte zerteilte, sie anschließend wässerte, genehmigte sie sich trotz der frühen Nachmittagsstunde ein Gläschen Wein.

Während sie trank, starrte sie durchs Küchenfenster auf die Bucht und das Meer hinaus, ließ den atemberaubenden Anblick auf sich wirken.

Doch anders als sonst schaffte die Aussicht diesmal nicht, ihr angespanntes Gemüt zu beruhigen.

Als sie am Abend gemeinsam am Tisch saßen und aßen, war Joshua noch immer schweigsam und trübsinnig, stocherte in seinem Essen herum, schien vollkommen abwesend zu sein. Wie versprochen hatte Olli am Nachmittag versucht, an seinen Sohn heranzukommen und herauszufinden, was mit ihm los war, doch genau wie bei ihr hatte das Kind auch seinen Vater rüde abgeblockt.

Daher hatten sie beschlossen, es vorerst gut sein zu lassen, bis Joshua irgendwann von selbst ankäme und sich öffnete.

Alfa warf Stina einen Blick zu, lächelte, als sie registrierte, dass zumindest mit ihr wieder alles in bester Ordnung zu sein schien. Sie war heute fröhlich gewesen, als sie aus der Schule gekommen war, hatte den gesamten Nachmittag damit zugebracht, das Buch zu lesen, das ihr Vater ihr aus Tromso – oder woher auch immer – mitgebracht hatte.

Alfa zuckte zusammen, als Joshua wie aus dem Nichts seinen Teller fest von sich stieß, dabei eines der Gläser vom Tisch erwischte. Rotwein ergoss sich über das Tischtuch, floss zu Boden, sammelte sich dort zu einer dunklen Lache. Alfa fiel auf, dass der verschüttete Wein auf dem Marmorboden den Anschein von Blut erweckte, und schüttelte sich leicht.

„Ich weiß etwas über Stina", ließ Joshua schließlich die Bombe platzen. Er sah von Alfa zu Olli, dann zu seiner Schwester, verzog das Gesicht, als wolle er jede Sekunde in Tränen ausbrechen. „Du bist nicht meine richtige Schwester", sagte er mit seiner piepsigen Klein-Jungen-Stimme. „Und meine Mama ist auch nicht deine echte Mutter."

Alfas Herz setzte für den Bruchteil einer Sekunde aus. „Wie kommst du denn auf so etwas?", fragte sie ihren Sohn und musste sich beherrschen, Ruhe zu bewahren, damit ihre Stimme nicht kippte. Sie sah zu Stina, die stocksteif und leichenblass dasaß und ihren Bruder anstarrte.

„Das hat mir die Frau gesagt", murmelte Joshua.

„Welche Frau?", fragte Olli und Alfa hörte aus seiner Stimme heraus, dass er genauso schockiert war wie sie selbst.

„Wir durften wegen des schönen Wetters heute draußen

spielen", sagte Josh leise. „Und da war plötzlich eine Frau draußen vor dem Zaun, die nach mir gerufen hat. Sie hat gesagt, dass sie mir etwas Wichtiges sagen muss, deswegen bin ich zu ihr hingegangen."

„Und diese Frau … die hat dir gesagt, dass ich nicht deine Schwester bin?", fragte Stina mit zitternder Stimme.

Joshua nickte. „Von ihr weiß ich, dass meine Mama und deine Mama nicht dieselbe Person sind."

„Stimmt das?", fragte Stina an ihren Vater gewandt und vermied es dabei, Alfa anzusehen.

Olli sog die Luft scharf ein, schüttelte dann langsam den Kopf. „Alfa ist deine Mutter. Sie hat dich großgezogen, war immer für dich da, liebt dich mehr als ihr eigenes Leben. Selbstverständlich bist du ihre Tochter."

„Aber wieso sagt diese Frau das dann?", wollte Stina mit Tränen in den Augen wissen.

Olli sah Alfa an, dann seine Tochter. „Da draußen gibt es so viele Irre, mein Schatz. Woher soll ich wissen, was in deren Köpfen vor sich geht?"

Stina warf Alfa einen vorsichtigen Blick zu, in dem tausend Fragen zu lesen waren.

Alfa spürte, wie sich ihr Innerstes zusammenzog.

„Dein Vater hat recht", sagte sie schließlich gepresst. „Dein Bruder und du, ihr beide bedeutet mir mehr als alles andere auf der Welt. Und ja, du bist meine Tochter, wirst immer meine Tochter sein, auch wenn …" Sie spürte unter dem Tisch Ollis Hand auf ihrem Schenkel, hielt inne.

„Diese Frau", unterbrach er sie forsch und sah Joshua an, „wie sah die aus?"

Der Junge hob die Schultern, sah seinen Vater an. „Ich weiß es nicht mehr genau, weil ich so erschrocken war. Aber ich glaube, sie hatte schwarze Haare und … böse Augen."

„Was meinst du damit?", fragte Alfa.

„Sie hat irgendwie wütend ausgesehen. Oder traurig. Vielleicht auch beides zusammen. Auf jeden Fall hat sie mir Angst gemacht.“

Stina war bei Joshuas Beschreibung zusammengezuckt. Sie sah ihren Vater entsetzt an. „Die Frau aus dem Auto, die hatte auch dunkle Haare und diese wütenden Augen, daran kann ich mich erinnern.“ Sie brach ab, schien es nur mit Mühe zu schaffen, die Tränen zurückzuhalten. „Warum verfolgt sie uns, Papa? Wer ist das?“

Ollis Körper verkrampfte sich, dann stand er auf. „Ich weiß nicht, wer diese Frau ist. Und nur damit das klar ist – was sie sagt, ist eine Lüge.“ Er stieß die Luft aus, tigerte zornig in der Küche auf und ab. „Ihr geht jetzt bitte in eure Zimmer und macht euch bettfertig“, erklärte er schließlich streng. „Eure Mutter und ich werden uns anschließend zusammensetzen und beratschlagen, was wir bezüglich dieser Person unternehmen können.“

———

Als die Kinder endlich in ihren Betten lagen und schliefen, war es beinahe zehn Uhr vorbei. Es hatte Olli und sie viel Mühe gekostet, die Gemüter zu besänftigen und den beiden glaubhaft zu vermitteln, dass an den Worten der mysteriösen Frau nicht der kleinste Funke Wahrheit dran war.

Jetzt saßen sie einander gegenüber am Küchentisch, jeder einen doppelten Wodka vor sich, weil der Schock bei ihnen beiden noch immer tief saß.

„Dir ist schon klar, dass Stina uns niemals verzeihen wird, dass wir sie heute belogen haben“, brach Alfa das unbehagliche Schweigen.

Olli sah auf. „Wir haben sie nicht belogen, denn eines steht fest, du bist ihre Mutter!“

Alfa griff über den Tisch nach seiner Hand, drückte sie

sanft. „Danke, dass du das sagst, aber du weißt, dass ich das nicht gemeint habe. Ich bin nicht die Frau, die sie vor über zehn Jahren zur Welt brachte, und somit stimmt es, was Joshua heute von dieser Frau erfahren hat. Er und Stina sind nur Halbgeschwister.“ Alfa brach ab, schüttelte den Kopf. „Vielleicht hätten wir vorhin die Wahrheit sagen sollen … Findest du nicht?“

Olli verneinte. „Das werden wir irgendwann definitiv machen, aber nicht heute und schon gar nicht, nur weil eine Fremde meint, sich in unsere Angelegenheiten mischen zu müssen.“

Alfa seufzte. „Das heißt, du willst unseren Kindern weiterhin etwas vormachen?“

Er versteifte sich, sah sie ernst an. „Ich mache niemandem etwas vor. Hier geht es darum, was eine Mutter ausmacht. Und du hast all das in dir. Somit ist Stina dein Kind. Und du bist Stinas Mutter, auch wenn ihr nicht blutsverwandt seid. Ich finde, dass allein diese Tatsache rechtfertigt, was wir den Kindern heute erzählt haben. Joshua und Stina lieben einander, wachsen in Eintracht miteinander auf. Selbstverständlich sind sie Geschwister, auch wenn sie nicht zu einhundert Prozent vom selben Blut sind.“ Er brach ab, sah Alfa prüfend an. „Siehst du das anders?“

Sie schüttelte den Kopf. „Ich empfinde ganz genau wie du. Aber die Wahrheit ist nun mal ein klein wenig anders. Stinas Mutter ist gestorben, als sie gerade erst ein paar Monate alt war. Und als du und ich einander begegneten, war sie noch zu klein, um sich heute noch daran zu erinnert, dass es mich nicht von Anfang an in ihrem Leben gegeben hat. Dennoch finde ich, hat sie ein Recht darauf, zu erfahren, was mit der Frau geschehen ist, die sie geboren hat.“

Olli stand auf, ging zum Fenster, starrte eine Zeit lang in die Dämmerung hinaus, drehte sich zu Alfa um.

„Geht es dir dabei wirklich nur um Stina oder auch um dich selbst?"

Alfa senkte den Blick. Als sie wieder aufsah, bemerkte sie, dass Olli sie noch immer anstarrte. Er schien irgendwie … wütend auf sie zu sein.

Egal, dachte sie, *jetzt ist nicht die Zeit, um sich zurückzuhalten. Jetzt geht es um das Wohl der Kinder und ich muss versuchen, Olli dazu zu bringen, wenigstens ihr die ganze Geschichte zu erzählen.*

„Ehrlich gesagt stört es mich seit Langem, dass du mir bisher nichts über deine erste Frau erzählt hast. Es ist, als habe sie niemals existiert, und das fühlt sich für mich irgendwie … falsch an."

Ollis Gesichtsausdruck verhärtete sich und für einen Moment sah er so aus, als würde er ihr gegenüber die Beherrschung verlieren. „Das Wichtigste weißt du doch", stieß er schließlich aus. „Sie starb, als Stina noch ein Baby war, für mich brach eine Welt zusammen und fertig. Warum zum Teufel musst du unbedingt wissen, wer genau die Frau war, wegen der ich die schlimmste Zeit meines Lebens durchmachen musste?"

Alfa stand auf, ging auf Olli zu, umarmte ihn fest. „Ich will es doch nicht um ihretwillen wissen, sondern um deinetwillen. Weil ich dich vielleicht besser verstehe, wir einander dadurch noch näher sein können, verstehst du? Ich will wissen, wer der Mann ist, den ich liebe, und wer er war, bevor ich ihm begegnet bin. Deine Vergangenheit gehört nun mal zu unserer gemeinsamen Geschichte, weil sie ein Teil von dir bleiben wird – für immer."

Olli seufzte, sah zu Boden. Auf einen Schlag war alle Wut von ihm gewichen und hatte einer tiefen Traurigkeit Platz geschaffen. „Sie hat sich umgebracht, okay? Es war Selbstmord und ich habe bis heute nicht überwunden, dass mir nicht aufgefallen ist, wie krank sie gewesen sein muss, um so etwas Schreckliches zu tun. Ich hab mir damals solche Vorwürfe gemacht, mich selbst gehasst, und wärst du nicht gewesen, ich weiß nicht, ob ich es jemals geschafft hätte, wieder einigermaßen mit mir klarzukommen." Er brach ab, schien nach den richtigen Worten zu suchen. „Das ist auch der Grund, wieso ich nichts um mich herum sehen will, das mich an sie erinnert. Jede Erinnerung an sie, wie ein Foto beispielsweise, ist für mich wie ein Blick in den Spiegel, welcher mich als Versager zeigt. Und das ist auch der Grund, weshalb ich solche Angst habe, Stina davon zu erzählen. Ich will nicht, dass sie mit dem Wissen aufwachsen muss, dass ihre Mutter sich selbst tötete und sie aus freien Stücken zurückließ. Es würde Stina verändern, ihr die Unbeschwertheit nehmen."

Alfa dachte über seine Worte nach, nickte langsam. Was er sagte, ergab Sinn. Dennoch tat es ihr in der Seele weh, schmerzhafte Erinnerungen und Schuldgefühle in ihm wachgerüttelt zu haben. Sie presste sich fest an ihn, doch anders als sonst erwiderte er ihre zärtliche Geste nicht. Stattdessen wirkte er noch immer angespannt und verletzlich zugleich, sah aus, als würde er jeden Moment die Nerven verlieren. „Diese dunkelhaarige Frau", wagte Alfa sich vor, „woher kennt sie deine Vorgeschichte?"

Olli hob die Schultern. „Ich habe nicht die geringste Ahnung."

Alfa spürte, dass er, was dieses Thema anging, die Wahrheit sagte.

„Vielleicht ist es jemand aus der Familie meiner damaligen Frau oder jemand aus ihrem Freundeskreis."

„Und warum sollte sie sich an die Kinder wenden? Ich meine, wenn diese Frau ein Problem mit dir hat, wieso kommt sie damit nicht direkt zu dir?"

Olli senkte den Blick und Alfa erkannte die winzigen Schweißperlen auf seiner Oberlippe, die sich nur dann bildeten, wenn ihr Mann unter starkem Stress stand. Und plötzlich dämmerte es ihr. „Der Brief", rief sie aufgeregt. „Und deine überstürzte Abreise kurz danach. Das alles hatte gar nichts mit deinem Geschäft, sondern mit deiner Vergangenheit zu tun, nicht wahr?"

13

TRONDHEIM

2009

Hellin starrte Varg verblüfft an. „Das hat sie dir gesagt?"

Er nickte, verzog das Gesicht zu einem Grinsen. „Wir dachten uns bereits, dass es einer der drei Leute gewesen sein könnte, da es keinerlei Spuren im Haus gab, die auf fremdes Eindringen hinweisen. Du hattest dich ja, glaube ich, eher auf Kirsti festgefahren, ich dachte die ganze Zeit, dass es auch der Kerl gewesen sein könnte. Aber Iva … Nun ja, in Verbindung mit ihrer psychischen Störung macht das durchaus Sinn."

Hellin schüttelte den Kopf. „Und der Ehemann? Ist der auch hier?"

Varg verneinte.

„Dann ist das jetzt dein Job, mein Lieber. Du machst dich auf den Weg zu ihm, bringt ihn her. Ich kümmere mich inzwischen um die Frau."

———

Als Hellin zu Iva ins Zimmer trat, sah sie sich einer Frau gegenüber, die vollkommen am Boden zu sein schien. Mit rot geweinten Augen starrte Iva ihr entgegen und zitterte am ganzen Leib.

„Mein Kollege sagte mir, dass Sie eine neue Aussage machen wollen, da Ihre vorherigen … nun ja, nicht der Wahrheit entsprachen."

Die Frau nickte heftig, schnappte nach Luft.

„Es tut mir so leid", stammelte sie schließlich, brach in Tränen aus.

Hellin trat zu ihr, ging vor ihrem Stuhl in die Hocke. „Bitte beruhigen Sie sich", sagte sie sanft. „Wir unterhalten uns nur, okay? Erzählen Sie mir einfach, was an jenem Tag wirklich passiert ist."

Iva sah auf, seufzte. „An die Tat selbst kann ich mich nicht erinnern", erklärte sie brüchig. „Ich weiß nur, was am Morgen danach passiert ist."

Hellin nickte freundlich. „Dann fangen Sie da an."

Iva setzte sich auf, holte tief Luft. „Ich bin aufgewacht, als es draußen noch stockdunkel war. Mir war heiß und ich fühlte mich verschwitzt, bin deswegen aufgestanden, um mich im Bad etwas frisch zu machen." Sie brach ab, weil ihre Stimme zu kippen drohte. Als sie sich wieder im Griff zu haben schien, schluckte sie. „Im Bad angekommen, habe ich das Licht angemacht und gesehen, dass ich … dass ich …" Sie hielt erneut inne, als müsse sie erst Kraft sammeln, für das, was jetzt kam. „Da war überall Blut", flüsterte sie. „In meinen Haaren, an meinem Pyjama, an den Händen und im Gesicht." Sie schüttelte den Kopf, wich Hellins Blick aus. „Ich wusste nicht, was das zu bedeuten hatte, war vollkommen panisch, deswegen habe ich Fynn geweckt."

Iva stieß die Luft aus, fixierte ihre Schuhspitzen. „Er ist erschrocken, als er mich so voller Blut gesehen hat, dachte zuerst, dass ich mich selbst verletzt habe, untersuchte mich am gesamten Körper, doch als schließlich klar war, dass mir nichts fehlte, hat er das Haus abgesucht und Jesper gefunden.“

„Was ist als Nächstes passiert?“

„Ich bin ihm hinterhergegangen, habe Jesper auf dem Boden liegen gesehen, das riesige Messer neben ihm, all das Blut. Daraufhin bin ich zusammengebrochen, als mir klar wurde, dass ich dafür verantwortlich sein musste.“

„Wie kommen Sie darauf, dass Sie es waren?“

Iva hob den Kopf, sah Hellin perplex an. „Wer sollte es denn sonst gewesen sein? Sein Blut klebte an mir. Außerdem wusste ich ja, dass ich wieder angefangen hatte, unruhig zu schlafen, und zudem meine psychischen Probleme wieder gehäuft auftraten. Das Schlafwandeln ist bei mir immer der nächste Schritt.“

„Aber trotzdem ist es kein Beweis dafür, dass Sie es tatsächlich auch gewesen sind, Frau Ostberg-Landvik. Sie könnten im Schlaf nach unten gegangen sein und ihn gefunden haben, als er bereits tot war. Das wäre eine Erklärung dafür, wieso sein Blut an Ihnen klebte.“

Iva hob die Schultern, sah vollkommen verloren aus. „Das ist Schönrederei und das wissen wir im Grunde beide. Ich bin es gewesen, denn alles andere ergibt keinen Sinn.“

„Und die Tatwaffe?“

„Fynn hat sie neben der Leiche gefunden und gesagt, dass wir sie verschwinden lassen müssen. Darum wollte er sich kümmern, während ich duschen gehe. Wir mussten verhindern, dass Kirsti runterkommt und sieht, was wirklich passiert ist.“

„Und wessen Idee war es, uns anzulügen?“

Iva seufzte. „Fynn hat das Zepter an sich gerissen, meinte, dass ich nichts dafür könne, weil ich im Schlafwandeln gar nicht Herrin meiner Sinne sei. Er sagte, dass keiner je dahinterkommen wird, dass ich es war, wenn wir nur alles dafür tun, die Spuren zu verwischen.“

„Dann hat er sie also dazu überredet, die Polizei anzulügen?“

Sie nickte. „Er wollte nicht, dass die Mutter seines Kindes in die Irrenanstalt oder schlimmer noch, ins Gefängnis muss.“

Hellin sah Iva an, musterte sie. Die Frau wirkte aufrichtig, vollkommen anders als bei den ersten beiden Gesprächen und Hellin schätzte, dass es tatsächlich so gewesen sein könnte. Es sei denn … Ihr fielen die Worte von Dr. Erikson ein. Was, wenn Iva alles genauso geplant hatte? Sie Jesper umbrachte, weil sie wusste, dass sie mit ihrer psychischen Störung nicht den vollen Umfang der Strafe zu erwarten hatte?

Sie runzelte die Stirn, fixierte Ivas Gesicht. Sah so eine Frau aus, die kaltblütig den Mord an ihrem besten Freund geplant und anschließend ausgeführt hatte?

Sie räusperte sich. „Unter den besprochenen Gesichtspunkten kann ich Sie nicht nach Hause gehen lassen, ist Ihnen das klar? Ich muss sie von offizieller Stelle auf Ihren Geisteszustand untersuchen lassen, danach wird geprüft, inwiefern Sie straffähig sind, falls mein Team und ich Beweise dafür finden, dass es sich tatsächlich so zugetragen hat, wie Sie sagen.“

Iva nickte traurig. „Das weiß ich bereits. Aber das Baby ist bei meinem Mann gut aufgehoben und wenn alles gut geht, werde ich nie für diese Tragödie belangt.“

———

Als Hellin aus dem Vernehmungszimmer trat, spürte sie, wie es in ihrem Innern zu arbeiten begann. Alles, was die Frau erzählt hatte, klang absolut schlüssig, fast, als könne es sich wirklich so zugetragen haben. Die Frage war nur, ob Iva bei dem Mord an Jesper wirklich geschlafen hatte oder dies nur vorgab.

Sie machte sich auf den Weg zu Vargs Büro, der gerade damit beschäftigt war, mit Ivas Ehemann zu sprechen. Sie klopfte, trat in den Raum, sah, wie der Mann bei ihrem Anblick sichtlich in seinem Stuhl zusammensank. „Es tut mir leid, dass ich gelogen habe", stammelte er schließlich. „Aber ich musste doch wenigstens versuchen, meine Frau zu schützen. Was passiert ist, war nicht ihre Schuld." Er barg sein Gesicht in den Händen, schluchzte leise. „Sie ist die Mutter meines Kindes, das müssen Sie doch verstehen!"

Hellin nickte mitfühlend. „Wo ist Ihr Kind jetzt? Das hier wird noch eine Weile dauern, schätze ich."

Er sah auf. „Die Tochter einer Nachbarin passt auf."

„Okay", sagte Hellin. „Dann würde ich Sie bitten, mir genau zu erzählen, was Sie wissen."

Der Mann setzte an, erzählte ihr ohne die kleinste Abweichung genau dieselbe Geschichte wie kurz zuvor Iva.

Als er am Ende seines Berichts angekommen war, räusperte er sich. „Ich muss sie sehen, hören Sie? Ich will zu meiner Frau!"

Hellin sah Varg an, nickte auffordernd, bevor sie sich wieder dem Zeugen zuwandte. „Aber nur für einen kurzen Moment. Danach verabschieden Sie sich bitte von ihr, denn Ihre Frau wird bis auf Weiteres erst einmal nicht nach Hause kommen."

Der Mann zuckte zusammen, ließ die Schultern hängen. Als wenig später die Tür aufging und Iva neben Varg ins Zimmer trat, sprang der Mann auf, riss seine Frau in seine Arme, küsste sie. Anschließend schob er sie auf Armesbreite von sich weg, sah sie verzweifelt an. „Wieso bist du hergekommen?", fragte er. „Wieso bist du nicht einfach still gewesen?"

Iva brach in Tränen aus. „Ich konnte nicht mehr", stammelte sie. „Hier geht es nicht nur um mich, sondern auch um dich und vor allem auch um Kirsti. Jesper und sie … die beiden wollten heiraten. Sie ist meine beste Freundin und hat meinetwegen so viel verloren. Ich wollte … nein … ich konnte nicht mehr länger dabei zusehen, wie ihr beide meinetwegen leiden müsst."

„Kommst du?", fragte Varg und sah Hellin ungeduldig an. „Die anderen warten schon und wie es aussieht, gibt es eine ganze Menge an Neuigkeiten."

Hellin seufzte, schaltete ihren Laptop aus, stand auf, um ihrem Kollegen ins Konferenzzimmer zu folgen.

———

Inzwischen war es drei Tage her, seit Iva Ostberg-Landvik ihnen die Wahrheit darüber erzählt hatte, wodurch Jesper Skjeggestadt wirklich ums Leben gekommen war.

Wobei … ob es sich bei ihrer neuen Aussage tatsächlich um die Realität handelte, stand auf einem anderen Blatt Papier. Sie hatten mittlerweile die Tatwaffe gefunden oder besser gesagt hatte Ivas Mann sie ihnen ausgehändigt. Angeblich hatte er sie nach jener verhängnisvollen Nacht im Matratzenüberzug des Kinderwagens versteckt, dem einzigen Ort, an dem die Beamten der Spurensicherung nicht nachgesehen hatten, weil zum Zeitpunkt der Hausdurchsuchung das Kind darin schlief. Glücklicherweise hatte der Ehemann das Messer beim Verstecken nicht mit bloßen Händen berührt, sondern es in einer Plastiktüte verstaut, sodass die Fingerabdrücke weitestgehend erhalten geblieben waren. Es handelte sich dabei zweifelsfrei um Ivas Abdrücke, was ihrer Geschichte somit die notwendige Glaubwürdigkeit verlieh.

Trotzdem waren da einige Punkte, die Hellin nachdenklich stimmten.

Ivas Mann Fynn hatte seine Frau schützen wollen, für sie sogar die Polizei belogen. Und dann war er nicht einmal auf die Idee gekommen, die Tatwaffe abzuwaschen, um die Fingerabdrücke seiner Frau zu entfernen?

Irgendwas an der ganzen Geschichte stieß Hellin sauer auf.

War es Kirsti, die Verlobte des Toten, der unmittelbar, nachdem sie erfahren hatte, dass es angeblich Iva gewesen war, damit rausrückte, dass Jesper zu dem gemeinsamen Wochenende eigentlich keine Lust gehabt hatte, weil er sich seit Längerem in Ivas Gegenwart unwohl fühlte?

Wenn Hellin ehrlich war, kam ihr dieses Geständnis von Iva viel mehr wie ein Hilferuf vor. Und dann deren überbesorgter Ehemann. Nichts an ihm wirkte wirklich aufrichtig auf sie. Genau wie Kirsti, Ivas angeblich so gute Freundin, plötzlich alles daranzusetzen schien, ihre Geschichte abrunden zu wollen, indem sie sie mit ihren Aussagen hinsichtlich Jespers Gefühlen ihr gegenüber noch mehr in die Scheiße drückte.

Erst heute hatte sie Iva in der psychiatrischen Klinik besucht, um noch einmal mit ihr über alles zu sprechen, doch wie schon zuvor war die Frau keinen Millimeter von ihrer jüngsten Aussage abgewichen, behauptete weiterhin, sich nicht an den Mord zu erinnern und Jesper gegenüber keine Gefühle wie Hass oder gar Eifersucht verspürt zu haben. Doch in Hellins Augen ergab ein Angriff während einer Schlafwandelattacke auch keinen Sinn, wenn man die Anzahl der Stiche in Betracht zog. Es war, wie Dr. Erikson bereits angedeutet hatte – sie wäre aufgewacht, angesichts der Heftigkeit, mit der Jesper sich bei den ersten Stichen gewehrt haben musste. Oder zumindest hätten seine Schreie sie selbst und die anderen im Haus wecken müssen. Dass nichts von alldem der Fall war, sprach eindeutig dafür, dass Iva Jesper kalt erwischt, ja, ihn geradezu überrascht haben musste. Und das während einer Schlafwandelattacke? Sehr unwahrscheinlich!

Hinzu kam, dass Iva sowohl laut ihrem behandelnden Psychiater, als auch nach Ansicht des Polizeipsychologen vollkommen klar und bei bester geistiger Gesundheit war, was die Sachlage noch viel schwieriger machte. Die Frau hatte sich in ihrer Verzweiflung sogar einverstanden erklärt, sich hinsichtlich ihrer Schlafstörungen untersuchen zu lassen, doch auch dabei hatten sich keinerlei Auffälligkeiten ergeben. Auch die Sichtung ihrer früheren medizinischen Akten in Hinsicht auf ihre damaligen nächtlichen Aktivitäten hatte keinen Zusammenhang zu der Tat im Hier und Jetzt zutage gefördert. Iva hatte noch nie zur Gewalttätigkeit geneigt, auch nicht während ihrer früheren nächtlichen Streifzüge durch ihr Elternhaus. Wieso sollten diese sich also gerade jetzt auf solch heftige Weise auswirken?

Wenn man also all diese Punkte berücksichtigte, war es vollkommen abwegig, geradezu undenkbar, dass Iva Jesper unbewusst bzw. im Schlaf getötet hatte.

Hellin seufzte leise, während sie zu ihren Kollegen an den Tisch trat. Sie kam nicht dagegen an, Mitleid für die Frau zu empfinden, die entgegen der Polizei tatsächlich zu glauben schien, was sie ausgesagt hatte.

Sie räusperte sich.

Kurz fasste sie zusammen, was sie in der Klinik heute erfahren hatte, dann setzte sie sich, wartete, was ihre Teammitglieder zu sagen hatten.

„Ich hab endlich den Hersteller der Tatwaffe gefunden", ließ Jahn zuerst die Bombe platzen. „Das Teil kam mir auf Anhieb bekannt vor und Bingo, es stammt tatsächlich aus einem Millitär-Shop in der Innenstadt. Das Messer selbst ist Teil einer Messer-Serie eines Familienbetriebes, den es seit über 200 Jahren gibt und der berühmt für seine hochwertig verarbeiteten Werkzeuge ist. Vor allem Messer aus dieser Serie werden sehr oft an Jäger verkauft. Das ist wohl auch der Grund, weshalb sich der Eigentümer des Ladens noch sehr genau daran erinnert, dass es in diesem Fall eine junge Frau war, die das Ding gekauft hat. Er erinnert sich nicht mehr genau an deren Aussehen, sehr wohl aber daran, dass sie einen Kinderwagen bei sich hatte, als sie zu ihm in den Laden kam. Das spricht in meinen Augen ganz eindeutig für Iva Ostberg-Landvik."

Hellin stieß die Luft aus, bedankte sich bei Jahn, sah in die Runde. „Ist etwas bei der Durchsicht der Kontoauszüge rausgekommen?"

Lisbeth, eine junge Frau aus der Recherche, hob eingeschüchtert die Hand, lief knallrot an, als Iva ihr zunickte.

„Ich bin die gesamten Konten der Frau durchgegangen und habe nach Rücksprache mit Jahn hinsichtlich der Waffe und des Ladens, aus der sie stammt, nach einem Betrag gesucht, der dazu passen könnte – nichts." Die Frau hob die Schultern und stoppte, als sie Hellins zweifelndes Gesicht sah. „Ich weiß, das allein klingt bei Weitem noch nicht verdächtig, aber komisch finde ich es schon, dass unsere Verdächtige alles mit ihrer Kreditkarte bezahlt, sogar winzig kleine Beträge wie Brot oder Kaugummi, das Messer aber nirgendwo auftaucht."

Hellin verzog das Gesicht, dankte der Kollegin, sah dann Varg an. „Was denkst du?"

Er räusperte sich. „Wenn wir alle Aspekte in Betracht ziehen, würde ich sagen, dass es nicht gut für Iva aussieht. Vor allem nicht, wenn wir Kirstis Aussagen mit berücksichtigen. Immerhin hatte Iva Krach mit Jesper und das nur wenige Tage vor dessen Tod. Und dann noch die Tatsache, dass er sich – zumindest nach Kirstis Aussage – Iva gegenüber seither unwohl fühlte, das gemeinsame Wochenende am liebsten abgesagt hätte."

„Das meinte ich nicht", schoss Hellin zurück. „Und ich schätze, das weißt du auch." Sie stieß einen ungeduldigen

Grunzton aus. „Ich will wissen, was du in Hinsicht auf die Tatwaffe denkst?“

Varg rollte mit den Augen. „Na ja, eins und eins gibt zwei. Der Besitzer des Ladens ist absolut sicher, dass sie aus seinem Geschäft stammt. Und er erinnert sich angesichts der Art des Messers – einer Jagdwaffe - daran, dass es eine Frau mit Kinderwagen gewesen ist, die ihm freudestrahlend erzählte, dass es eine Überraschung für einen besonderen Menschen sein soll. Hinzu kommt, dass die Waffe bar bezahlt wurde, nachdem keiner der Beträge auf dem Konto damit übereinstimmt. Und zu guter Letzt noch das Offensichtliche – die Frau zahlt alles in ihrem verdammten Leben mit ihrer Kreditkarte und gerade dieses Messer – das auch noch die Tatwaffe ist – nicht? Das schreit regelrecht nach Vorsatz – findest du nicht auch?“

14

HAMMERFEST

MAI 2019

Eine Weile starrte Olli sie nur an. Schweigend.

Als sich Tränen in seinen Augen sammelten, musste Alfa den Impuls unterdrücken, ihren Mann in die Arme zu nehmen. Sie blickte betreten zu Boden, hatte plötzlich den Wunsch, sich selbst für ihre Ungeduld zu ohrfeigen.

Schließlich räusperte er sich.

Alfa sah vorsichtig auf, erwiderte seinen Blick. „Du hast recht", kam es brüchig von ihm. „Der Brief … er stammt vom Anwalt meiner damaligen Schwiegerfamilie."

Er seufzte leise, ließ für den Bruchteil einer Sekunde den Kopf hängen. „Um zu verstehen, wieso mein Verhältnis zu diesen Leuten heute nicht mehr das Beste ist, musst du wissen, dass meine erste Frau ein schwieriger Mensch gewesen ist. Exzentrisch, egoistisch und extrem besitzergreifend. Wir haben viel zu überstürzt geheiratet, kannten einander gar nicht richtig, umso größer war dann das böse Erwachen beiderseits. Ich wollte mich unzählige Male von ihr trennen, doch sie schaffte es immer wieder, mich davon zu überzeugen, uns noch eine Chance zu geben, versprach, sich zu ändern. Irgendwann war es genug, ich konnte nicht mehr, das muss sie wohl gespürt haben. Als sie mir eines Tages sagte, dass sie schwanger ist, wusste ich, dass sie heimlich und gegen meinen Willen die Pille abgesetzt hatte, denn für mich stand immer fest, dass ich mit dieser Frau niemals eine Familie gründen würde."

Er brach ab, schien sich sammeln zu müssen. „Ich blieb also, wohl, weil ich zu feige war, eine Schwangere zu verlassen, was rückblickend betrachtet besser gewesen wäre, denn was danach kam, war die reinste Hölle. Die Geburt von Stina veränderte sie, allerdings nicht, wie erhofft, zum Positiven. Sie wurde immer aggressiver, beinahe bösartig, entwickelte zudem eine selbstzerstörerische Ader, die sich nicht nur auf mich, sondern auch auf das Baby auswirkte." Wieder brach er ab, schnappte nach Luft, schien den Tränen nahe. „Ich dachte damals, dass sich nun bewahrheitet, was ich schon im Vorhinein gesehen hatte, nämlich dass sie keine Frau ist, die Mutter sein sollte. Doch die Wahrheit war schlimmer … viel schlimmer. Sie litt an einer postnatalen Depression, die unerkannt blieb. Und als ich eines Nachts aufwachte, weil das Baby schrie, fand ich sie am Boden, neben dem Kinderbett – tot. Sie hatte sich die Pulsadern aufgeschnitten."

Alfa starrte Olli an, konnte nicht fassen, was sie soeben gehört hatte. „Sie lag neben Stinas Bett?"

Er nickte.

„Es war furchtbar. Ich hab sie zwar nicht mehr geliebt, aber sie war dennoch die Mutter meiner Tochter. Seit jener Nacht frage ich mich, ob sie noch leben könnte, hätte ich nur besser hingesehen, die Zeichen zu deuten gewusst."

Alfa trat ganz nah zu ihm, umschlang ihn mit beiden Armen. „Du kannst nichts dafür, hörst du? Eure Ehe befand sich in einer heftigen Krise und ihr wart kurz davor, das Handtuch zu werfen. Außerdem sagtest du ja, dass sie einen schwierigen Charakter hatte. Wie hättest du also wissen sollen, ob diese Veränderung schon früher Teil ihrer Persönlichkeit war oder auf eine Depression hindeutet?"

Er schob sie eine Handbreit von sich weg, starrte sie an. „Das hab ich mir auch Tausende Male selbst gesagt, aber trotzdem ist da diese Stimme in meinem Kopf, die mir einreden will, dass es meine Schuld ist, dass Stina damals ihre leibliche Mutter verloren hat." Er seufzte. „Du kannst dir sicher vorstellen, wie ihre Familie reagierte, nachdem meine Frau tot war. Alle gingen auf mich los, beschuldigten mich, sie in den Selbstmord getrieben zu haben, weil sie schon seit Langem ahnten, dass unsere Ehe auf der Kippe steht. Ich hab damals keinen anderen Ausweg gesehen, als mein altes Leben hinter mir zu lassen und woanders – hier in Hammerfest – neu anzufangen. Ich wollte nicht, dass Stina in der Nähe von Menschen aufwachsen muss, die mich offen beschuldigten, meine Frau in den Suizid getrieben zu haben."

„Und haben sie dich in Ruhe gelassen?"

Er hob die Schultern. „Ich hab auf alles verzichtet", erklärte er. „Wir lebten damals in einem hübschen Häuschen, das nach dem Tod meiner Frau verkauft werden musste. Das Geld habe ich nicht angerührt, hab es ihrer Familie überlassen. Anschließend warfen sie mir vor, es auf die Lebensversicherung meiner Frau abgesehen zu haben, doch auch von diesem Geld habe ich keine einzige Krone angenommen." Er hielt inne, sah sie resigniert an. „Doch auch das reichte ihnen noch nicht, irgendwann fingen sie an, zu prozessieren, um das Sorgerecht für Stina zu bekommen. Sie haben versucht, mich vor Gericht schlecht dastehen zu lassen, doch letztendlich bin ich ihr leiblicher Vater und gewann den Prozess. Seither habe ich jeden Versuch dieser Leute, Stina zu sehen und sie kennenzulernen, abgelehnt. Ich will nicht, dass meine Tochter Kontakt zu Menschen hat, die ihrem Vater nur das Schlechteste wünschen, verstehst du?"

Alfa nickte, fühlte sich plötzlich schrecklich dumm. Ihr

armer Mann musste sich mit echten Problemen um das Wohl seines Kindes herumschlagen und sie hatte angenommen, er könne eine Affäre haben. „Es tut mir so leid", stammelte sie, schmiegte sich fest an ihn. Dann löste sie sich wieder von ihrem Mann, sah zu ihm auf. „Und dieser Brief ist also vom Anwalt der Familie deiner toten Frau?"

Er nickte.

„Sie wollen Stina sehen?"

Wieder ein Nicken.

„Und du willst das nicht - verständlicherweise."

„Genau. Stina ist unser Kind. Deins und meins. Wir haben sie aufgezogen, sind für sie da. Ich werde einen Teufel tun und zulassen, dass diese Menschen ihren dreckigen Ballast über ihr abwerfen."

Plötzlich schoss ein Gedankenblitz durch ihr Innerstes. „Und diese Frau, die Stina und Joshua gesehen haben? Dann hat deren Versuch, sich an die Kinder anzunähern, auch mit deiner ersten Frau zu tun?"

Er nickte steif. „Ich weiß zwar nicht, wer genau diese Frau ist, aber ich schwöre dir, dass ich es herausfinden werde."

„Lass uns doch zur Polizei gehen. Die haben ganz andere Mittel als wir, finden sie vielleicht schnell und sorgen dafür, dass sie uns in Ruhe lässt."

Olli hob abwehrend die Hände. „In dem Augenblick, in dem wir die Polizei ins Boot holen, sind die Kinder voll involviert. Sie werden Aussagen machen müssen, werden vielleicht sogar bewacht, die Gefahr ist viel zu groß, dass Stina herausfindet, was der wahre Hintergrund des Ganzen ist."

„Was willst du tun? Ich meine, wie willst du die Frau finden, wie erreichen, dass sie dich … uns in Frieden lässt?" Alfa spürte, wie der Zorn in ihr hochschwappte.

„Du musst mir nur vertrauen", beschwor er sie. „Hörst

du? Ich kriege das hin und wenn es das Letzte ist, was ich tue.“

<hr>

Am frühen Abend hielt es Alfa nicht mehr länger in ihren vier Wänden. Olli saß mit Stina und Joshua im Wohnzimmer und sah sich mit ihnen einen Film an, daher beschloss sie, dass es nicht schaden konnte, ein wenig laufen zu gehen.

Sie schlüpfte in ihre Laufschuhe, zog sich eine wattierte Weste über ihren Jogginganzug, der sie hoffentlich vor der abendlichen Frühjahrskühle schützte, und warf Olli und den Kindern eine Kusshand zu, bevor sie ging.

Sie war schon fast an der Tür, als Olli plötzlich hinter ihr stand, sie am Arm zurückhielt. „Pass auf dich auf, okay?“ Er küsste sie, lächelte.

Sie nickte, lehnte sich einen kurzen Augenblick an ihn. „Ich muss nur mal meinen Kopf durchpusten lassen, dauert nicht lange.“

Sie zog die Tür hinter sich zu, schlenderte die Auffahrt hinunter. Als sie an dem Weg angekommen war, der zur Straße führte, dehnte sie sich kurz, dann lief sie los. Es dauerte diesmal beinahe zehn Minuten, ehe ihre Bewegungen und ihr Atem im Gleichklang funktionierten, sie sich in einem Flow befand, der langsam, aber sicher dazu führte, dass sie sich etwas entspannte.

Alfa kam nicht umhin, zuzugeben, dass Ollis Geständnis vorhin sie mehr als nur erschüttert hatte. Allein die Tatsache, seine Ehefrau auf diese Weise zu verlieren, fortan mit den Schuldgefühlen leben zu müssen und mit der immerwährenden Frage im Kopf, ob er es hätte verhindern können. Sie spürte, wie ihr Innerstes sich zusammenzog, als sie sich ausmalte, was Olli nicht nur damals, sondern all die Jahre durchgemacht hatte.

Sie konnte sich nicht einmal im Ansatz vorstellen, was es aus einem Menschen machte, jemand Nahestehenden auf solch grausame Weise zu verlieren. Und natürlich verstand sie, warum er auf jeden Fall verhindern wollte, dass Stina davon erfuhr. Er liebte seine Tochter so abgöttisch, dass er alles tun würde, um sie zu beschützen.

Was für Menschen mussten die Angehörigen seiner Ex-Frau sein, dass sie ihm auch heute noch, Jahre später das Leben zur Hölle machen wollten?

Sie selbst wäre am liebsten zur Polizei gegangen, um sich Hilfe zu suchen, doch natürlich respektierte und verstand sie Ollis Beweggründe dafür, genau dies nicht zu tun.

———

Als sie in zweihundert Metern Entfernung den Eingang des Parks sah, in dem sie so gerne um den hübsch angelegten Teich joggte, legte sie an Tempo zu. Sie passierte das Tor, lief auf den schmalen Pfad zu, spürte, wie ihr Atem mit jedem Schritt gleichmäßiger wurde.

Bewegung hatte ihr in Stresssituationen schon immer geholfen, ganz anders als bei Olli, der sich in sein Büro zurückzog und stundenlang wie besessen arbeitete.

Sie lief und lief, spürte, wie es ihr bei jedem Meter, den sie zurücklegte, ein wenig besser zu gehen schien. Ihr Atmen floss inzwischen wie von selbst, sie genoss die kühle Luft in ihren Atemwegen und im Gesicht, spürte, wie sich ihr gedankliches Chaos langsam lichtete.

Als sie schon fast einmal um den Teich herum war, fühlte sie sich so frei und leicht wie schon seit Tagen nicht mehr. Ihr Gesicht entspannte sich, genau wie der Rest ihres Körpers, sodass Alfa sich vornahm, in Zukunft wieder täglich laufen zu gehen.

Sie wollte gerade in ihre Westentasche greifen, um Kopfhörer und Handy zum Musikhören hervorzuholen, als sie einen harten Stoß im Rücken spürte. Ihr Oberkörper wurde nach vorne katapultiert und sie verlor das Gleichgewicht. Alfa schaffte es gerade noch, ihre Hand aus der Westentasche zu reißen, um den bevorstehenden harten Sturz abfangen zu können.

„Ach herrje", vernahm sie eine weibliche Stimme neben sich, spürte, wie Hände an ihr rissen und vergeblich versuchten, sie vom Fallen abzuhalten. „Ich hab nicht aufgepasst, bin über eine Wurzel gestolpert und gegen Sie geprallt."

Sie kam mit den Händen auf dem feuchten Boden auf, spürte, wie nur Sekundenbruchteile später ihre Ellengelenke nachgaben, sie schließlich mit Gesicht und Oberkörper zuerst auf die Erde knallte.

Ein Schmerzensschrei entfuhr ihr. Dann spürte sie, wie ihr der Aufprall alle Luft aus der Lunge presste.

Himmel, tat das weh!

Sie ächzte, versuchte dabei, sich aufzurappeln, doch der Schreck saß noch immer zu tief.

„Lassen Sie mich Ihnen helfen", sagte die weibliche Stimme neben ihr.

Sie sah auf, blickte in das Gesicht einer Frau, die sie besorgt musterte. „Soll ich einen Arzt rufen? Sie sehen aus, als hätten Sie sich wirklich wehgetan."

Als Alfa endlich wieder aufrecht stand und zu Atem kam, überprüfte sie ihre Gliedmaßen, schüttelte schließlich den Kopf. „Scheint, als wäre mir nicht viel passiert", sagte sie schnippisch zu der Joggerin und kam nicht dagegen an, dass sie ein klein wenig sauer auf sie war. „Vielleicht sollten Sie beim nächsten Mal besser auf den Weg achten, bevor sie noch jemanden umbringen."

Die Frau senkte schuldbewusst den Blick und Alfa verspürte ein schlechtes Gewissen, weil sie sie so angefahren hatte.

Doch als ihr Gegenüber wieder aufsah, erkannte Alfa, dass die Frau sich nicht zu schämen, sondern sich zu amüsieren schien. „Wie ich bereits sagte, es tut mir wirklich sehr leid.“

Alfa fiel auf, dass deren Stimme sehr hart klang und gar nicht zum Rest ihres Erscheinungsbilds passte. Sie war klein und zierlich, hatte dunkles halblanges Haar, ein sehr hübsches Gesicht mit ausdrucksstarken Augen und man tat sich als Fremder wirklich schwer, ihr tatsächliches Alter zu schätzen. Alfa vermutete, dass es irgendwo zwischen Mitte dreißig und Anfang fünfzig liegen musste, doch wirklich beschwören hätte sie es nicht können. „Entschuldigen Sie meine harsche Art“, sagte sie zu der Brünetten. „Ich bin eigentlich nicht so, doch ich hatte einen wirklich blöden Tag, wollte auf andere Gedanken kommen, als Sie mich plötzlich umrannten.“ Sie lächelte, um ihre Worte abzumildern, doch ihr Gegenüber erwiderte es nicht. Ganz im Gegenteil musterte die Frau sie plötzlich auf eine Weise, die ihr unangenehm war. „Ich muss jetzt wieder“, erklärte Alfa und setzte an, weiterzulaufen, als sie am Arm zurückgehalten wurde. „Ich werde morgen wieder hier sein, hören Sie? Und übermorgen auch. So lange, bis …“ Sie brach ab, sah Alfa mit einer Mischung aus Traurigkeit und Angst an. „Und falls nicht … Passen Sie nur auf sich auf, ja?“

Dann ließ sie Alfas Arm los, drehte sich unvermittelt um und rannte weg.

———

Als Alfa die Auffahrt zum Haus hinauflief, hatte sie noch immer die Worte der Brünetten im Kopf

Ich werde morgen wieder hier sein, hören Sie? Und übermorgen auch. So lange, bis …

Welchen Sinn ergab das nur? Alfa hatte nicht die geringste Ahnung.

Und falls nicht ... Passen Sie nur auf sich auf, ja?

Sollte das eine Drohung sein?

Doch falls ja, wieso hatte die Frau so merkwürdig geguckt? Als habe sie selbst vor etwas ... oder jemandem Angst. Alfa hatte sich in Gegenwart dieser Frau zwar unwohl, aber keineswegs bedroht oder einer ernsten Gefahr ausgesetzt gefühlt. Doch wie waren deren Worte ansonsten zu verstehen?

Sie beschloss, Olli davon zu erzählen.

Als sie vor der Haustür stand und den Schlüssel aus der Tasche ihrer Weste nehmen wollte, spürte sie, wie ihre Finger an etwas Glattes stießen.

Sie zog es hervor, spürte, wie ihr Atem sich beschleunigte, als sie erkannte, dass es ein zusammengefaltetes Papier war. Genauer gesagt ein Foto. Von der zu ihr zeigenden Vorderseite lachte ihr eine wunderschöne, blonde, junge Frau entgegen, die einen Säugling auf dem Arm hielt. Der zweite Teil des Fotos war nach hinten geklappt. Sie runzelte die Stirn. Wer war diese Frau?

Und woher kam plötzlich dieses Foto?

Sie stieß erschrocken die Luft aus, als sie begriff, dass der Zusammenstoß mit der Frau im Park kein Zufall gewesen war. Sie musste ihr das Foto in die Tasche gesteckt haben, als sie ihr beim Aufstehen geholfen hatte.

Doch welchen Sinn ergab das?

Sie kannte weder die Fremde im Park noch die auf dem Foto.

Ihre Finger zitterten, als sie die weggeklappte Seite des Bildes umdrehte, registrierte, dass da ein Mann ohne Gesicht darauf zu sehen war. Oder besser gesagt, selbstverständlich hatte der Mann ein Gesicht, doch irgendjemand hatte so lange mit etwas Spitzem bearbeitet, bis nichts mehr davon übrig geblieben war.

Alfa schüttelte den Kopf.

Wer waren diese Leute auf dem Foto?

Und wieso hatte diese Fremde ihr das Bild zugesteckt?

Was wollte sie ihr damit sagen?

Aus einem Impuls heraus drehte sie das Bild um, zuckte zusammen, als sie sah, dass ein paar handgeschriebene Worte darauf standen.

Sie fing an zu lesen, spürte, wie ihr währenddessen der kalte Schweiß ausbrach.

Als sie fertig war, schloss sie sekundenlang die Augen, dann riss sie sie wieder auf, nur um zu sehen, ob sie sich das alles vielleicht nur eingebildet hatte.

Sie schnappte nach Luft, als sie begriff, dass sowohl das Foto als auch die Worte auf dessen Rückseite real waren, fuhr mit zitternden Fingern jeden einzelnen Buchstaben nach.

Was hat das zu bedeuten?, fragte sie sich und las die Worte erneut, spürte, wie sich dabei die feinen Härchen in ihrem Nacken aufrichteten. Die Buchstaben verschwammen vor ihren Augen, doch sehen konnte sie sie trotzdem noch. Es war, als hätten sie sich in ihre Netzhaut eingebrannt.

Was immer er dir über sie erzählt hat – es ist ALLES gelogen!!!

15

TRONDHEIM

2009, SECHS MONATE SPÄTER …

„Hellin, warte!"

Sie wirbelte herum. Varg wedelte aufgeregt mit den Händen, kam auf sie zugerannt. „Das glaubst du jetzt nicht", stieß er atemlos hervor, rang nach Luft.

Hellin runzelte die Stirn. „Wo kommst du denn her? Und was ist los?"

„Ich war unterwegs zu einem Termin, als ich einen Anruf von meinem Kumpel bekam. Jacob, er wusste, dass ich an dem Östberg-Landvik-Fall beteiligt war, deswegen wollte er es mir persönlich sagen, bevor die Presse davon Wind bekommt und darüber schreibt." Er brach ab, holte Luft. „Die Mörderin von Jesper Skjeggestadt, Iva Ostberg-Landvik, hatte einen Unfall …" Er seufzte.

„Was?", fragte Hellin ungeduldig. „Jetzt red doch mal weiter, Mensch!"

Er sah sie an, verzog betreten das Gesicht. „Sie wurde dabei schwer verletzt und daher in die Klinik gebracht. Die Ärzte haben alles versucht, um ihr Leben zu retten, aber …"

Hellin starrte Varg perplex an. „Die Frau ist tot?"

Varg nickte.

„Ihre Kopfverletzung war zu schwer. Sie starb an einer Gehirnblutung.“

Hellin stieß die Luft aus, sah ihren Kollegen fassungslos an. „Wie konnte das passieren? Ich meine, was für ein verdammter Unfall war das denn?“

Er hob die Schultern. „Wie es aussieht, ist sie beim Küchendienst ausgerutscht und hat sich den Schädel eingeschlagen.“

Hellin runzelte die Stirn. „Wie kann so was denn passieren? Ich meine, gibt es da keine Sicherheitsvorkehrungen?“

„Mein Kumpel meint, dass so etwas zuvor noch nie passiert ist. Sie muss wirklich unglücklich auf dem Boden aufgeschlagen sein, anders ist die Schwere der Verletzung nicht zu erklären.“

„Und das war ganz sicher ein Unfall? Ich meine … ist doch schon seltsam, dass so was genau eine Woche vor ihrer ersten Verhandlung passiert oder nicht?“

Varg hob die Schultern. „Karma ist eine Bitch“, sagte er lapidar, dann zuckte er erschrocken zusammen. „Sorry, dein Hund heißt so … Ich wollte nicht.“ Er brach.

Hellin stieß die Luft aus, sah ihn an. „Schon gut. Du hast irgendwie recht. Sie war eine Mörderin, zumindest müssen wir zum aktuellen Stand noch immer davon ausgehen. Und sollte sie es tatsächlich gewesen sein – das weiß nur der Himmel –, hat sich das Karma jetzt wohl dafür erkenntlich gezeigt.“

Sie seufzte. „Sonst noch was?“

Varg musterte sie. „Stimmt etwas nicht? Du siehst so blass um die Nase aus.“

Sie hob die Schultern. „Mir tut das Kind von ihr leid. Ohne Mutter aufwachsen zu müssen. Und der Ehemann. Oh man … der arme Kerl hoffte wahrscheinlich bis zuletzt, dass das Gericht seine Frau freispricht. Ich mag gar nicht daran denken, wie es ihm jetzt geht.“

Varg legte den Kopf schräg. „Jetzt mach aber mal 'nen Punkt! Der Typ von ihr ist vollkommen irre, wenn er nach all den erdrückenden Beweisen gegen seine Frau noch immer von ihrer Unschuld überzeugt war."

„Das nennt man Liebe, Varg. Soll es tatsächlich noch geben, da draußen."

Er grinste sie an. „Ich nenne es Naivität. Und wenn du ehrlich bist, musst du mir recht geben. Die Ausrede mit dem Schlafwandeln – totaler Schwachsinn und sogar laut Aussagen zweier unabhängiger Psychiater vollkommen unmöglich, zumindest in Hinsicht auf diese spezielle Tat. Dann die Geschichte rund um die Tatwaffe. Sie war es, die sie gekauft hat, dafür gibt es einen Zeugen, der sie mehr oder weniger erkannt hat. Und sie hat das Ding bar bezahlt, was überhaupt nicht zu ihrem sonstigen Kaufverhalten passte. Und dann waren da noch diese Fotos in ihrem Haus. Warum sollte sie das Gesicht von Jesper denn sonst zerkratzt haben, wenn nicht aus Hass oder totaler Eifersucht? Ich bin absolut sicher, dass sie ihn zurückwollte und austickte, nachdem er ihr einen Korb gab. Du darfst nicht vergessen, aus was für einer Familie sie stammte. Sie war eine Frau, die von klein auf alles bekam, was sie sich wünschte. Jeder tanzte nach ihrer Pfeife, und dann war da plötzlich Jesper, der sich ihr entgegenstellte, weil er nicht Iva, sondern eine andere liebte. Ich kann mir durchaus vorstellen, dass ihr das gegen den Strich ging."

Hellin nickte nachdenklich. „Trotzdem hat sie bis zuletzt behauptet, ihn geliebt zu haben, auf platonische Art und Weise, als Freund. Sie sah so ehrlich aus, als sie sagte, dass sie ihm niemals etwas hätte antun können. Zumindest nicht bewusst. Sie bestritt die Tat auch nie, war selbst davon überzeugt, dass sie es war – aber eben im Schlaf!" Sie hielt inne, biss sich auf die Unterlippe. „Diese Fotos, die wir damals gefunden haben … Sie hat ausgesagt, dass sie sich nicht daran erinnert, das getan zu haben. Aber direkt abgestritten hat sie es auch nicht. Sie sagte und ich zitiere wörtlich: ‚Ich kann mich nicht bewusst daran erinnern. Vielleicht habe ich es damals getan, kurz nachdem er mich verlassen hat. Es ist schon zu lange her …‘“

Varg nickte ungeduldig. „Klar behauptet sie das. Sie baute darauf, dass der Richter genauso naiv und dämlich ist wie ihr Alter.“

Hellin legte den Kopf schräg. „Du bist also zu hundert Prozent überzeugt, dass sie es gewesen ist?“

Er nickte, verzog das Gesicht. „Das war ich vor sechs Monaten schon und bin es auch heute noch – deswegen hoffe ich, dass sie in der Hölle schmoren wird.“

———

Zurück in ihrem Büro legte Hellin ihren Kopf in den Nacken, schloss die Augen, um ein wenig zu entspannen. Doch nur Sekunden später tauchte das Bild von Iva vor ihrem inneren Auge auf, wie sie damals in sich zusammengesackt war, als Hellin ihr gesagt hatte, dass sie bis zur Verhandlung in Untersuchungshaft müsse.

Sie hatte gefleht und geweint, doch es war zwecklos. Die Beweise – da hatte Varg ganz recht – waren erdrückend und sprachen gegen sie. Auch was ihren Ehemann anging, hatte Varg einen Nerv getroffen.

Der Mann hatte mit einer beeindruckenden Hartnäckigkeit jeden der vorliegenden Beweise, die gegen seine Frau sprachen, abgeschmettert. Er war vollkommen überzeugt davon, dass es sich um einen Irrtum handeln müsse, und hob seine Frau geradezu in den Himmel, wandte sich sogar an die Presse, gegenüber der er wahre Lobeshymnen über sie losließ, besuchte Iva außerdem bei jeder Gelegenheit im

Gefängnis, schaltete die besten Anwälte des Landes ein – alles vergeblich.

Schon damals hatte Varg abfällig auf all diese Aktionen reagiert und gesagt, dass die Unschuldsbeteuerungen des Mannes hinsichtlich seiner Frau unerträglich naiv waren. Und damals, Hellin erinnerte sich noch daran, war sie sogar geneigt, ihm teilweise zuzustimmen. Doch jetzt … mit einigem Abstand zu dem Fall musste sie zugeben, dass ihr Ivas plötzlicher Tod nicht nur zusetzte, sondern sie zudem extrem misstrauisch machte.

Sie öffnete die Augen, stand auf, ging zu dem Schrank an der Wand gegenüber ihrem Schreibtisch, durchsuchte ihn nach ihrem alten Notizbuch.

Als sie es gefunden hatte, ging sie zum Tisch zurück, setzte sich. Während sie las, spürte sie, wie ihr Herzschlag sich mit jeder Seite, die sie weiterblätterte, beschleunigte. Schließlich legte sie das Buch beiseite, fuhr ihren Laptop hoch. Als sie online war, gab sie die Namen Ostberg in die Suche ein, drückte auf Enter. Keine Sekunde später ploppten unzählige Einträge auf. Sie griff nach der Wasserflasche auf ihrem Tisch, trank einen großen Schluck, dann fing sie an, sich durch die Ergebnisse zu klicken. Als sie auf einen Eintrag stieß, welcher sich mit der Entstehungsgeschichte der Firma Ostberg befasste, hielt sie inne. Als sie bei der geschätzten Summe des Firmen- und Privatvermögens der Ostbergs ankam, sog sie verblüfft die Luft ein.

Sie minimierte die Seite, klickte sich auf eine weitere, die sie bereits gelesen hatte, überflog sie noch einmal. Schließlich lehnte sie sich zurück, verschränkte die Arme.

Iva Ostberg war ein Einzelkind gewesen und nach dem Tod ihrer Eltern war das gesamte Vermögen ihr zugefallen. Und jetzt, da sie auch tot war, ging diese abstrus hohe Summe allein an ihren Ehemann und das gemeinsame Kind, da es keinen einzigen noch lebenden Ostberg mehr auf dieser Welt gab.

Hellin schüttelte den Kopf.

Sie spürte ein Kribbeln im Rücken, ein Zeichen dafür, dass ihre Sinne aktiviert waren, sie quasi auf der Jagd war. Auf der Jagd nach Antworten oder vielmehr der Wahrheit, denn irgendwie glaubte sie jetzt noch viel weniger daran, dass Iva Ostberg ihren früheren Geliebten tatsächlich ermordet hatte.

Ihr war absolut bewusst, dass sie mit dieser Ansicht mutterseelenallein dastand, doch das war ihr vollkommen egal.

Hier ging es nicht mehr um Iva und auch nicht um Jesper, sondern einzig und allein um das Bauchgefühl in ihr, Hellin, das ihr flüsterte, dass nicht nur Iva reingelegt worden war.

Sie klickte sich weiter durch die Ostberg-Einträge, blieb an einem hängen, welcher sich mit dem Tod von Ivas Vater beschäftigte. Der Mann war zwar schon sechzig gewesen, aber laut Aussage seiner Tochter absolut topfit. Umso merkwürdiger war es natürlich, als er eines schönen Tages direkt an seinem Schreibtisch quasi zusammengebrochen war. Die Rettungskräfte schafften es zwar, ihn wiederzubeleben, brachten ihn anschließend ins Krankenhaus, wo die Ärzte eine Virusinfektion vermuteten, nachdem sein Zustand sich stündlich verschlechtert hatte.

Er verstarb wenige Stunden nach seiner Einweisung in die Klinik und laut Akte war es seine Tochter, die auf einer Obduktion bestand. Sie hatte das Thema Vergiftung selbst angesprochen, doch die Rechtsmediziner konnten nichts dergleichen feststellen, was letztendlich dazu führte, dass Infektion als Todesursache eingetragen wurde. Doch trotz allem munkelten auch Jahre später Außenstehende hinter vorgehaltener Hand, dass es Iva selbst gewesen sein könnte, die ihren eigenen Vater ins Grab brachte.

Hellin fragte sich, wie die Leute auf so etwas Furchtbares kamen?

Verbargen sich denn nur Idioten hinter der Anonymität des Internets?

Okay, Iva hatte in der Tat kein allzu gutes Verhältnis zu ihrem geschäftstüchtigen und extrem arbeitsamen Vater gehabt, doch immerhin war er ihr einziger noch lebender Angehöriger gewesen. Sie hinterrücks zu beschuldigen, ihn ermordet zu haben, grenzte für Hellin schon an Folter, denn sie hatte keinerlei Zweifel daran, dass Iva Ostberg gewusst hatte, wie die Leute über sie dachten und tuschelten.

Vielleicht hatte sie sogar einige der Kommentare unter den Berichten im Internet gelesen.

Hellin starrte auf den Artikel vor sich auf dem Bildschirm und seufzte.

Iva Ostberg hatte es entgegen der Meinung ihres Kollegen nicht wirklich leicht gehabt. Die über alles geliebte Mutter viel zu früh verloren, Jahre später den Vater und zu guter Letzt ihre Freiheit und ihr eigenes Leben.

Sie starrte auf das Foto der Frau unter einem der Berichte, runzelte die Stirn. Sah so eine Mörderin aus? Noch dazu eine, die ihren Freund, vielleicht sogar den eigenen Vater unter die Erde gebracht hatte?

16

HAMMERFEST

MAI 2019

Die letzten beiden Tage hatte Alfa mehr oder weniger mit Grübeln verbracht. Sie wusste nicht genau, ob Olli spürte, dass sich etwas zwischen ihnen beiden verändert hatte, seit sie beim Joggen im Park dieser Fremden begegnet war und diese ihr das seltsame Foto zugesteckt hatte.

Selbstverständlich war sie bemüht gewesen, sich weder den Kindern noch Olli gegenüber etwas anmerken zu lassen, ob es ihr gelungen war – sie hatte keine Ahnung. An jenem Abend vor zwei Tagen war da für kurze Zeit der Wunsch hochgekommen, ihren Mann von dieser unheimlichen Begegnung, vor allem aber von dem Foto zu erzählen, doch letztendlich hatte sie sich dazu entschieden, zu schweigen. Sie hatte das Foto in ihrer Westentasche gelassen, es seither aber sicherlich mehr als zwanzig-, vielleicht sogar dreißigmal zur Hand genommen, wusste noch immer nicht genau, was sie davon halten sollte. Im Grunde gab es genau zwei Möglichkeiten. Entweder Olli sagte die Wahrheit über seine verstorbene Ehefrau und deren aggressiver Familie, was bedeuten würde, dass die Fremde im Park eine Verwandte seiner Frau war, die das Ziel hatte, Zwietracht in ihrer Familie zu säen.

Oder aber Olli log und der Auftritt der Frau im Park hatte einzig und allein dazu gedient, ihr die Augen zu öffnen.

Sie schluckte, als das Herzrasen wieder begann, wie immer in den letzten Tagen, wenn sie über das Foto, Olli und überhaupt alles nachdachte, was sie beschäftigte.

Was sie inzwischen mit Gewissheit sagen konnte, war, dass die Frau im Park dieselbe sein musste, die sich den Kindern genähert hatte.

Was Alfa also zuerst herausfinden musste, war, ob von dieser Person eine Gefahr ausging und vor allem – was sie ihr hatte mit diesem Foto sagen wollen.

Alfas Plan, sie persönlich danach zu fragen, wenn sie sie im Park wieder traf, war leider im Nichts verpufft.

Gestern hatte sie knappe zwei Stunden dort verbracht, doch die Frau war nicht aufgetaucht und Alfa kam nicht dagegen an, dass ihr genau das Angst machte.

Wieso deren Bemühungen, ihre Aufmerksamkeit und auch die der Kinder zu erregen, wenn sie doch wieder in der Versenkung verschwand?

Das alles ergab einfach keinen Sinn.

Alfa stand auf, ging in den Gang hinaus, zog das Foto aus der Tasche ihrer Weste, nahm es mit in die Küche. Eigentlich hätte sie es genauso gut verbrennen oder wegwerfen können, denn mittlerweile hatte sich jedes Detail auf dem Bild in ihrem Gedächtnis eingebrannt. Sie sah die Frau auf der Fotografie, sobald sie ihre Augen schloss, fragte sich ununterbrochen, wer der Mann neben ihr sein könnte, doch im Grunde musste sie nur eins und eins zusammenzählen, um auf die Lösung zu kommen. Auch ohne das Gesicht des Mannes erkennen zu können, war klar, dass es Olli sein musste, ihr Mann. Und das Baby auf dem Arm der Blondine – das war Stina. Was bedeutete, dass es sich um Ollis verstorbene Gattin handeln musste.

Im Grunde wusste sie, dass dies des Rätsels Lösung war

und doch wollte … nein musste sie, um sich ein endgültiges Urteil bilden zu können, noch einmal mit der Frau sprechen. Sie musste sie selbst darauf ansprechen, sie fragen, wieso sie ihr ein Foto von Ollis früherer Familie zusteckte und was dieser verdammte Satz auf der Rückseite zu bedeuten hatte.

Wann immer Alfa diese Zeilen las, hatte sie irgendwie das Gefühl, dass eine Bedrohung von diesen Worten ausging.

Was immer er dir über sie erzählt hat, es ist alles gelogen!!!

An sich hatten diese Worte nichts Furchterregendes an sich und doch fühlten sie sich für Alfa wie eine Drohung an.

Vielleicht auch deswegen, weil sie die Worte der Frau, die sie im Park zu Alfa gesagt hatte, unterstrichen.

„Ich werde morgen wieder hier sein, hören Sie? Und übermorgen auch. So lange, bis …“

Was meinte sie damit?

So lange, bis … ich habe, was ich will.

So lange, bis … ich deine Familie zerstört habe.

So lange, bis … einer von euch tot ist.

Ihr Innerstes zog sich zusammen.

Vielleicht hatte sie die Fremde aber auch nur missverstanden.

Interpretierte viel zu viel in deren Worte hinein.

Malte sich die Sache dunkler aus, als sie tatsächlich war.

Doch wenn Olli die Wahrheit gesagt hatte und die Unbekannte eine Angehörige seiner verstorbenen Frau war, wäre es durchaus möglich, dass sie gefährlich war. Ihr Plan könnte sein, sich an Olli zu rächen, weil er in ihren Augen für den Tod seiner damaligen Frau verantwortlich war. Die Unbekannte könnte die Schwester seiner damaligen Frau sein, eine enge Freundin von ihr – es gab unzählige Möglichkeiten.

Und dann war da noch die Option, dass die Worte auf dem Foto der Wahrheit entsprachen, was bedeutete, dass Olli noch immer nicht die Wahrheit sagte, sie nach wie vor anlog, etwas zu verbergen versuchte.

Alfa hatte die letzten zwei Nächte keinen Schlaf gefunden, stattdessen über genau dieser Frage gebrütet und irgendwann eingesehen, dass sie auch diese Möglichkeit in Betracht ziehen musste. Vor allem, weil Olli heute Morgen schon wieder vollkommen überstürzt das Haus verlassen hatte, ohne ihr zu erklären, was genau er vorhabe. Er hatte sich nicht einmal die Mühe gemacht, überhaupt eine Ausrede zu erfinden, sondern lediglich angemerkt, dass es ein wenig dauern konnte, bis er zurück war. Sein Kuss zum Abschied war unterkühlt und distanziert ausgefallen, was Alfa jedoch darauf schob, dass sie selbst in den letzten Tagen oft abwesend und nur wenig liebevoll auf ihn gewirkt haben musste. Mit der Frage im Hinterkopf, ob ihr Mann jemals ehrlich zu ihr gewesen war, hatte sie es nicht mehr über sich gebracht, sich auf Ollis Annäherungsversuche einzulassen, hatte ihn mehr oder weniger auf Distanz gehalten, sich damit herausgeredet, unpässlich zu sein.

Sie starrte auf das Foto in ihrer Hand, seufzte leise.

Die junge Blondine darauf sah absolut happy und zufrieden aus, wirkte wie die glücklichste Frau auf Erden und hatte im Grunde nichts mit der Person gemein, von der Olli ihr erst kürzlich erzählt hatte. Hinzu kam, dass ihr Gesicht mittlerweile eine vage Erinnerung in Alfa wachrief. Es war seltsam und fühlte sich ein bisschen so an, als habe sie sie schon einmal vor langer Zeit gesehen, doch natürlich bestand genauso die Möglichkeit, dass sie sich das nur einredete, sie das Bild einfach ein paar Mal zu oft in den letzten Tagen betrachtet hatte. Sie strich gedankenverloren über das Gesicht des Babys auf dem Foto, wusste plötzlich instinktiv, dass das Stina war.

Dann wanderte ihr Blick zu dem Mann daneben, blieb an seinem zerkratzten Gesicht hängen. Wer immer das Foto so zugerichtet hatte, musste furchtbar wütend auf ihn sein.

Wieso nur?

Sie sah wieder die Frau an, dann das Baby, als ein Gedankenblitz durch ihr Innerstes schoss.

Und wenn die Frau gar nicht tot war? Doch hätte sie dann nicht ihr Einverständnis für Stinas Adoption geben müssen? Sie überlegte kurz, seufzte. Das ergab also auch keinen Sinn.

Ihr fiel die Zeit ein, kurz bevor Olli und sie geheiratet hatten. Sie hatten vor der Frage gestanden, welchen Ehenamen sie tragen würden, und Olli hatte quasi selbst entschieden, dass er ihren Namen annehmen würde. Er hatte es als Liebesbeweis verpackt, erklärt, dass diese Entscheidung eine Art allerletzter Schritt der Abnabelung von seinem früheren Leben sei und sie … sie hatte es nie hinterfragt. Im Grunde hatte sie ihm immer blind vertraut.

Heute musste Alfa zugeben, dass sie in vielerlei Hinsicht zu naiv gewesen war, was Olli anging.

Sie war so verliebt in ihn gewesen, hatte den Boden angebetet, auf dem er ging, war überglücklich, als er ihre Gefühle erwiderte.

Warum eigentlich hatte sie nicht viel früher darauf bestanden, dass er ihr gegenüber offener in Hinsicht auf seine Vergangenheit war?

Die Antwort darauf lautete … Bequemlichkeit. Ihr Leben und ihre kleine Familie waren so perfekt gewesen oder hatten sich zumindest so angefühlt, dass sie es nicht über sich gebracht hatte, an ihrer Heile-Welt-Fassade zu rütteln, geschweige denn, sie mit Fragen, die Olli verärgerten, zu beschädigen.

Doch jetzt … hier und heute … war von der einstigen

Perfektion ihrer imaginären rosa Wolke kaum noch etwas übrig, weil immer offensichtlicher wurde, dass die Grundpfeiler ihrer Beziehung auf einem Gerüst von Lügen basierten.

Was also, wenn die Frau tatsächlich noch am Leben war und jemanden engagiert hatte, Olli und somit das gemeinsame Kind aufzuspüren?

Doch Olli als Entführer von Stina?

War es überhaupt eine richtige Entführung, wenn das Verschwinden des Kindes von einem Teil der Eltern ausging?

Außerdem war da noch die Möglichkeit, dass im Falle einer Scheidung Olli das alleinige Sorgerecht zugesprochen worden war, falls wirklich stimmte, was er ihr über seine erste Frau erzählt hatte. War das der Grund für seine Heimlichtuerei?

Wollte er um jeden Preis verhindern, dass sie erfuhr, dass seine irre Ex-Frau noch am Leben war und nach Stina suchte?

Schützte er sie am Ende doch? Wenn auch aus kaum nachvollziehbaren Gründen?

Nahm er all das auf sich, um zu verhindern, dass sein altes Leben sein neues … ihrer aller Leben überschattete?

Sie starrte die Frau auf dem Foto an, ließ es sinken, als ihr klar wurde, dass sie handeln musste, um Antworten auf ihre Fragen zu bekommen.

Doch wie sollte sie das anstellen?

Weiterhin jeden Tag in den Park rennen und nach einer Frau suchen, die genauso gut verrückt oder gefährlich sein konnte?

Olli die Pistole auf die Brust setzen und ihn zu einer Antwort zwingen, von der sie letztlich doch nicht wissen konnte, ob sie ehrlich war?

Sie rieb sich übers Gesicht, spürte, wie es durch die Grübelei hinter ihrer Stirn schmerzhaft zu tuckern begann.

Wem zur Hölle konnte sie all die Fragen stellen, die ihr im Kopf herumschwirrten?

Ollis Familie?

Wohl kaum, wenn man bedachte, dass sie weder ihren Schwiegervater noch ihre Schwiegermutter jemals zu Gesicht bekommen hatte.

Olli hatte ihr kurz vor der Hochzeit erzählt, dass seine Mutter schon lange Zeit tot war, sein Vater inzwischen eine neue Familie hatte, sich seither einen Dreck um seinen Sohn scherte, er deswegen keinerlei Wert auf eine Beziehung zu diesem Mann legte.

Alfa spürte, wie sich ihr Herzschlag beschleunigte, als sich eine Idee in ihr manifestierte.

Ein Versuch war es dennoch wert.

Sie wusste zwar nicht genau, woher die Eltern ihres Mannes stammten, kannte jedoch seinen Familiennamen.

Olli selbst würde im Falle ihres Erfolgs nie davon erfahren, dass sie seinen Vater angerufen und ausgequetscht hatte.

Für einen Moment erwog sie, das Internet zu durchsuchen, doch dann beschloss sie, die Telefonauskunft zu nutzen, was weit weniger zeitaufwendig war.

In Hammerfest gab es niemanden, auf den Ollis Familienname zutraf, wohl aber insgesamt siebenundzwanzig Personen, die übers ganze Land verstreut lebten. Einer von denen war ganz sicher mit ihrem Mann verwandt und könnte ihr bestimmt weiterhelfen.

Insgesamt benötigte sie knappe eineinhalb Stunden und eine Engelsgeduld für die ersten fünfzehn Nummern, ehe sie endlich eine Frau am Apparat hatte, die mehr erschrocken als erfreut ausstieß, dass ihr der Name etwas sagte ... oder sie vielmehr einen Mann mit diesem Namen gekannt hatte.

„Er ist mein Stiefsohn", erklärte sie Alfa. „Und Sie sind seine Ehefrau?"

Alfa schluckte. „Seit knapp acht Jahren", erklärte Alfa

der Frau. „Wir haben zwei Kinder, ein Mädchen und einen Jungen. Stina ist zehn und Joshua vier Jahre alt. Stina entstammt jedoch Ollis erster Ehe, ich hab das Mädchen nach der Hochzeit adoptiert, sie ist für mich wie mein eigenes Kind."

Die Frau am anderen Ende der Leitung seufzte.

„Um ehrlich zu sein, habe ich den Jungen seit vielen, vielen Jahren nicht zu Gesicht bekommen. Er verließ uns, als er gerade achtzehn Jahre alt wurde, wollte auf eigenen Füßen stehen. Mein Mann … er litt so sehr darunter, dass sein Junge den Kontakt verweigerte."

Alfa runzelte die Stirn, als ihr bewusst wurde, dass Ollis Lügenkonstrukt einen weiteren Baustein verloren hatte. „Mir hat er erzählt, dass seine Mutter gestorben sei, als er noch ziemlich jung war, sein Vater kurz darauf eine andere Frau heiratete und seither kein Interesse mehr an seinem Sohn hatte."

Die Frau am anderen Ende der Leitung lachte bitter. „Das ist in vielerlei Hinsicht nicht die ganze Wahrheit", erklärte sie leise. „Die erste Frau meines Mannes ist nicht einfach nur gestorben, sondern sie beging einige Jahre nach der Scheidung Selbstmord. Und es war mein Stiefsohn, der sie damals gefunden hat – an unserem Hochzeitstag übrigens." Die Frau stieß ein leises Stöhnen aus. „Der Junge war damals noch nicht volljährig, deswegen beschloss das Vormundschaftsgericht gegen seinen Willen, dass er bei uns leben muss. Er verabscheute das, machte uns das Eheleben in den ersten Jahren zur Hölle. Doch trotz allem hielt mein Mann immer zu seinem Jungen, weil er wusste, was er durchgemacht hatte."

„Was genau meinen Sie damit?", fragte Alfa atemlos.

„Mein Stiefsohn war immer ein Mama-Kind gewesen. Er vergötterte seine Mutter, verkraftete ihren Tod nur schwer, gab seinem Vater die Schuld daran."

„Wieso?"

„Weil er ihr nicht glaubte, sich scheiden ließ, nachdem die Sache mit dem Ostberg passiert war."

Alfa runzelte die Stirn, spürte ein Kribbeln im Bauch.

„Den Ostbergs? Sie meinen diese Firma in Trondheim?"

„Ganz genau. Mein Mann und seine frühere Familie lebten damals in Trondheim, seine erste Frau war die Chefsekretärin des Firmeninhabers.

Eines Tages behauptete sie, der Mann habe sie vergewaltigt, zeigte Ostberg an. Die Polizei untersuchte den Fall, doch schon wenig später wurden alle Vorwürfe gegen Ostberg fallen gelassen. Wie es aussah, hatten die Ex-Frau meines Mannes und Ostberg eine Affäre gehabt. Sie wollte wohl mehr von ihm, soll total verrückt nach ihm gewesen sein, doch Ostberg empfand nicht dasselbe für sie, beendete die Affäre, woraufhin sie sich auf abscheuliche Weise rächte und ihm Vergewaltigung unterstellte."

„Das bedeutet also, dass Ihr Mann seine erste Frau deswegen verließ?"

„Ganz genau. Er trennte sich von ihr, reichte die Scheidung ein. Das Tragische war, dass sie weiterhin an ihrer Version der Geschichte festhielt, darauf beharrte, dass Ostberg der Böse war."

„Wie konnte Ihr Mann sicher sein, dass Ostberg die Wahrheit sagte und nicht seine Frau?"

„Weil es Zeugen gab, die für Ostberg aussagten. Kollegen der Exfrau meines Mannes."

„Die könnten bestochen worden sein!"

„Es gab noch zahlreiche andere Hinweise, Aussagen von Hotelangestellten, die die Frau wiedererkannten. Sollen die auch bestochen worden sein?"

Alfa schwieg sekundenlang.

„Das heißt also, dass die einzige Person, die der Frau glaubte, ihr eigener Sohn war? Olli?"

„Genau. Deswegen blieb er bis zur Scheidung und auch

danach bei seiner Mutter, hatte kaum Kontakt zu seinem Vater und später zu mir. Bis zum Tag unserer Hochzeit. Mein Mann war so glücklich, als sein Sohn auftauchte, doch dann ist der Junge bei den Hochzeitsreden plötzlich vollkommen ausgerastet, ruinierte unsere Feier. Mir war von Anfang an klar, dass sein Besuch nur dem Zweck diente, uns alles kaputt zu machen, doch mein Mann hielt zu seinem Sohn, erklärte seinen Ausbruch damit, dass es seiner Mutter in den letzten Tagen vor der Hochzeit so schlecht gegangen war. Und als die sich tatsächlich genau am Abend unseres Hochzeitstages umbrachte, ergab sein Ausbruch letztendlich doch einen Sinn. Mir tat der Junge so leid, ich hab wirklich alles versucht, ihm zu helfen, darüber hinwegzukommen. Ich bin mir ehrlich gesagt bis heute nicht sicher, was ich von einer Frau halten soll, die zuerst das Leben ihres Ex-Mannes und dann das ihres einzigen Sohnes zerstörte und bis zuletzt an ihren Lügen festhielt."

„Wann genau haben Sie beide Olli das letzte Mal gesprochen?"

„Am Tag seines Auszugs. Er hat sich ein Zimmer in einer Studenten-WG gemietet und seither nichts mehr hören lassen, jeden Versuch seitens seines Vaters, Kontakt aufzubauen, abgeblockt. Selbst das Geld, das wir ihm zur Unterstützung während seines Studiums angeboten haben, wollte er nicht nehmen."

„Das heißt, dass Sie auch nichts über Ollis erste Ehefrau wissen?"

„Wir wussten nicht einmal, dass er überhaupt verheiratet ist oder war, geschweige denn, dass er Kinder hat."

„Und Ihr Mann … Ollis Vater? Ich meine, hat er denn nicht versucht, etwas über ihn in Erfahrung zu bringen? Ihn aus der Ferne beobachtet? Ihn sozusagen ausspioniert? Eltern machen so was doch hin und wieder, wenn Kinder auf Abstand gehen und flügge werden oder nicht?"

Die Frau lachte. „Natürlich haben wir das versucht“, erklärte sie. „Doch Olli hat ganze Arbeit geleistet, alle Kontakte zu seinen Freunden aus Schulzeiten abgebrochen, es war, als sei er abgetaucht. Sein Vater war so traurig darüber, nicht zu wissen, wie es ihm ging, das war auch für mich all die Jahre nur schwer zu ertragen.“

Alfa schluckte hart. „Umso erleichterter wird er sein, wenn Sie ihm später erzählen, dass es ihm gut geht, er inzwischen selbst eine Familie hat. Vielleicht bekomme ich es hin, dass er sich zumindest einmal bei seinem Vater meldet.“

Die Frau am anderen Ende der Leitung fing an, zu weinen. „Was das angeht, kommt Ihr Anruf ein knappes Jahr zu spät. Mein Mann ist vor elf Monaten an einem Herzinfarkt verstorben.“

17

TRONDHEIM

2010

„**K**ommst du mal?“

Hellins Blick zuckte hoch. Sie starrte Varg an, runzelte die Stirn. „Eigentlich hab ich gerade keine Zeit. Kann das nicht jemand anders …“

„Ich würde dich nicht fragen, wenn es nicht wichtig wäre“, erklärte er.

Hellin stand seufzend auf, folgte ihm. Auf dem Gang blieb er stehen, drehte sich langsam zu ihr um. „Da sitzt eine alte Dame in meinem Büro, die gekommen ist, um eine Vermisstenmeldung aufzugeben. Es handelt sich um ihre Untermieterin. Eine junge Frau, die das Dachgeschoss ihres Hauses bewohnt.“

Hellin sah Varg an. „Und wieso kannst du das nicht allein übernehmen? Ich bin mit dem Einbruch am Wochenende beschäftigt, wollte ein paar Termine koordinieren.“

Varg verzog das Gesicht. „Bei der Untermieterin der alten Dame handelt es sich um eine alte Bekannte. Kirsti Raske – du erinnerst dich?“

Hellin sog die Luft scharf ein, legte den Kopf schräg. „Du meinst Iva Ostbergs Freundin? Die Verlobte des toten Jesper Skjeggestadt?“

Varg nickte nachdenklich. „Ich hab mit der alten Frau gesprochen, sie meinte, dass Kirsti ihr gesagt hätte, wenn sie einen Urlaub plant oder beruflich hätte wegmüssen. Beide pflegen wohl einen sehr vertrauten, freundschaftlichen Umgang miteinander. Kirsti kauft für die alte Dame ein, kümmert sich um sie, leistet ihr hin und wieder Gesellschaft. Und so wie es aussieht, ist Kirsti vor mehreren Tagen abends noch einmal weggegangen und seither nicht mehr aufgetaucht.“

Hellin schüttelte den Kopf, sog die Unterlippe ein. Sie spürte wieder das vertraute Kribbeln im Nacken, keine Sekunde später hatte sie das Bild der toten Iva Ostberg-Landvik vor Augen. Sie stieß die Luft aus, sah Varg an. „Sonst noch was, das ich wissen muss?“

Kopfschütteln. „Ich hab noch nicht angefangen, bin gleich los, als ich den Namen der Frau hörte, die verschwunden sein soll. Ich dachte, das übernehme ich besser nicht alleine.“

Hellin verzog das Gesicht, machte eine auffordernde Kopfbewegung, dass er vorausgehen sollte.

Als sie kurz darauf hinter ihm in den Raum trat, wo die alte Frau wartete, klopfte ihr das Herz bis zum Hals. Sie hatte schon beim Tod von Iva gespürt, dass dieser Fall weit über das hinausging, was ihre Kollegen und sie bis dato zu wissen glaubten. Doch so sehr sie sich damals auch bemüht hatte, den Fall neu aufzurollen, hatten ihr der Rest ihres Teams und auch der Boss einen Strich durch die Rechnung gemacht. Keiner außer ihr sah, was sie alle hätten sehen sollen. Nämlich, dass es tatsächlich merkwürdig war, einfach zu viel des Guten oder des Zufalls, dass Iva nicht ganz eine Woche vor ihrer Verhandlung durch einen bedauerlichen Unfall zu Tode kam.

So sehr sie es auch versucht hatte, mit Argumenten und Hypothesen ihr Team wachzurütteln, es war ihr nicht gelungen. Für sie alle war der Fall gegessen, und zwar insofern, als dass eine Mörderin vom Karma bestraft worden war.

Sie schüttelte den Kopf, reichte der Frau die Hand. „Sie machen sich Sorgen um Ihre Untermieterin?"

Die Frau nickte heftig. „Wir sind befreundet, auch wenn sich das wegen unseres Altersunterschiedes komisch anhören mag."

„Erzählen Sie doch mal ganz genau, wann Sie Kirsti zuletzt gesehen haben."

„Das war am letzten Donnerstag. Sie hat mir etwas eingekauft und als Dankeschön hab ich für sie mitgekocht. Wir haben also zusammen zu Abend gegessen und danach hat sie mir noch beim Abspülen geholfen – ich habe nämlich keine Spülmaschine, müssen Sie wissen."

Hellin nickte, sah die Frau an. „Wann ungefähr ist das gewesen? Ich meine, als Kirsti gegangen ist?"

„Das muss gegen acht Uhr gewesen sein", sagte die Frau.

Hellin sah Varg an. „Und was war danach?"

„Ich hab im Bett gelegen und noch ein wenig ferngesehen, als ich ihre Tür oben gehört habe. Es war schon beinahe Mitternacht und ich weiß noch, dass ich aufgestanden bin und aus dem Fenster gesehen habe."

„Was sahen Sie?"

Die Frau hob die Schultern. „Kirsti natürlich. Sie lief auf ihren Wagen zu, sperrte auf, fuhr ein paar Sekunden später los. Und wenn ich ehrlich sein soll, wirkte sie ein wenig aufgeregt auf mich. Irgendwie gehetzt. Ich klopfte ans Fenster, um mich bemerkbar zu machen, winkte, als sie sich umdrehte, doch sie schien mich überhaupt nicht wahrzunehmen, das fand ich seltsam. Und dass sie keine Tasche dabei hatte, nichts dergleichen."

„Und das war gleichzeitig der Moment, als Sie sie zuletzt sahen?"

Die Frau nickte. „Sie kam nicht zurück. Ich leide an

Schlafstörungen, weiß es deswegen so genau, weil ich gerade in dieser Nacht fast kein Auge zugebracht habe."

„Vielleicht sind Sie doch kurz eingeschlafen?"

„Und ihr Wagen? Der ist auch nicht da."

Hellin warf Varg einen Blick zu.

„Sie kam also in jener Nacht nicht zurück und auch am darauffolgenden Tag nicht?"

Die Frau nickte traurig.

„Vielleicht hat sie sich kurzfristig entschieden, ihre Familie zu besuchen oder wegzufahren. Spontaneität – das soll es wirklich geben."

Die alte Frau sah Varg mit einer Mischung aus Zorn und Ungeduld an. „Ich weiß, was es heißt, spontan zu sein. Aber nein, ich bin mir sicher, dass etwas anderes dahintersteckt."

„Was meinen Sie? Hatte sie etwa Streit mit jemandem? Hat sie Ihnen etwas erzählt, das Ihnen Sorgen macht?"

„Das ist es nicht", erklärte die Frau. „Es war vielmehr so, als sei sie in den Wochen vor ihrem Verschwinden irgendwie trauriger gewesen als sonst. Also ich meine, noch trauriger als sie sowieso schon wegen ihres toten Freundes war, wenn Sie verstehen?"

Hellin nickte. „Was genau denken Sie?"

Die Frau seufzte. „Na ja, Kirsti war noch so jung, doch sie lebte so zurückgezogen wie ein Einsiedler, schien mir sehr einsam zu sein. So war es im Grunde, seit wir uns kannten, doch gerade in der letzten Zeit vor ihrem Tod kam es mir vor, als ginge es ihr nicht besonders."

„Hat sie Ihnen gegenüber etwas angedeutet?"

Die Frau verneinte.

„Aber ich hab Augen im Kopf und sehe, wenn jemand leidet. Und die arme Kirsti wirkte auf mich völlig verloren, teilweise schien es mir sogar, als habe sie den Bezug zu sich selbst verloren. Alles, was sie tat, wirkte seltsam mechanisch, wie einstudiert, da war nichts … Menschliches mehr an ihr.

Stattdessen wirkte sie auf mich wie eine von diesen lebensechten Puppen, die sprechen können und der so langsam die Batterien ausgehen."

———

„Was hältst du davon?", fragte Hellin ihren Kollegen, als die Frau nach einer weiteren halben Stunde gegangen war.

Er hob die Schultern. „Wenn ich ehrlich bin, habe ich die ganze Zeit über eine alte Frau gesehen, die in ihrem Leben nichts mehr hat und deswegen nach jedem Strohhalm greift, es ein wenig interessanter zu gestalten." Er hielt inne, suchte nach Worten. „Kirsti ist in einem Alter, wo man seiner Nachbarin, egal wie gut man auch mit ihr befreundet ist, nicht alles sagt. Ich meine, es spricht für Kirsti, dass sie sich um die alte Dame kümmert, sie versorgt, aber ist sie ihr wirklich dazu verpflichtet, sie auch an ihrem Leben teilhaben zu lassen?"

Hellin hob die Schultern. „Ich glaube nicht, dass die Frau darauf hinaus ..."

„Kirsti kann überall sein. Vielleicht ist sie zu ihrer Familie gefahren. Oder sie hat wirklich wieder jemanden, wollte das nach allem, was mit Jesper war, keinem auf die Nase binden."

Hellin wiegte ihren Kopf hin und her, nickte.

„Möglich", stieß sie aus. „Aber nichtsdestotrotz merkwürdig. Vor allem nach dem, was vor einigen Wochen geschehen ist."

Varg stöhnte. „Bitte fang nicht wieder mit dieser Irren an! Sie hat doch nur bekommen, was sie verdient hat und fertig." Er schüttelte den Kopf, musterte sie. „Denkst du, ich weiß nicht, dass du ihre Mitinsassinnen befragt hast? Und zwar nicht nur eine oder zwei, sondern Unzählige von denen? Du bist an den Wochenenden hingefahren, hast gesagt, dass du verdeckt ermittelst, dachtest wohl, dass mein Kumpel nicht misstrauisch wird. Tja, ist er aber und hat umgehend bei mir angerufen und nachgefragt, ob deine Story stimmt. Ich hab bestätigt, was du gesagt hast, nur deswegen konntest du die ganzen Häftlinge ungestört befragen. Ich hab es deswegen gemacht, weil ich dachte, dass du endlich einsiehst, dass du dich in ein falsches Bild von dieser Verrückten verrennst." Er seufzte, streckte seine Hand nach Ivas Arm aus. „Keiner von den befragten Frauen hat irgendwas gesehen oder gehört, was von dem abweicht, was die Unfallzeugen in der Küche ausgesagt haben, nicht wahr?"

Hellin hob die Schultern. „Was soll ich sagen … einen Versuch war es auf alle Fälle wert."

„Hast du die Verbindung der Zeugen vom Unfall zu den Beteiligten geprüft?"

„Du weißt, dass ich das habe."

„Aber nichts gefunden?"

„In diesen Kreisen lässt sich mit Geld so einiges regeln – schon mal daran gedacht?"

Varg lachte. „Jetzt wird es aber wirklich abenteuerlich."

Hellin seufzte. „Kann schon sein. Aber eine von den Frauen, die ich befragt habe, eine Thora, war ziemlich eng mit Iva befreundet. Von ihr weiß ich, dass sie sich in den letzten Wochen vor dem Unfall irgendwie bedroht fühlte, ein schlechtes Gefühl hatte. Thora meinte, Iva habe so was wie eine Vorahnung gehabt, dass bald alles vorbei ist."

Varg runzelte die Stirn. „Logisch, eine Woche später hätte ihr Prozess begonnen und klar, wäre da alles aus gewesen. Sie hätte lebenslänglich gekriegt, das allein ist schon Anlass zur dunklen Vorahnung, findest du nicht auch?"

———

Auch eine knappe Woche später ließ Hellin das Gespräch mit der alten Frau von neulich nicht los. Sie hatte im Laufe der

Woche Kirstis Arbeitgeber und ihre Kollegen befragt, doch keiner von denen hatte sie in den letzten Tagen gesehen. Kirsti war unentschuldigt vom Dienst ferngeblieben, ein Vorkommnis, das nicht nur Hellin äußerst merkwürdig vorkam, nachdem die Frau im Gegensatz zu früher mittlerweile als zuverlässig galt. Deswegen hatte sie anschließend begonnen, etwas tiefer zu graben. Sie hatte Kirstis Kontoaktivitäten geprüft, ihre Kreditkartenabrechnungen der letzten Tage ebenfalls, selbst in ihrer Wohnung nach Hinweisen gesucht, doch absolut keine Spur zu ihrem Verbleib gefunden. Stattdessen schien es, als sei sie gegangen, ohne großartig etwas von ihren persönlichen Sachen mitzunehmen, was Hellin besonders merkwürdig vorkam. Eine junge Frau, die wegfuhr, ohne ihr Handy einzustecken? Die nicht einmal den Bedarf ihrer täglichen Hygiene mitnahm, wenn sie doch plante, über Nacht oder sogar länger wegzubleiben?

Hellin lehnte sich in ihrem Stuhl zurück, schloss die Augen.

Möglich, ja, wenn auch äußerst unwahrscheinlich.

Sie stieß die Luft aus. Alles, was sie bislang in Hinsicht auf Kirstis Aufenthaltsort unternommen hatte, war auf ihre eigene Kappe gegangen, da es bislang keinerlei Anlass gab, von einem Verbrechen auszugehen. Die Frau, die ihr Verschwinden gemeldet hatte, war nicht mit ihr verwandt, und auch das Fernbleiben von der Arbeit war noch kein offizieller Grund dafür, eine groß angelegte Suche nach Kirsti Raske zu starten. Sie war gerade erst etwas über eine Woche weg, noch lange kein Grund, paranoid zu werden.

Sie war Profi, wusste, dass auch erwachsene Menschen zuweilen Entscheidungen trafen, die fernab jeglichen Verständnisses lagen.

Und ja, es stimmte im Grunde, was Varg sagte. Kirsti hatte viel durchgemacht in der letzten Zeit. Es konnte also wirklich sein, dass ihr alles zu viel geworden war, woraufhin sie alle Zelte abgebrochen hatte und untergetaucht war. Vielleicht gab es doch jemanden im Verborgenen, einen alten Bekannten oder eine alte Freundin, bei der sie sich geborgen fühlte und die ihr jetzt half, wieder auf die Beine zu kommen.

Was wusste sie denn schon, wie es im Kopf von Leuten aussah, die einen wirklich schlimmen Verlust hatten hinnehmen müssen? Sie selbst ließ niemanden nah genug an sich heran, sodass gar nicht erst die Gefahr bestand, dass sich etwas wie ein Verlustschmerz einstellen könnte, sollte sie jemanden aus ihrem Umfeld verlieren.

Hellin seufzte, als sie an ihren früheren Partner dachte.

Sie fragte sich, was er von diesem Fall halten würde?

Das Klingeln des Telefons ließ sie zusammenzucken, kurz darauf vernahm sie die Stimme eines sehr jungen Mannes, der sich ihr als Mitarbeiter der Wasserrettung vorstellte. Er schien aufgeregt, was sein heftiges Atmen verriet. „Sie müssen, so schnell es geht, zur Skansenbrua kommen", stieß er hektisch und viel zu schnell hervor. „Heute Morgen wurde nämlich ganz in der Nähe der Brücke eine Leiche angespült."

18

HAMMERFEST

MAI 2019

Nachdem Alfa das Telefonat mit Ollis Stiefmutter beendet hatte, blieb sie noch minutenlang am Tisch sitzen, unfähig, einen klaren Gedanken zu fassen. Es war unfassbar traurig, dass ihr Schwiegervater gestorben war, ohne jemals die Chance erhalten zu haben, sich mit seinem Sohn auszusöhnen. Auch für Olli selbst fand sie es schade, dass dieses Kapitel seines Lebens nun für immer ungelöst bleiben würde. Allein der Gedanke daran, die eigene Familie aus ihrem Leben zu streichen, sogar aus ihren Gedanken, fühlte sich so grausam an, dass ihr augenblicklich eiskalt wurde.

Wie mochte es Olli all die Jahre, nein, Jahrzehnte ergangen sein?

Okay, der fehlende Kontakt war von ihm selbst ausgegangen, doch die eigentliche Frage war nun, ob er überhaupt wusste, dass sein Vater nicht mehr unter den Lebenden weilte, sein Streit nun nie mehr würde beigelegt werden können.

Benommen stand sie auf, ging zum Fenster, warf einen Blick auf die Bucht. In ihren Ohren rauschte es, ihr Innerstes

brodelte, so sehr wühlte die Familiengeschichte ihres Mannes
sie auf.

Ostberg …

Alfa kam nicht dagegen an, dass ihr dieser Name bekannt
vorkam. Nicht nur deswegen, weil sie selbst früher schon
Produkte der Firma gekauft und verspeist hatte, nein, vielmehr rief dieser Name etwas anderes in ihrer Erinnerung
wach. Es war eine unterschwellige Düsternis, die sie mit
diesem Namen verband.

Sie öffnete das Internet, gab den Namen in die Suchma-
schine ein. Es dauerte nur den Bruchteil einer Sekunde, bis
die ersten Ergebnisse ausgespuckt wurden.

Sie klickte sich durch die blau hinterlegten Links, doch
die meisten handelten lediglich von der Firma Ostberg und
dessen Gründer Tommen Ostberg. Die meisten von ihnen
überflog sie nur, blieb schließlich bei einem Zeitungsbericht
hängen.

Er war vom Frühsommer 2009 und es ging darin um
den Mord an einem jungen Mann namens Jesper Skjeggestadt.

Sie fing an zu lesen, zuckte zusammen, als sie das Bild,
das neben dem Artikel zu sehen war, vergrößerte.

Benommen starrte sie auf das Gesicht der Frau darauf,
fing an zu zittern.

Bei der Blondine handelte es sich ohne jeden Zweifel um
dieselbe, die auf dem Foto abgebildet war.

Mit wackeligen Beinen ging sie zum Tisch, nahm das
Bild zur Hand, starrte sekundenlang darauf.

Ja, definitiv – es war dasselbe Gesicht, wenngleich die
Frau auf der Abbildung in dem Zeitungsbericht auch nicht
lächelte, sondern eher trübsinnig in die Kamera starrte.

Alfa legte das Foto beiseite, schluckte.

Was hatte das zu bedeuten?

Sie las den Artikel erneut, begriff schließlich, dass diese

Frau … Tommen Ostbergs Tochter … einen Mord begangen haben sollte.

Der Verfasser des Artikels hatte ganze Arbeit geleistet und recherchiert, dass Iva Ostberg als Studentin eine Affäre mit ihrem späteren und mutmaßlichen Opfer gehabt haben soll, das Motiv hinter der grausamen Tat somit Eifersucht sein könnte.

Sie riss ihren Blick vom Handy weg, starrte die Frau auf dem Foto an.

Sah so jemand aus, der unzählige Male auf seine Jugendliebe eingestochen haben soll?

Sie seufzte, las weiter. Klickte sich zu einem Artikel weiter, der einen knappen Monat später erschienen war. Darin wurde der Ehemann der mutmaßlichen Täterin interviewt.

Als sie beim Namenskürzel des Mannes hängen blieb, stockte sie.

F. O. L.

Der Mann beteuerte, dass seine Ehefrau unschuldig im Gefängnis sitze und er nicht ruhen werde, ehe sie frei war.

Alles in ihr schrie danach, aufzuhören, diese ganze Sache gut sein zu lassen, weil sie sich nichts mehr wünschte, als endlich ihr friedliches Leben weiterzuleben, doch sie konnte nicht anders, scrollte weiter und immer weiter.

Eine Schlagzeile erregte ihre Aufmerksamkeit, ließ sie erzittern.

Iva Ostberg-Landvik bei Unfall ums Leben gekommen!, stand in einem weiteren Artikel, in welchem erneut der Ehemann der Frau zitiert wurde.

Iva war unschuldig!, lautete dessen Botschaft an die Leser der Zeitung und Alfa spürte, wie sich ihre Gedärme verkrampften. Sie lehnte sich zurück, holte tief Luft, versuchte, das Chaos in ihrem Kopf in den Griff zu kriegen.

Erfolglos, denn ihre Gedanken vermischten sich zu einem wirren Brei, ließen keine logische Schlussfolgerung zu.

Wankend stand sie auf, ging zum Kühlschrank, nahm die Flasche Wein heraus, trank einen großen Schluck direkt aus der Flasche, stöhnte, als der Alkohol ihre nervöse Magenschleimhaut attackierte.

Das darf doch alles nicht wahr sein, dachte sie. *Wie hab ich so lange so blind sein können?*

Sie nahm die Flasche mit zum Tisch, setzte erneut an.

„Okay", flüsterte sie schließlich leise vor sich hin, „du musst ruhig bleiben und darfst jetzt nicht in Panik verfallen!"

Sie konzentrierte sich einige Sekunden auf ihren Atem, nickte dann.

Jetzt von Anfang an, dachte sie.

Olli – er hatte darauf beharrt, nach der Hochzeit ihren Namen anzunehmen. Er hatte es damit begründet, weil er mit seinem alten Leben für immer abschließen wollte. Und nach allem, was sie gerade eben gelesen hatte, war das ausnahmsweise keine Lüge gewesen.

Fynn L.

So lautete das Kürzel des zitierten Mannes in den Zeitungsberichten.

Er war der Ehemann von Iva Ostberg gewesen, einer Frau, die man wegen Mordes angeklagt hatte.

Und es bestand absolut kein Zweifel daran, dass dem so war.

Olli hieß mit bürgerlichem Namen Fynn Ole Landvik. Sein Rufname lautete Fynn und er stimmte mit dem abgekürzten Namen aus den Zeitungsberichten überein.

Dass sie ihn seit Beginn ihrer Beziehung Olli nannte, war einzig und allein auf seinem Mist gewachsen – angeblich, weil seine geliebte und viel zu früh verstorbene Mutter ihn früher immer so genannt hatte. Er hatte sich Alfa bei ihrer allerersten Begegnung bereits als Ole, genannt Olli, vorgestellt und dabei war es all die Jahre auch geblieben.

Sie seufzte, ging in Gedanken alles wieder und wieder durch.

Iva Ostberg-Landvik war also im Gefängnis verunglückt, ganz kurze Zeit, bevor ihr der Prozess gemacht werden sollte.

Sie war ein Einzelkind gewesen, hatte ihre Mutter früh verloren, ihren Vater Jahre später ebenfalls, galt als Milliardenerbin.

Alfa stieß die Luft hart aus. Als ihr damaliger Ehemann musste Olli ihr gesamtes Vermögen geerbt haben, daher all das viele Geld.

So ließ sich auch erklären, wie er es geschafft hatte, innerhalb kurzer Zeit eine Motelkette aus dem Boden zu stampfen. Das hatte nie etwas mit Glück oder Geschäftssinn zu tun gehabt, wie sie immer gedacht hatte, sondern vielmehr mit der Tatsache, dass er quasi über Nacht zum reichen Witwer geworden war.

Sie ging online, las sich die Firmengeschichte der Ostbergs noch einmal durch und auch diese fügte sich mehr oder weniger in Alfas Bild ein.

Olli hatte die Firma Ostberg nach dem Ableben seiner Frau an einen der Hauptinvestoren verkauft, die Sache damit begründet, dass er Zeit brauche, den Tod seiner Frau zu verarbeiten.

Alles passte haargenau zusammen, bis auf eine Kleinigkeit …

Wenn Iva Ostberg-Landvik ein Einzelkind gewesen war, beide Eltern tot waren, es außer Olli keinen Erben des Milliardenvermögens gegeben hatte, wer zum Henker war diese Frau im Park gewesen?

Ein Gedankenblitz schoss ihr durch den Kopf. Hatte sie nicht vorhin gelesen, dass Ivas Opfer frisch verlobt gewesen war? Schnell suchte sie den Artikel, fand ihn wenig später und tatsächlich … Die Frau hieß Kirsti, doch leider war von ihr kein Foto abgebildet. Konnte sie die Frau aus dem Park sein?

Doch warum der Satz auf der Rückseite des Fotos?

Iva sollte für den Mord an Jesper verurteilt werden. Und diese Kirsti war die damalige Verlobte des Toten.

Wieso sollte sie für die Mörderin ihres zukünftigen Mannes in die Bresche springen?

Alfa schluckte.

Es gab nur eine Antwort auf diese Frage …

Weil sie dahintergekommen war, dass nicht Iva die Tat verübt hatte, sondern jemand anders.

Alfa wurde eiskalt.

Was, wenn es Olli gewesen war?

Die Gedanken in ihrem Kopf überschlugen sich, ergaben plötzlich ein klares Bild.

Laut Ollis Stiefmutter hatte Tommen Ostberg ein Verhältnis mit Ollis Mutter gehabt. Die wiederum behauptete, es sei keine Affäre gewesen, sondern Vergewaltigung. Doch bis auf Olli glaubte ihr keiner, alles zerbrach, allem voran ihre Familie. Sie brachte sich am Hochzeitstag ihres Ex-Mannes um und Olli war es, die sie gefunden hatte. Und genau dieses Trauma war es, aus dem schließlich sein Plan wuchs, sich an Ostberg zu rächen.

Sie klickte sich durch die Links, las einen Bericht, in dem es einzig und allein um sein Ableben ging.

Seine Mitarbeiter hatten damals ausgesagt, dass er bereits Tage vor seinem Tod schlecht ausgesehen hatte, sich jedoch weigerte, zum Arzt zu gehen. Als er schließlich zusammen-brach, stellten die Ärzte multiples Organversagen fest, ausge-löst durch eine Entzündungsreaktion im Körper. Iva Ostberg hatte damals darauf bestanden, dass man den Leichnam ihres Vaters obduzierte, weil sie nicht ausschloss, dass es jemand auf ihn abgesehen haben könnte, doch es gab keinerlei Hinweis darauf, dass er vergiftet worden war.

Doch was, wenn genau das damals der Fall gewesen war?

Sicherlich gab es Substanzen, bei denen selbst Ärzte sich schwertaten, sie im Blut des Opfers nachzuweisen.

Sie musste also, genau wie damals Iva, definitiv in Betracht ziehen, dass Tommen Ostberg nicht einfach nur gestorben, sondern ermordet worden war.

Und wer hatte ein größeres Motiv als Olli, der diesen Mann für den Untergang seiner Mutter hielt.

Doch das allein hatte ihm am Ende noch lange nicht gereicht. Er wollte mehr, viel mehr.

Sie las einige weitere Artikel, stieß die Luft aus.

Olli hatte Iva nicht einmal zwei Jahre vor Tommen Ostbergs Tod geheiratet. Vielleicht um durch sie leichter an sein Hassobjekt heranzukommen. Oder weil er plante, dass der Tod nicht ausreichte, um Tommen Ostberg zu strafen.

Was, wenn auch die Ehe mit Iva Teil seiner Rache gewesen war?

Dann hatte er Jesper umgebracht, es seiner eigenen Ehefrau in die Schuhe geschoben, die dafür sicher lebenslänglich bekommen hätte. Er hatte also zwei Menschen getötet und keiner würde ihm jemals dahinterkommen, weil die einzige Person, die es vielleicht irgendwann doch hätte durchschauen können, im Gefängnis gestorben war.

Alfa schluckte gegen die Trockenheit in ihrem Mund an, als ihr bewusst wurde, wie ungeheuerlich allein das Erwägen dieser Möglichkeit war, und doch kam sie nicht umhin, zuzugeben, dass es nicht gänzlich abwegig war.

Hatte sie ein Monster geheiratet? Ihm durch ihre Naivität sogar dabei geholfen, seine Spuren zu verwischen?

Also musste diese Frau aus dem Park tatsächlich Kirsti sein, die irgendwie Wind davon bekommen hatte, wer der wahre Mörder ihres Verlobten war, und Olli deswegen jetzt gefährlich wurde.

Sie klickte sich tapfer weiter durch die Berichte rund um

Iva Ostbergs Schicksal, als eine Schlagzeile ihr Interesse erweckte.

Opfer oder Täterin?

Hat sie der Verlust ihres Verlobten in den Suizid getrieben?

Alfas Herz begann zu rasen, während sie in Windeseile den Artikel las. Frustriert stieß sie die Luft aus, als ihr klar wurde, dass ihre einzige Theorie soeben im Nirwana verschwand, nachdem auch Kirsti Raske mittlerweile seit vielen Jahren tot war. Man hatte ihre Leiche knappe neun Monate nach dem Tod von Jesper am Ufer des Trondheimfjords gefunden und bis heute teilten sich die Meinungen darüber, ob es ein Unfall oder Suizid gewesen war.

Sie las weiter.

Ein scharfer Schmerz fuhr durch ihren Bauch.

Angeblich hatte man in Kirstis Wohnung damals Fotos von Iva und Jesper gefunden, auf denen jemand die Gesichter der beiden zerkratzt hatte. Die Polizei ging damals davon aus, dass es Kirsti selbst gewesen war und dass es unter Umständen möglich sei, dass sie selbst und nicht Iva ihren Verlobten aus Eifersucht umgebracht hatte. Mangels an Beweisen ging man dieser Vermutung jedoch nicht weiter nach, sodass bis heute Iva als Jespers Mörderin galt.

Sie fluchte leise, schaltete genervt ihr Handy aus.

Es half alles nichts, wenn sie die Wahrheit erfahren wollte, die ganze Wahrheit, musste sie die Frau im Park aufspüren.

Doch wie sollte sie das anstellen?

Sie wusste weder, wie sie hieß, noch, woher sie war.

Und sie hatte sie in den letzten beiden Tagen auch nicht wieder getroffen.

Sie musste also anders an Antworten kommen.

Ollis Büro! Du hast doch einen Schlüssel!, flüsterte die Stimme in ihrem Kopf.

Sie stand auf, straffte die Schultern.

Vielleicht fand sie dort oben endlich, wonach sie suchte. Sie musste es zumindest versuchen.

Sie musste wissen, ob der Mann, neben dem sie tagein, tagaus schlief, aß und lebte, ein Verrückter war. Ein irrer Psychokiller, der den Kindern und ihr gefährlich werden konnte.

Sie steuerte das Schlafzimmer an, nahm den Büroschlüssel aus dem Geheimversteck, schloss die Tür auf.

Selbstverständlich hatte Olli die Schränke und Schubladen ebenfalls abgeschlossen, doch heute war es ihr egal. Sie zögerte nicht eine Sekunde, als sie den Brieföffner vom Schreibtisch aufnahm, die lange Spitze in den Spalt zwischen Schublade und Oberkante schob und sich dagegenstemmte.

Es knackste laut, doch auch das war Alfa egal. Sie wollte … nein, sie musste wissen, was Olli in diesem Raum vor ihr versteckte.

Sie arbeitete sich nacheinander durch die Schubladen, als sie plötzlich stockte. Verborgen unter einem Stapel leerer Umschläge befand sich ein kleines Schmuckkästchen, in dessen Innern sich mehrere winzige und bohnenförmige Gebilde befanden. Sie sahen grünlich aus und erinnerten vage an Schmucksteine, doch nach kurzer Recherche im Internet stand fest, dass es sich dabei um Rizin handelte – ein tödliches Gift.

Ihr Herz hämmerte inzwischen so heftig gegen ihren Brustkorb, dass ihr beinahe schwindelig wurde.

Ihr fiel ein, was sie vorhin über den Tod von Tommen Ostberg gelesen hatte.

Sie klickte sich durch die einzelnen Einträge zum Thema Rizin, sog die Luft scharf ein, als sie zu einer Passage kam, in der beschrieben wurde, wie schwierig, ja, nahezu unmöglich es war, eine Vergiftung durch Rizin zu behandeln, weil sie eben so untypisch verlief und sich eigentlich kaum nachweisen ließ.

Alfa brach der kalte Schweiß aus, dennoch zwang sie sich, weiterzusuchen. Es war, als bestrafe sie sich auf diese Weise selbst für ihre grenzenlose Naivität der letzten Jahre.

Im Grunde wusste sie überhaupt nicht mehr, was sie fühlen sollte, konnte nicht einmal mehr sagen, ob sie wütend, geschockt, traurig oder einfach nur innerlich leer war.

Sie liebte Olli, oder zumindest den Mann, den sie all die Jahre in ihm zu sehen geglaubt hatte, nicht den Wahnsinnigen, der er in Wahrheit war.

Umso wichtiger war ihr jetzt, jeden Aspekt seines Seins zu kennen, ihn zu durchschauen, sein wahres Gesicht hinter der Maske zu betrachten.

Sie stemmte sich mit aller Kraft gegen den Brieföffner, um zu versuchen, eine der Schranktüren zu öffnen. Als das Holz knackte, stemmte sie sich noch fester dagegen, bis die Tür endlich mit einem lauten Knall aus dem Schloss krachte. Erleichtert seufzte Alfa auf, steckte den Brieföffner in die Gesäßtasche ihrer Jeans, fing an, die Fächer zu durchsuchen.

Im untersten stachen ihr eine Damenuhr und ein Ring ins Auge, die Ollis Mutter gehört haben könnten. Sie nahm beides zur Hand, fand eine Gravur am Ring.

T & L stand da in fein geschwungenen Buchstaben. Alfa runzelte die Stirn. Ollis Mutter hatte Edda geheißen, also musste der Schmuck jemand anderem gehören. Sie trat zum nächsten Schrank, durchsuchte auch ihn, dann zum letzten. Unter einem Stapel alter Wirtschaftsmagazine fand sie eine hübsche Geldbörse, die definitiv einer Frau gehören musste.

Sie öffnete sie, stieß einen spitzen Schrei aus, als sie das Foto auf dem Personalausweis sah.

Das Portemonnaie gehörte also der Fremden aus dem Park. Ihr Name lautete Thora Abels.

Die Gravur auf dem Ring, ging es ihr durch den Kopf. T&L.

Das T könnte für Thora stehen, dachte Alfa.

Doch wieso hatte Olli deren Habseligkeiten?

Du kennst die Antwort, flüsterte die Stimme in ihrem Kopf. *Du musst sie nur aussprechen!*

Alfa spürte, wie ihr alle Kraft aus den Gliedern wich, lehnte sich kraftlos gegen den Schrank.

Olli musste Thora etwas angetan haben. Hatte er sie mit Rizin vergiftet, genau wie damals seinen Schwiegervater?

Vielleicht weil sie irgendwie herausgefunden hatte, dass er und nicht Iva Jesper umgebracht hatte?

Ging am Ende auch Kirstis Tod auf Olli?

War diese Thora eine Angehörige von ihr, die ihn entlarvt hatte?

Alfa wurde klar, dass sie unbedingt herausfinden musste, wer genau diese Thora Abels war und in welchem Verhältnis sie zu Jesper, Kirsti oder Iva stand. Beziehungsweise gestanden hatte.

Denn daran, dass sie längst tot war, zweifelte Alfa jetzt nicht mehr.

Sie spürte, wie ihr erneut der Schweiß ausbrach.

Dann nahm sie ihr Handy zur Hand, unterdrückte ihre Rufnummer mithilfe einer Zahlen-Tasten-Kombination, wählte die Nummer der Polizei, doch die Verbindung baute sich nicht auf. Sie versuchte es erneut, wieder vergeblich. Schließlich gab sie es auf, nahm das Festnetztelefon, gab auch da die Rufnummernunterdrückung ein, wählte die Nummer der Polizei. Es klingelte, dann meldete sich ein Beamter des Präsidiums Hammerfest. „Ich möchte eine Frau als vermisst melden", stammelte Alfa aufgeregt in den Hörer. „Ihr Name lautet Thora A…"

Ein Klicken in der Leitung hatte sie unterbrochen.

„Hallo", rief sie und wunderte sich, wieso ihre Stimme auf einmal so blechern klang. „Hallo? Sind Sie noch dran? Ich möchte eine Frau als vermisst melden, es ist wirklich wichtig!"

Der Beamte blieb ihr eine Antwort schuldig und anschließend dauerte es noch weitere zwei, vielleicht auch drei Sekunden, ehe Alfa bewusst wurde, dass die Leitung tot war.

„Den Anruf kannst du dir schenken", sagte eine dunkle Stimme hinter ihr. „Die dämliche Schlampe ist schon seit vorgestern tot!"

Sie wirbelte herum, sah ihren Mann auf der Schwelle zu seinem Büro stehen.

Er starrte sie mit einer Mischung aus Traurigkeit und grenzenlosem Zorn an.

„Was hast du getan?", stammelte sie. „Wieso?"

Er verzog das Gesicht, hob die Schultern.

„Ich schätze, das alles weißt du längst, nicht wahr? Und zwar wegen des Fotos, das Thora dir im Park zugesteckt hat."

„Du wusstest davon?"

Er nickte düster. „Du warst so abwesend, als du vom Joggen zurückkamst. Deswegen hab ich in deiner Weste nachgesehen, das Bild gefunden. Mir war klar, dass du sie im Park getroffen haben musst, also hab ich sie dort abgefangen."

Sie senkte den Blick.

„Hast du sie mit Rizin getötet?", fragte sie, als sie wieder aufsah. „So hast du es bei deinem Schwiegervater gemacht, nicht wahr? Wegen dem, was mit deiner Mutter geschah."

Er schüttelte den Kopf. „Das Schwein starb durch Rizin, das ist richtig. Aber bei Thora hätte das alles viel zu lange gedauert, deswegen musste ich mir eine … schnellere Lösung einfallen lassen." Er lachte, deutete auf die Geldbörse. „Die Bullen denken, es war Raubmord, vielleicht sogar mit Verbindung zu Thoras Vergangenheit. Sie war eine Irre, wusstest du das? Hat einen ihrer Lover fast umgebracht, saß knappe 12 Jahre wegen versuchten Mordes. Sie muss Iva im Knast kennengelernt und sich mit ihr angefreundet haben. Nach deren Tod muss Thora im Laufe der Zeit auf die Wahrheit gekommen sein, war wie besessen von mir, wohl, weil sie selbst ein Verbrecher war und ganz genau wie einer dachte. Ich weiß nicht, ob sie mich nur erpressen oder aber Iva rächen wollte, doch selbst das ist mittlerweile egal."

„Dann stimmt es, was ich denke? Du hast sie alle umgebracht, um deine Mutter zu rächen? Zuerst Ivas Vater, dann Jesper, um den Mord an ihm deiner Ex-Frau in die Schuhe zu schieben, und Kirsti, weil sie irgendwie rausgekriegt hat, dass du es gewesen bist."

Olli verzog das Gesicht, lächelte beinahe liebevoll. „Du bist so schlau, das hätte ich wissen müssen." Er seufzte. „Was du vermutest, stimmt nicht ganz. Ja, Ostberg geht auf mein Konto, aber er hat es verdient, weil er ein Dreckschwein war. Und Jesper … als Iva mir erzählte, dass er und sie früher mal …" Er brach ab und grinste. „Es war perfekt, verstehst du? Ich musste es auf diese Weise tun. Es war wie ein Zwang, Tommen Ostberg auch über seinen Tod hinaus zu bestrafen. Und was lag da näher, als seiner Tochter alles zu nehmen …"

„Dann stimmt es also, dass du Jesper umgebracht hast?"
Er nickte.

„Und Kirsti? Sie fand es heraus, musste deshalb ebenfalls sterben, das stimmt doch, oder? Du hast es nur wie Selbstmord aussehen lassen."

Er lachte. „Und genau da liegst du falsch. Zumindest was Kirstis Rolle in diesem Spiel anging. Sie und ich … wir beide waren schon lange vor Iva und Jesper ein Paar. Ich war es, der sie dazu überredete, mir dabei zu helfen, Iva Ostberg aus dem Weg zu räumen, damit wir uns mit dem Vermögen der Ostbergs ein schönes Leben machen können. Sie war einverstanden, ließ sich auf meinen Vorschlag ein, sich Ivas Freundschaft zu erschleichen. Später verkuppelten Iva und ich sie mit Jesper und alles nahm seinen geplanten Lauf."

Alfa starrte Olli schockiert an. „Dann war Kirsti von Anfang an an dieser Sache beteiligt?"

Er nickte. „Nichts von ihren Gefühlen gegenüber Jesper war echt. Genauso wenig wie meine gegenüber Iva Ostberg. Ich hasste diese Frau, hätte sie am liebsten schon viel früher eigenhändig getötet, als sie mir eröffnete, dass sie schwanger ist. Ein Kind mit der Frau, die ich am meisten hasste, war weder geplant noch gewollt. Und was Kirsti angeht … ja, sie wusste von Anfang an, auf welche Weise ihre Geschichte mit Jesper enden würde."

„Warum ist sie ebenfalls tot?"

„Weil sie von ihren Schuldgefühlen überrannt wurde. Sie hielt der ganzen Sache nicht stand, verlor die Kontrolle, vor allem, nachdem die Sache mit Iva über die Bühne gegangen war."

Alfa zuckte zusammen. „Der Unfall im Gefängnis … das warst auch du?"

Er hob die Schultern. „Es gibt wirklich wenig auf der Welt, das du nicht mit einem Haufen Kohle kaufen kannst …"

Er seufzte, sah sie fest an. „Ich will, dass du verstehst, dass ich kein Monster bin. Meine Mutter … du hättest sie kennenlernen sollen. Sie war eine so tolle Frau und ihr beide wärt sicher Freundinnen geworden. Aber Tommen Ostberg … er hat durch seine Lügen ihr Leben zerstört und unsere Familie. Nur deswegen nahm sie sich das Leben. Weil sie nicht damit leben konnte, dass sie wegen so einem Dreckschwein alles verloren hatte."

Alfa wich ein Stück zurück, spürte, wie ihr kalt wurde.

„Und nun?", stieß sie kleinlaut aus. „Was willst du jetzt tun?"

Er hob die Schultern, sah sie resigniert an. „Was denkst du denn? Ich meine, willst du mir ernsthaft weismachen, dass du mit alldem leben könntest?"

Sie hielt seinem Blick stand, nickte steif und voller Angst, doch an seinem traurigen Lächeln erkannte sie, dass er sie durchschaute.

Er wusste, dass sie alles sagen, alles tun würde, um ihr eigenes Leben zu retten.

„Dass ich Tommen Ostberg vergiftet habe, könntest du vielleicht sogar wegstecken", murmelte er und musterte sie nachdenklich. „Aber Jesper, Iva, Kirsti und jetzt noch Thora … das ist zu viel, nicht wahr?" Er legte den Kopf schräg, durchbohrte sie mit hartem Blick.

Alfa schluckte. „Die Kinder … Was wirst du ihnen sagen? Ich meine, wie willst du ihnen erklären, dass ihre Mutter ermordet wurde? Und wie willst du die Polizei davon überzeugen, dass du nichts damit zu tun hast?"

Er hob die Schultern. „Keiner wird Verdacht schöpfen. Weder die Polizei noch die Kinder, weil ich bereits Vorarbeit geleistet habe. Mir war schon vorgestern klar, dass du niemals aufgeben würdest, vor allem jetzt nicht mehr, wo du von Thora wusstest, das Bild hattest. Also hab ich mir was überlegt. Die Kinder denken, dass du plötzlich krank geworden bist, und sind deswegen übers Wochenende bei Freunden. Und bis sie Sonntagabend zurückkommen, wird es vorbei sein. Die Ärzte werden ihnen erklären, dass du an den Folgen einer Infektion gestorben bist, an einer Grippe quasi und genauso wird es sich für dich auch anfühlen, du musst also keine Angst haben."

Alfa wich noch weiter zurück, riss die Augen auf. „Du willst mich mit Rizin vergiften?"

Olli verzog traurig das Gesicht. „Ehrlich gesagt hab ich

das bereits. Heute Morgen, kurz bevor ich gefahren bin. Ich hab dir einen Kaffee gemacht, erinnerst du dich?" Er seufzte. „Außerdem verstehst du da etwas vollkommen falsch. Ich wollte das nicht tun, ich musste, hörst du? Du hast mir keine Wahl gelassen, konntest deine Schnüffelei nicht sein lassen."

Alfa stieß ein entsetztes Keuchen aus, sank in ihrer hilflosen Panik zu Boden.

Die Stiche im Magen, diese Schweißausbrüche, das Herzrasen und die Atemnot. Sie hatte all das dem Stress zugeschrieben, ausgelöst durch jene Dinge, die sie heute über ihren Mann herausgefunden hatte.

Sie stöhnte.

„Du spürst es schon, nicht wahr?"

Alfa nickte.

Er kam zu ihr, sank ebenfalls auf die Knie. „Du musst keine Angst haben", sagte er leise und klang seltsamerweise liebevoll und aufrichtig. „Ich werde die ganze Zeit über bei dir sein, versuchen, es dir so … leicht wie möglich zu machen." Er schluckte und wandte den Kopf ab, doch Alfa hatte bemerkt, dass seine Augen in Tränen schwammen. „Du wirst Fieber bekommen, starken Husten und vielleicht sogar Atemnot. Die typischen Symptome einer heftigen Infektion. Ich werde dir deswegen etwas zum Schlafen geben, währenddessen einen Arzt rufen, der dich ansieht und mein späteres Alibi dafür ist, was für ein treu sorgender Ehemann ich doch bin. Er wird dich ins Krankenhaus einweisen wollen, doch ich werde ihn davon überzeugen, dass du bei mir zu Hause besser aufgehoben bist, ich dich keine Sekunde aus den Augen lasse, dich hege und pflege. Und wenn es vorbei ist …", er brach ab, schien, als müsste er die Tränen unterdrücken, „dann rufe ich den Notarzt und werde untröstlich sein, weil ich den Ernst der Lage nicht sofort erkannt habe."

„Ich verstehe das alles nicht", flüsterte sie kraftlos. „Wie hat das nur passieren können?"

Er sah sie wieder an, lächelte voller Liebe. „Du bist die schlaueste Person, die ich kenne. Das ist einer der Gründe, weshalb ich dich so sehr liebe. Und das tue ich wirklich, jetzt und für immer."

„Und trotzdem tötest du mich?"

Inzwischen weinte er heftig. „Es tut mir so, so leid, wirklich."

Alfa sah ihn an, erkannte, dass er seine Worte, so ironisch sie sich in ihren Ohren auch anhören mochten, tatsächlich ernst zu meinen schien.

Für einen Sekundenbruchteil hatte sie den überwältigenden Wunsch, sich ihrem Schicksal zu ergeben und es geschehen zu lassen. Doch dann sah sie Stina vor sich, Joshua, stellte sich vor, wie die beiden fortan unwissentlich mit einer Lüge leben mussten.

Sie konnte nicht zulassen, dass ein Monster die beiden großzog.

Ein Gedankenblitz schoss durch ihren Kopf.

Nur den Bruchteil einer Sekunde später ein erneuter Stich durch ihre Eingeweide.

Es ist eine Chance, dachte sie bei sich, *zumindest ein klitzekleiner Hauch davon.*

Sie stöhnte, rollte sich zusammen, kämpfte gegen das Würgen an.

Lock ihn aus der Reserve, er muss so richtig wütend werden, die Kontrolle verlieren. Wenn er dich schlägt ... oder Schlimmeres, wird die Polizei definitiv misstrauisch werden, flüsterte die Stimme in ihrem Kopf.

„Hast du schon mal darüber nachgedacht, dass Tommen Ostberg damals die Wahrheit gesagt haben könnte?", fragte sie und legte alle Konzentration in den Versuch, so abfällig wie möglich zu klingen. „Vielleicht war er nicht das Schwein, sondern deine Mutter. Ich meine, so was gibt es immer wieder, dass Frauen durchdrehen und ihren ehemaligen

Geliebten irgendwas anzuhängen versuchen, nachdem sie von ihnen abserviert worden sind." Sie stieß ein Lachen aus, musterte ihn kalt. „Wenn es so war, sind all diese Menschen vollkommen umsonst gestorben und du bist grundlos zum Mörder geworden."

Der Schlag kam so plötzlich und so heftig, dass sie trotz ihrer Vermutung oder vielmehr trotz ihrer Hoffnung nicht auf den Schmerz vorbereitet war.

Sie schrie auf, als der Fausthieb sie hart an der Schläfe traf, taumelte zurück, jedoch nicht, ohne ihren Mund aus letzter Kraft zu einem Grinsen zu verziehen.

Olli starrte sie an, verzog das Gesicht zur wütenden Fratze, als er begriff, was sie getan hatte, und dass er auch noch darauf hereingefallen war.

„Das war wirklich einfach", murmelte Alfa lächelnd, dann wurde es schwarz.

19

HAMMERFEST

MAI 2019

Inzwischen saß sie seit knapp zwei Stunden in ihrem Wagen und starrte auf das hübsche Haus, welches am Ende der kleinen Gasse lag. Von ihrer Position aus erkannte sie nur die vordere Eingangstür und einen Teil der Garageneinfahrt, doch wenn sie weiter nach vorne fahren würde, bestünde die Gefahr, dass jemand sie entdeckte oder schlimmer noch, sie für einen Spanner hielt und die Polizei rief. Nicht, dass es sie gestört hätte oder ihr gar Sorgen bereitete, sich mit den hiesigen Behörden auseinandersetzen zu müssen. Fakt war jedoch, dass es sie Zeit kosten würde. Wertvolle Zeit, während der sie nicht hier in ihrem Auto sitzen und ihrer Intuition nachgeben konnte.

Sie nahm ihren Kaffeebecher aus der Halterung, trank einen Schluck. Er war mittlerweile kalt geworden, tat aber dennoch, was er sollte, nämlich sie wach halten.

Sie stellte den Becher zurück, setzte sich ein wenig gerader in ihren Sitz, versuchte, die langsam stärker werdenden Schmerzen im Unterleib zu ignorieren.

Älter werden ist nichts für Weicheier, dachte sie und grinste, verzog schmerzverzerrt das Gesicht.

Zwar war sie erst Mitte vierzig, doch an manchen Tagen,

an solchen wie gestern oder heute, fühlte es sich an, als sei sie bereits doppelt so alt. Sie ächzte leise, nahm das kleine Röllchen mit den Pillen aus dem Handschuhfach, kippte sich direkt aus der Verpackung zwei der Dinger in den Mund, schluckte trocken.

Sie hatte jahrelang jobbedingten Raubbau an ihrem Körper betrieben, sich viel zu wenig um sich selbst gekümmert, ihre Gesundheit vernachlässigt, indem sie unregelmäßig gegessen und kaum geschlafen hatte.

Und heute, in einem Alter, in dem die meisten Frauen noch einmal so richtig aufdrehten, ihr Leben veränderten, es verbesserten oder auf den Kopf stellten, kämpfte sie sich Woche für Woche durch die Tage, in der Hoffnung, sie mit weniger als einer Handvoll Pillen zu überstehen. Ihr war bewusst, dass sie dringend zum Arzt musste, weil etwas in ihrem Körper nicht in Ordnung war, und doch schob sie es Woche für Woche, Monat für Monat vor sich her, weil … Warum eigentlich?

Die Antwort war schlicht und ergreifend – Angst.

Schließlich war ihre Mutter im ungefähr selben Alter wie sie jetzt, an einem Ovarialkarzinom gestorben.

In Kollegenkreisen galt sie als unerschrockener, kämpferischer und hartnäckiger Brocken mit Pitbull-Eigenschaften, doch was ihr Privatleben anging und alles, was damit auch nur im Entferntesten zusammenhing, da ließ sie der geringste Gegenwind zur Mimose werden.

Sie straffte die Schultern.

Egal! Jetzt war sie hier und würde sich darum kümmern, einen Fehler zu korrigieren, den ihre Kollegen und sie – zumindest sah es ganz danach aus – bereits vor vielen Jahren gemacht hatten.

Im Grunde war es dieser gestrige Internet-Artikel gewesen, der ihr die Augen geöffnet hatte. Er hatte von einem Leichenfund hier in Hammerfest gehandelt und beinahe augenblicklich ihr Interesse geweckt. Sie wusste noch immer nicht, ob es ihr Bauchgefühl gewesen war oder nur das Zueinanderfinden von unterbewusstem Wissen und Erinnerungen hinsichtlich der Beschreibung der Frau.

Doch egal, was auch der Grund gewesen sein mochte, sie hatte nach dem Lesen des Berichts im Internet bei den Kollegen vor Ort angerufen und sich mit dem leitenden Ermittler verbinden lassen.

Zwar hatte sie den Namen des Mannes schon wieder vergessen, doch das Telefonat, das sie mit ihm geführt hatte, könnte sie auch jetzt noch und im Schlaf wortgenau wiedergeben.

Es handelte sich bei der in der Bucht von Hammerfest gefundenen Leiche um eine Frau, deren Identität die Beamten nicht sofort hatten feststellen können, da sie bis auf ihre Kleidung am Leib nichts bei sich hatte. Die erste Untersuchung der Toten durch die Spurensicherung vor Ort hatte ergeben, dass sie an ihrer rechten Hand und an den Ringfingern beidseitig Schmuck getragen haben musste, weil ihre Haut an den betreffenden Gliedmaßen deutlich heller war und zudem leichte Druckstellen aufwies. Wer auch immer also für ihren Tod verantwortlich war, musste ihr den Schmuck abgenommen haben. Genau wie ihre Handtasche samt Portemonnaie und Ausweispapieren. Die Beamten vor Ort gingen daher davon aus, dass es sich bei dem Mord um einen ausgeuferten Raubüberfall handelte, doch sie … sie war da ganz anderer Meinung. Vor allem, nachdem sich wenig später herausstellte, dass sich das Auto der toten Frau keine zweihundert Meter vom Fundort der Leiche entfernt auf einem Parkplatz befand und auf eine ehemals verurteilte Strafgefangene zugelassen war. Der Name der Frau, auf die der gefundene Wagen angemeldet war, lautete Thora Abels und sie war dem Kollegen hier vor Ort wirklich dankbar, dass er sie gleich nach der Identifizierung der Toten angerufen hatte.

Keine zwei Stunden später hatte sie sich einen Flug nach Hammerfest gebucht, sich heute Morgen gleich als Erstes mit den Kollegen verabredet.

Glücklicherweise gab es zu dem Zeitpunkt bereits weitere Neuigkeiten, denn sie hatten, der Rechercheabteilung sei Dank, das Motel gefunden, in dem Thora, die eigentlich aus Trondheim stammte, abgestiegen war.

Hellin hatte darum gebeten, mitfahren zu dürfen, in der Hoffnung, dass die Unterkunft der toten Frau irgendetwas Interessantes hergab, und tatsächlich hatte sie auf dem Nachtschränkchen der Frau ein zerknittertes Blatt Papier gefunden, auf dem ein handgeschriebenes Gedicht zu lesen war.

Die Zeilen waren Hellin gänzlich unbekannt gewesen und schnell hatte sie herausgefunden, dass es sich dabei um einen selbst gedichteten Zehnzeiler handelte, der Thora gewidmet war.

Als sie den Namen des Urhebers dieser Zeilen gelesen hatte, wäre sie am liebsten sofort losgestürzt, doch dann hatte sie sich gesagt, dass es noch mehr geben musste, das sie letztendlich als Beweis benötigen würde. Sie hatte das komplette Zimmer auf den Kopf gestellt und schließlich ein paar Fotos und Notizen gefunden, die ihre Theorie bestätigten.

Thora Abels hatte wegen versuchten Mordes an ihrem früheren Lebensgefährten zwölf Jahre bekommen, war wegen guter Führung ein Jahr früher rausgekommen. Während der ersten Jahre ihrer Haft hatte sie irgendwann Iva Ostberg-Landvik kennengelernt, sich mit ihr angefreundet, war schließlich Zeuge ihres Todes geworden. Nicht unmittelbar, aber dennoch nah genug dran, um zu ahnen, dass es kein Unfall gewesen sein konnte.

Hellin erinnerte sich an das Gespräch mit der Frau, einige Monate nach Ivas Ableben. Thora hatte damals angemerkt, dass Ivas Mann in den Tagen vor dem Unfall zu Besuch gekommen sei und jedes Mal eine andere Unterschrift verlangt hatte. Iva hatte es Thora erzählt, hatte damals angenommen, dass diese Formulare mit ihrem Prozess und dessen Verteidigung zu tun hatten, doch nach ihrem Tod war Thora klar gewesen, dass Landvik lediglich für sein Witwerdasein vorgesorgt hatte.

Damals hatte Hellin lange über Thoras Worte nachgedacht, darüber gegrübelt, ob Landvik als potenzieller Mörder von Jesper und seiner Frau infrage käme, doch dann war die Sache mit Kirsti passiert. Der Trondheimkanal hatte ihre Leiche unter einer alten Eisenbahnbrücke angespült und laut Gerichtsmedizin war die Todesursache, trotz der zahlreichen Schürfwunden, die dem Kanal selbst zuzuschreiben waren, Ertrinken gewesen. Selbstverständlich hatten Varg und sie damals in alle drei Richtungen ermittelt. Doch während ein Unfall und sogar Mord schnell ausgeschlossen werden konnten, blieb letztendlich nur Suizid als Ursache für ihr Ableben.

Vor allem, nachdem man in ihrer Wohnung Fotos und andere Beweise gefunden hatte, aus denen unmissverständlich hervorging, dass Kirsti sowohl Iva als auch Jesper gehasst hatte. Sie war eifersüchtig gewesen, auf das, was beide einst gehabt hatten, dachte wahrscheinlich, dass beide doch mehr verband, als sie ertragen könne. Ihre Kollegen und sie mussten damals schließlich davon ausgehen, dass die Möglichkeit bestand – zumindest wenn man alle Hinweise berücksichtigte –, dass nicht Iva Jesper getötet hatte, sondern Kirsti. Sie hatten die Entscheidung der Frau, sich das Leben zu nehmen, ihren Schuldgefühlen zugeschrieben, doch wirklich mit Gewissheit konnte es niemand von ihnen sagen.

Und da zu dem Zeitpunkt beide Frauen bereits tot waren, beschloss man als Team, den Fall endgültig abzuschließen.

All die Jahre … neun waren es insgesamt … hatte sie immer wieder an Iva Ostberg denken müssen und daran, ob es nun stimmte, dass sie unschuldig im Gefängnis gesessen hatte.

Hellin seufzte. Es war ihr unmöglich gewesen, den Fall um die vier „Freunde" ein für alle Mal aus ihrem Gedächtnis zu verbannen und jetzt … ja jetzt endlich wusste sie auch wieso.

All die langen Jahre hatte sie gespürt … es insgeheim gewusst, dass alles … wirklich alles ganz anders gewesen war. Und tatsächlich, jetzt, nachdem eine Frau tot war, die Ivas Geschichte gekannt hatte, sich während ihrer Haft die Wahrheit zusammengereimt haben musste, war sie endlich da – die Gewissheit, nach der sie so lange gedürstet hatte.

Von da an war es für sie ein Klacks gewesen, die Zusammenhänge nach und nach zu einem roten Faden zu führen.

Fynn Landvik hatte Jesper getötet und den Mord seiner eigenen Ehefrau in die Schuhe geschoben. Warum? Wahrscheinlich, weil er an ihr Geld wollte. Schließlich hatte er die Milliarden-Erbin während seiner Arbeit in Ostbergs Firma kennengelernt. Deswegen vermutete Hellin inzwischen, dass sowohl der Tod des Firmeninhabers als auch der Unfall seiner Tochter im Gefängnis in Wahrheit auf Fynn Landviks Kappe gingen. Kirsti … sie musste irgendwie hinter dieses beinahe perfekte Verbrechen gekommen sein und hatte so ihr eigenes Todesurteil unterschrieben.

Wahrscheinlich war sie betäubt ins Wasser gestoßen worden – was der Grund war, wieso man keine Spuren von Misshandlung an ihr gefunden hatte.

Und jetzt war nur noch Thora übrig geblieben, die es sich, wie Hellin vermutete, zur Aufgabe gemacht hatte, Iva zu rächen oder zumindest deren Mörder auffliegen zu lassen.

Es war einfach gewesen, rauszufinden, dass dieser Typ inzwischen in Hammerfest lebte, neu verheiratet war und Ivas Tochter, samt einem weiteren Kind mit seiner zweiten Frau aufzog.

Thora war also hergekommen, um ihn mit dem zu konfrontieren, was er getan hatte.

Sie schien von der Idee, ihn zu Fall zu bringen, nahezu besessen gewesen zu sein, so sehr, dass sie unvorsichtig geworden war.

Hellin schluckte, starrte in Richtung des Hauses. Sie wusste nicht, wieso sie hier saß und wartete und vor allem worauf, doch wegzufahren brachte sie auch nicht über sich. Sie spürte, nein, sie wusste, dass über der neuen Familie des Irren eine Art Damoklesschwert schwebte, das urplötzlich zuschlagen konnte.

Als das Funkgerät zu rauschen begann, zuckte Hellin zusammen. Kurz darauf vernahm sie die Stimme des ermittelnden Beamten hier vor Ort.

„Ich weiß nicht, ob es von Belang ist", dröhnte seine blecherne Stimme aus dem Apparat, „doch da kam eben der Anruf einer Frau rein, die jemanden mit Vornamen Thora als vermisst melden wollte."

Hellin runzelte die Stirn.

„Eine Frau sagen Sie?"

„Genau. Der Anruf ist noch keine halbe Stunde her."

„Und woher wissen wir, dass unsere Leiche damit gemeint ist? Hat die Anruferin die Vermisste beschrieben oder mehr Einzelheiten genannt?"

„Negativ. Mein Kollege aus dem Callcenter meinte, dass die Verbindung auf einmal weg war."

„Wieso rufen Sie oder Ihr Kollege nicht zurück?"

„Die Anruferin hat ihre Rufnummer unterdrückt. Es braucht eine Genehmigung und anschließend ein paar Anrufe, ehe wir an die Nummer kommen könnten."

Hellin bedankte sich bei ihm für die Info, schloss die Augen.

Das war seltsam, fügte sich aber dennoch mit ins Bild, das sich langsam vor ihrem inneren Auge zu einem Ganzen formierte.

Thora … Sie könnte sich der neuen Ehefrau von Landvik

genähert haben, vielleicht hatte sie ihr sogar etwas über die Vergangenheit ihres Mannes erzählt. Und nachdem Thora plötzlich als verschwunden galt, wurde Alfa Nielsen, so lautete der Name von Landviks zweiter Frau, misstrauisch.

Okay, die Verknüpfung der jüngsten Ereignisse mit dem Fall Jesper Skjeggestadt mochten sich für Außenstehende absurd anhören, doch für Hellin waren sie genau das, wonach sie zehn Jahre lang gesucht hatte.

Sie stieg aus dem Wagen, weil sie es aus einem Gefühl heraus nicht mehr auf ihrem Sitz aushielt, beschloss, ein Stück zu laufen. Sie wollte gerade an der Auffahrt zum Haus der Nielsens vorbei, als sie einen Schrei wahrnahm.

Erst klar und schrill, dann gedämpft und irgendwie gurgelnd, so als würde jemandem der Mund zugehalten.

Dann passierte alles auf einmal. Hellin fing an zu rennen, zog währenddessen ihre Dienstwaffe aus dem Holster, entsicherte sie. Einem Impuls folgend, rannte sie geduckt ums Grundstück herum, erkannte, dass es sich bei der Hintertür des Hauses um kein Sicherheitsexemplar wie am Vordereingang handelte. Sie atmete tief durch, schickte ein Stoßgebet gen Himmel, dann stürmte sie los, direkt auf die Tür zu, trat schließlich mit aller Kraft gegen das Holz …

20

HAMMERFEST

2019, ACHT TAGE SPÄTER …

„So meine Liebe, lassen Sie uns mal loslegen." Der Arzt grinste verschmitzt, zwinkerte Alfa mit seinem linken Auge zu. „Wie geht es Ihnen heute?"

Sie hob die Schultern, wollte zurücklächeln, zuckte zusammen, als ein scharfer Schmerz von ihrem Kieferknochen zum Gehirn schoss.

Der Arzt verzog das Gesicht, wirkte besorgt. „So schlimm noch, mhm?"

„Sie müssten erst mal den anderen sehen", versuchte Alfa es mit einem Scherz, doch er misslang ihr gründlich, als ihr wie aus dem Nichts die Tränen in die Augen schossen.

„Die Schwellung nimmt schon ab", erklärte der Arzt betreten, was Alfa vermuten ließ, dass er Kenntnis über die Hintergründe ihrer Verfassung hatte. „Ich schätze, dass Sie noch ein bis zwei Wochen mit den Verletzungen im Gesicht zu kämpfen haben werden, danach ist es vorbei." Plötzlich wirkte er sehr ernst. „Das andere ist … nun ja … die Vergiftung. Wie Sie wissen, konnten wir durch unsere relativ frühe Behandlung die Symptome lindern und Sie davor bewahren, dass Sie …" Er brach ab, schien nach Worten zu suchen. „Wie drücke ich es am besten aus … von uns gehen, aber Sie werden definitiv noch länger unter den Folgeschäden der Vergiftung zu leiden haben. Ihre Magen- und Darmschleimhäute haben Schaden genommen, genau wie Ihre Nieren und auch die Leber. Ob das Herz betroffen ist, muss die Zukunft zeigen." Er seufzte. „Ein Großteil der betroffenen Organe war durch die Menge an Rizin einer so extremen Belastung ausgesetzt, dass es dauern wird, bis sie sich regeneriert haben. Was bedeutet, dass wir Sie künftig öfter zur Kontrolle bitten müssen." Er schüttelte den Kopf. „Hätte diese Polizistin nicht in letzter Sekunde den Notarzt gerufen, wäre es zu spät gewesen. Nicht wenige Vergiftungen dieser Größenordnung gehen tödlich aus."

Alfa nickte. „Ich weiß, er hat es außer bei mir schon mit seinem früheren Schwiegervater so gemacht. Der ist daran gestorben."

Der Arzt legte den Kopf schräg. „Möglich, dass er bei ihm eine höhere Dosis verwendet hat oder der Mann gesundheitlich nicht so stabil war wie Sie."

Alfa stieß die Luft aus. „Wissen Sie denn etwas über den Zustand meines Mannes? Ihre Kollegen und auch die Schwestern ... keiner will mir etwas sagen."

Der Mann wirkte verlegen, warf einen Blick zur Tür. „Da draußen wartet jemand, der Ihnen diesbezüglich ganz sicher etwas sagen kann. Wenn Sie sich also kräftig genug fühlen, würde ich die Polizistin ..." Er brach ab, stand auf, sah sie fragend an.

Alfa nickte. „Schicken Sie sie rein. Ich schätze, ich bin ihr sowieso zu Dank verpflichtet."

Als wenig später die Tür aufging und eine Frau Mitte bis Ende vierzig eintrat, erkannte Alfa auf Anhieb, dass sie schlechte Nachrichten im Gepäck hatte. „Er ist ... tot?", stieß sie mit dünner Stimme fragend hervor.

Die Frau nickte langsam. „Und es tut mir aufrichtig leid. Ich weiß, er war Ihr Mann – trotz allem –, aber er hat mir wirklich keine Wahl gelassen." Sie räusperte sich. „Ich hab Sie schreien gehört, bin ins Haus und da sah ich ihn, über sie gebeugt, mit geballter Faust. Ich hatte nicht geplant, zu schießen, doch er griff mich an, versuchte, mir die Waffe zu entreißen, dabei muss sich der Schuss gelöst haben. Die Kugel hat ihn am Oberschenkel erwischt, was eigentlich keine tödliche Verletzung hervorruft, außer man erwischt die Hauptschlagader." Die Frau hob die Schultern, schüttelte den Kopf. „Er ist gestorben, noch während Sie im künstlichen Koma lagen und die Ärzte um Ihr Leben kämpften."

Alfa nickte.

„Er war Ihr Ehemann und ich verstehe, wenn Sie mir nicht verzeihen", erklärte die Polizistin.

Alfa sah sie an, lächelte. „Wie heißen Sie?"

„Hellin", gab die Frau zurück. „Und ich hatte schon früher, vor zehn Jahren mit Ihrem Mann zu tun."

„Sie waren mit den Ermittlungen um diesen toten Mann aus Trondheim betraut?"

Hellin nickte.

„Sie haben Iva Ostberg dafür ins Gefängnis gesperrt, in Wahrheit war es aber Olli … ich meine Fynn. Er hat ihn eigenhändig getötet, genau wie später seine Freundin Kirsti und neulich Thora. Iva selbst hat er nicht umgebracht, aber zumindest für ihren Tod bezahlt."

„Wie meinen Sie das, dass Kirsti seine Freundin war?"

Alfa schluckte. „Kirsti war von Anfang an in alles involviert gewesen. Selbst ihre Freundschaft zu Iva, ihre angebliche Liebe zu Jesper – alles pure Berechnung."

„Dann war Kirsti seine Komplizin?"

„Genau. Und weil sie umzukippen drohte, mit ihren Schuldgefühlen nicht fertig wurde, brachte er sie ebenfalls um, ließ es wie Suizid aussehen."

Hellin, die sich mittlerweile auf einen Stuhl gegenüber dem Bett gesetzt hatte, nickte langsam. „Dann müssen wir wohl davon ausgehen, dass sein allererstes Opfer Tommen Ostberg gewesen ist. Rückblickend schließt sich der Kreis und ich denke, dass er den Mann, genau wie Sie, mit Rizin vergiftet hat."

Alfa nickte. „Genauso ist es gewesen, das hat er mir erzählt. Er war so voller Hass, so … wahnsinnig kalt, dass er alles in Kauf genommen hätte, nur um …" Sie brach ab, kämpfte gegen die Tränen.

„Nur um an den Besitz seiner damaligen Frau zu kommen", vollendete Hellin ihren Satz.

Alfa riss die Augen auf. „Sie denken, er tat es des Geldes wegen?"

„Etwa nicht?", fragte Hellin.

Alfa schüttelte traurig den Kopf. „Mein Mann mag ein Mörder gewesen sein, ein Irrer vielleicht sogar, aber eines war er nicht – gierig. Übrigens ganz im Gegensatz zu Kirsti, die bestimmt nur des Geldes wegen mitmachte und weil sie in Olli … Fynn verliebt war." Sie ließ ihre Worte wirken, legte sich in Gedanken das Wichtigste von dem zurecht, was die Polizistin wissen musste, um endlich einen Fall abzuschließen, der sie augenscheinlich seit zehn Jahren nicht losgelassen hatte.

„Haben Sie denn noch etwas Zeit, damit ich Ihnen vom Schicksal seiner Mutter erzählen kann?"

Hellin rutschte ein Stück näher, sah Alfa neugierig an. „Dann tat er es ganz sicher nicht des Geldes wegen?"

„Nein", Alfa holte tief Luft. „Er hat alles nur aus Liebe getan. Aus Liebe zu seiner Mutter und jetzt lassen Sie mich Ihnen alles bitte noch einmal von Anfang an erzählen …"

EPILOG

Eigentlich hatte sie insgeheim damit gerechnet, an seinem Grab in Tränen auszubrechen oder zumindest vollkommen fertig zu sein, doch als die Urnenträger das Behältnis in die Erde hinabsinken ließen, spürte sie auf einmal so etwas wie … Erleichterung in ihrem Innern. Nicht, dass sie glücklich wäre, weil ihr Mann tot war, um Gottes willen, aber sie spürte, dass es für ihn am besten so war. Nicht nach dem Tod von all diesen Menschen, die er auf dem Gewissen hatte, sondern erst jetzt, nach seinem eigenen Ableben, würde er tatsächlich seinen Frieden finden, da war sie überzeugt.

Einzig für Stina und Joshua tat es ihr leid, wie alles gekommen war. Die beiden mussten fortan ohne Vater aufwachsen, was mit Sicherheit Spuren hinterlassen würde.

Sie seufzte leise, starrte auf das blaue Glas der Urne auf dem Boden des winzigen Grabes.

Sie fragte sich, wie sie so lange Seite an Seite neben einem Menschen hatte leben können, ohne zu merken, dass er zwei Gesichter hatte.

Sie spürte Stinas Händedruck an ihrer Rechten, sah das Mädchen liebevoll an. Wie stark ihre Adoptivtochter doch war, selbst jetzt noch, nachdem sie die ganze Wahrheit kannte.

Nach Rücksprache mit einem Psychologen hatte Alfa sich schweren Herzens entschlossen, dass die Zeit des Lügens und Verschweigens ein für alle Mal Geschichte war. Sie würde ihren beiden Kindern nicht verheimlichen, was geschehen war, würde es nicht wie Olli machen und sie jahrelang mit einer Lüge leben lassen.

Deswegen hatte sie vor einigen Tagen Stina gesagt, wer ihr Vater gewesen war und was er so vielen Menschen – unter anderem ihrer leiblichen Mutter – angetan hatte.

Natürlich waren Tränen geflossen, bittere Tränen, doch am Ende hatte Alfa das Gefühl gehabt, die richtige Entscheidung getroffen zu haben. Gemeinsam mit Stina hatten sie beschlossen, dass sie es auch Joshua sagen würden, sobald er alt genug wäre, zu verstehen.

Alfa schluckte, erwiderte den Händedruck ihrer Tochter.

Schweigend starrten sie auf das Grab von Fynn Ole Nielsen, geborener Landvik und nahmen gemeinsam Abschied. Nicht von einem Mörder oder dem Mann, der auch Alfa beinahe das Leben gekostet hatte, sondern von Olli, wie sie ihn auf seinen Wunsch hin zu Lebzeiten liebevoll genannt hatte – liebevoller Ehemann und Vater zweier wundervoller Kinder. Wenngleich sie auch nicht wusste, ob er sie tatsächlich jemals geliebt hatte.

Alfa bemerkte, dass ihr eine Träne die Wange hinablief, und wischte sie sich verstohlen aus dem Gesicht. Sie wollte nicht, dass Stina sie bemerkte, wollte stark für ihre Tochter sein, weil es vor allem dieses tapfere Mädchen war, das vor allen anderen Geborgenheit und Trost brauchen würde.

Sie spürte Stinas Blick auf sich, wandte sich zu ihr.

„Dich hat er wirklich geliebt", sagte das Mädchen und sah sie mitfühlend an, als ahne sie, was ihr noch vor wenigen Sekunden durch den Kopf gegangen war. „Nicht meine Mu…

Iva, nicht diese Kirsti, sondern dich. Ich weiß das und Joshua weiß das auch. Er liebte uns alle so sehr, doch am Ende war sein Hass eben stärker als alles andere.“

Alfa nickte, ließ die Worte ihrer Tochter auf sich wirken. Das Mädchen war erst zehn Jahre alt und doch schien es in vielen Belangen schon beinahe erwachsen zu sein. Seine leibliche Mutter musste eine wirklich tolle Frau gewesen sein, das wurde Alfa mehr und mehr bewusst, je länger sie über Stina nachdachte.

Sie lächelte, legte einen Arm um das Mädchen, zog es ganz nahe zu sich. „Ich hab dich lieb“, flüsterte sie leise und küsste Stina auf den Scheitel.

Dann wandte sie sich wieder der Zeremonie zu. Beobachtete, wie ihr toter und zu Asche verbrannter Ehemann von Erde bedeckt wurde und so sekündlich mehr und mehr aus ihrer aller Leben entschwand.

Du schaffst das, flüsterte die Stimme in ihrem Innern.

Sie schluckte.

Stimmte das?

Wäre sie wirklich eine gute alleinerziehende Mutter für ihre Kinder?

Würde sie verantwortungsvoll mit dem Erbe der Frau umgehen, die zuerst unschuldig hinter Gittern gesessen hatte und dann ermordet worden war?

Sie wusste es nicht, würde aber zumindest ihr Bestes geben!

ENDE

DANKSAGUNGEN

Liebe Leserin, lieber Leser,

diesmal das Wichtigste zuerst :-)

Es handelt sich bei „Was die Dunkelheit verbirgt" um meinen 27. Thriller. Deswegen möchte ich diesmal auch unter jenen meiner Leser, die nicht bei Facebook oder Instagram sind, ein Gewinnspiel veranstalten. Verlost werden drei Kindle Reader und mehrere Taschenbücher unter all meinen Newsletter-Abonnenten. Wer mitmachen möchte und bereits meinen Newsletter abonniert hat, muss nichts weiter tun, da er automatisch im Lostopf ist. Alle anderen schreiben mir bitte eine Mail an: autorin@daniela-arnold.com und landen somit in meinem Newsletter-Verteiler und im Lostopf.

Jetzt zu den üblichen Danksagungen: Ich danke meiner Coveragentur Zero, insbesondere Kristin Pang, für über 27 tolle Cover! Ich danke meiner Korrekteurin Claudia Heinen für ihre tolle Arbeit und das offene Ohr, das sie stets für mich hat.

Ich danke all jenen Lesern und Kollegen, die mich bei der Titel und Coverauswahl unterstützt haben.

Ich danke euch Bloggern da draußen, für all das, was ihr

für uns Autoren macht. Eure Arbeit und Mühe ist so wertvoll – danke sehr!

Ich danke meinen Kollegen für das offene Ohr in Hinsicht auf Klappentext- Bastelarbeiten (das ist wirklich keine meiner Stärken).

Besonders danke ich Susanne, Sylvia, Nicole und Emilia für eure Unterstützung rund ums neue Buch:-) Ich danke meiner Familie, die immer für mich da ist.

Meinem Schatz – auch wenn er sich bislang standhaft weigert, meine Bücher zu lesen! Meinem Sohn, der, obwohl er meine Bücher ebenfalls nicht liest, dennoch Verständnis hat, wenn ich mich tagelang im Büro verbarrikadiere.

Meinen Freunden, die mich aufbauen, wenn ich am Boden bin.

Eventuelle Fehler bei der Ermittlung meiner Protagonisten gehen übrigens einzig und allein auf meine Kappe oder sind meiner Fantasie geschuldet.

Im Übrigen habe ich mir auch in diesem Roman wieder einige künstlerische Freiheiten genommen – welche selbstverständlich nicht verraten werden :-)

Über Mails mit Anregungen und Kritik freue ich mich unter: autorin@daniela-arnold.com

DAS KLAGEN DER MÖWEN

Psychothriller

DANIELA ARNOLD

Für meine Mutter Lore-Lies

ÜBER DAS BUCH

Maries Leben verwandelt sich in einen Albtraum, als die Babysitterin ihres Sohnes brutal ermordet aufgefunden wird und alles auf ihren Mann als Täter hindeutet.

Als auf der Insel eine wahrhafte Hetzjagd entbrennt, bei der ihre Familie im Zentrum des Hasses steht, geht es für Marie plötzlich um alles. Bei ihrer Suche nach der Wahrheit, um ihre Familie zu retten, stößt sie in der Vergangenheit ihres Mannes auf düstere Ereignisse, deren Schatten bis in die Zukunft reichen.

Doch dann wird plötzlich eine weitere Leiche gefunden und Marie begreift, dass der wahre Ursprung des Bösen tief in ihr selbst verborgen liegt.

PROLOG

Ein lautes Knarzen ließ ihn aus dem Schlaf schrecken. Benommen sah er sich um, warf einen Blick auf den beleuchteten Zeiger seines Weckers. Kurz nach Mitternacht.

Er überlegte, ob es Sinn machte, die Phase des Wachseins zu nutzen, um auf Toilette zu gehen, doch dann beschloss er, es sich zu verkneifen. Die Toilettenspülung hier oben, im ersten Stock, war extrem laut und um nach unten zu laufen, fehlte ihm die Lust. Er verzog das Gesicht, als ihm klar wurde, dass er sich gerade selbst belog. Es war nicht die Lust, die ihm fehlte, sondern der Mut. Das Haus, in dem er lebte, lag weit ab vom Schuss, genau in der Mitte zwischen zwei winzig kleinen Gemeinden und am Rande eines dichten Waldes. Es war dunkel hier draußen in der Einöde. Hinzu kam, dass das Haus von einer Vielzahl an Schuppen und Nebengebäuden umgeben war, die noch zusätzliches Licht schluckten. Egal, ob Sommer oder Winter, besonders freundlich oder hell war es in diesem Haus zu keinem Zeitpunkt. Und in der Nacht … Nun ja. Der angrenzende Wald schluckte alles an Licht. Ob das, was von den umliegenden Dörfern bis hierher reichte, oder der Mondschein – dank der vielen

Bäume war es in der Nacht wirklich immer sehr beängstigend hier draußen. Dabei war er überhaupt kein Feigling, hatte mit seinen gerade mal zwölf Jahren schon so einiges auf dem Kasten, wie sein Vater behauptete, doch in Situationen wie diesen mutierte er gelegentlich wieder zum Kleinkind. So auch jetzt, als ihm bewusst wurde, weshalb er überhaupt aufgewacht war.

Das Knarzen!

Das Haus ist alt und alte Häuser machen nun mal Geräusche, beruhigte er sich im Stillen selbst, doch es half alles nichts. Da war eine Stimme in seinem Innern, die ihm anscheinend begreiflich machen wollte, dass es doch besser wäre, mal nachzusehen.

Und dann bemerkte er ihn plötzlich. Einen so schrecklichen Durst, wie er ihn noch nie zuvor verspürt hatte.

Und ja, er musste auch total dringend pinkeln.

Er schluckte gegen die Angst an, zuckte zusammen, als die Trockenheit in seinem Mund und im Hals zu einem furchtbaren Brennen wurde. Seine Zunge fühlte sich auf einmal an, als gehöre sie nicht in seine Mundhöhle, schien mit seinem Gaumen verschmolzen zu sein.

Er schlug die Decke zurück und seufzte leise, als ihm bewusst wurde, dass er einfach nicht umhinkam, aufzustehen und sein Zimmer zu verlassen. Schlimmer noch … musste er jetzt tatsächlich nach unten gehen, wenn er etwas trinken wollte. Er stand auf, schlüpfte in seine Hausschuhe, ging zur Tür. Zögernd presste er sein rechtes Ohr gegen das Holz, lauschte atemlos.

Nichts.

Erleichtert stieß er die Luft aus, drückte vorsichtig die Klinke hinunter, öffnete die Tür. Leise trat er in den Gang hinaus, blieb stehen, lauschte erneut.

Wieder nichts.

Scheinbar war es tatsächlich so, dass das Holz wegen der

Hitze des Tages in der Nacht arbeitete, sich ausdehnte und zusammenzog, deswegen das Knarzen verursachte. Er meinte, sich zu erinnern, dass sein Vater einmal etwas in dieser Art erwähnt hatte.

Beruhigt machte er sich auf den Weg zur Treppe und wollte gerade nach unten gehen, als ihm etwas auffiel.

Kurz überlegte er, dann drehte er sich um, starrte die Tür zum Schlafzimmer seiner kleinen Schwester an. Sie war nur angelehnt, obwohl es angesichts des leichten Schlafs der Kleinen beinahe Gesetz hier im Hause war, dass die Tür zu ihrem Zimmer in der Nacht geschlossen sein musste, damit sie nicht aufwachte. Vorsichtig ging er darauf zu, trat ein, runzelte die Stirn, als ihm klar wurde, dass etwas komisch war.

Das leise, gurgelnde Schnarchen der Kleinen fehlte, woraufhin er beunruhigt das kleine Behelfslicht auf der Kommode anmachte.

Das Bett seiner Schwester war leer.

Hatte sie einen Albtraum gehabt und durfte deswegen heute im Bett der Eltern schlafen?

Als er so darüber nachdachte, musste er zugeben, dass diese Erklärung durchaus Sinn ergab. Dennoch konnte er nicht einfach so tun, als sei alles in bester Ordnung. Schließlich bestand immerhin die Möglichkeit, dass sie alleine aufgestanden war und jetzt hier im Haus umher schlich, sich auf ihrer nächtlichen Exkursion schwer verletzte. Dieser Bauernhof barg unzählige Gefahrenquellen für des Nachts herumstreunende kleine Kinder.

Entschlossen ging er zum Zimmer seiner Eltern, öffnete die Tür, trat ein, zuckte zurück, als er den merkwürdigen Geruch wahrnahm.

Eine Mischung aus Kacke und Pipi und noch etwas anderem, das er nicht beschreiben konnte. Eisen vielleicht oder eine andere Art von Metall.

Er blinzelte, starrte angestrengt durch die Dunkelheit zum Bett seiner Eltern, doch er konnte beim besten Willen nichts erkennen. Daher tastete er nach dem Lichtschalter an der Wand neben der Tür, presste die Lider zusammen, als die plötzliche Helligkeit im Zimmer ihn schmerzhaft in den Augen blendete.

Als er kurze Zeit später die Augen wieder öffnete und sein Blick zum großen Ehebett seiner Eltern glitt, zuckte er zurück, prallte dabei mit dem Rücken gegen die Wand.

Für einen Moment fühlte er sich wie einem Albtraum gefangen.

Genau, sagte die Stimme in seinem Kopf, *das muss es sein, du träumst noch.*

Er hob seine rechte Hand, kniff sich mit Daumen und Zeigefinger, so fest er konnte, in den linken Unterarm, stöhnte schmerzerfüllt.

Sein Herzschlag begann zu rasen, als ihm endlich klar wurde, dass das kein böser Traum war.

Es war die Realität.

Eine grausame Realität, in der seine Eltern blutüberströmt in ihrem Bett lagen und wie durch ihn hindurch zu starren schienen.

Er konnte nicht anders, als näher zu treten, musste seinen Vater berühren, wenigstens mit einem Finger anstupsen, nur um ganz sicher sein zu können, dass es echt war.

Dass da tatsächlich seine Eltern vor ihm auf dem Bett lagen, tot und vollkommen blutüberströmt mit eingeschlagenen Schädeln.

Als sein rechter Zeigefinger die kühle Haut seines Vaters traf, zuckte er zusammen. Plötzlich prasselte alles auf ihn ein. Angst, Verzweiflung, Wut und unendliche Trauer.

Wer hatte seinen Eltern das nur angetan?

Wer tat ihm so was an?

Wer überhaupt brachte es fertig, einem anderen Lebewesen etwas derart Entsetzliches anzutun?

Seine Kehle fühlte sich jetzt an, wie zugeschnürt, und er hatte große Mühe, Luft zu holen.

Als er spürte, dass etwas Dunkles und Beängstigendes aus ihm hervorzubrechen drohte, trat er den Rückzug an.

Auf keinen Fall durfte er jetzt die Nerven verlieren! Zuerst musste er sich um die Kleine kümmern, sie finden.

Ein Stromschlag ging durch sein Innerstes.

Und was, wenn derjenige, der seinen Eltern das angetan hatte, nun seine Schwester gefangen hielt?

Er musste nach unten, die Polizei anrufen, anschließend das Haus durchsuchen, um sich einen genauen Überblick über das Grauen verschaffen zu können.

Und ja, natürlich hatte er furchtbare Angst davor, doch wie hatte sein Vater neulich erst gesagt?

Wenn er selbst nicht zu Hause war, musste eben er die Rolle des Mannes auf dem Hof übernehmen.

Er musste sich zwingen, den Blick von seinen übel zugerichteten Eltern loszureißen, trat den Rückzug an.

Mit hämmerndem Herzen stieg er Stufe für Stufe hinunter, musste sich bei jedem Zentimeter, den er zurücklegte, zwingen, weiterzugehen. Unten angekommen, schlich er auf Zehenspitzen zum Telefon im Gang, wollte gerade nach dem Hörer greifen, als er einen Luftzug im Rücken spürte. Er wirbelte herum, sah in etwa zwei Metern Entfernung die Umrisse eines Menschen vor sich. Oder vielmehr die eines gesichtslosen Schattens, denn viel mehr war es nicht, das er erkennen konnte.

Der Schatten hatte einen länglichen Gegenstand in seiner rechten Hand, kam langsam auf ihn zu.

Als ihm bewusst wurde, dass das eine Axt war, spürte er, wie seine Blase nachgab. Heißer Urin schoss aus ihm hervor, durchnässte seine Hose, lief warm über seine Oberschenkel bis zu den Knöcheln hinunter.

Der Schatten legte den Kopf schief und seufzte.

Für einen Moment schien es ihm, als hätte er sogar einen leisen Fluch ausgestoßen.

„Du hättest einfach im Bett bleiben sollen, junger Mann", sagte der Schatten schließlich zu ihm und klang, als würde er es wirklich bedauern, ihn hier unten anzutreffen.

Panisch wich er zurück, rang mit sich, ob er eine Chance hatte, wegzulaufen.

Zu spät.

Der Schatten war jetzt ganz nah, hob die Axt hoch.

Lieber Gott, bitte, bitte, hilf mir!, betete er im Stillen, doch es war zu spät, selbst für Hilfe von ganz oben.

Die Axt sauste auf ihn hernieder und die Wucht des Aufpralls riss ihn zu Boden.

Er hatte keinerlei Schmerzen und doch wusste er instinktiv, dass dies hier das Ende vom Anfang war.

Merkwürdigerweise hatte er keine Angst mehr vorm Sterben, jetzt, wo er quasi schon mitten dabei war. Das einzig Beängstigende war, dass er nun niemals erfahren würde, was seiner kleinen Schwester zugestoßen war.

Er hörte ein Klappern, begriff, dass es seine Zähne waren, die aufeinander schlugen.

Plötzlich war ihm kalt … schrecklich kalt.

„Warum?", brachte er mühsam hervor.

„Ist das noch wichtig?", wollte der Schatten wissen.

„Für mich, ja", sagte er schwach.

„Okay." Ein Seufzen erklang. „Dann erzähle ich dir jetzt deine letzte Gute-Nacht-Geschichte. Leider hat sie kein Happy End."

Rieke stand gerade wohlig seufzend unter der Dusche, als das schrille Tröten ihres Festnetztelefons die Stille des frühen Morgens durchbrach. Sie zuckte zusammen, überlegte kurz, ob sie ihre morgendliche Wachwerdzeremonie unterbrechen sollte, entschied schließlich, dass der Anrufer es gefälligst später noch mal versuchen sollte oder sie gegebenenfalls zurückrufen würde. Sie ignorierte das Klingeln, schloss die Augen, genoss den würzig frischen Duft ihres Lieblingsduschschaums auf der Haut.

Wieder klingelte das Telefon, außerdem meinte Rieke, aus dem Schlafzimmer den Klingelton ihres Handys wahrzunehmen. Wenn es jemand auf beiden Leitungen gleichzeitig versuchte, musste es etwas Berufliches – sprich Wichtiges – sein.

„Verdammte Scheiße", fluchte sie, wusch sich den letzten Rest Shampoo aus den Haaren und trat aus der Duschkabine. Innerhalb der letzten zwanzig Jahre ihrer polizeilichen Laufbahn hatte Rieke es perfektioniert, sich innerhalb von weniger als fünf Minuten fertig zu machen. Sie rubbelte ihren rotblonden Pagenkopf trocken, verzichtete aufs Kämmen, zupfte sich stattdessen auf dem Weg ins Schlafzimmer die

Strähnen nur mithilfe ihrer Finger zurecht. Als sie schließlich fertig angezogen und noch mit feuchten Haaren einen Blick aufs Display ihres Smartphones warf, zog sich ihr Magen zusammen.

Ihr Kollege Uwe Petersen hatte innerhalb der letzten Viertelstunde viermal angerufen und sie zudem mit Textnachrichten bombardiert.

Sie überflog seine Zeilen, stieß ein erschrockenes Keuchen aus.

„Du musst sofort herkommen, in Rantum wurde heute Morgen eine Leiche gefunden!", stand da geschrieben und augenblicklich spürte Rieke, wie die Wärme durch die morgendliche heiße Dusche einem Gefühl der inneren Kälte wich. Sie drückte auf Rückruf, wartete, bis Uwe dran war.

„Hab dich in der Dusche nicht gehört", flunkerte sie und kreuzte instinktiv Zeige- und Mittelfinger.

„Wie schnell kannst du hier sein?", wollte Uwe wissen.

„Zehn Minuten", gab Rieke zurück und bedauerte im Stillen, dass dieses Zeitfenster weder eine schöne Tasse Kaffee, noch ein Frühstück zuließ.

Egal, dachte sie, dann gab es eben später dafür ein deftiges Mittagessen.

„Wissen wir schon etwas Genaueres?", fragte sie.

Uwe am anderen Ende der Leitung schwieg sekundenlang, dann ertönte ein Räuspern.

„So wie die Kollegen von der Streife vorhin am Telefon meinten, handelt es sich um eine junge Frau … fast noch ein Kind. Und allem Anschein nach wurde sie brutal ermordet."

Rieke sog bestürzt die Luft ein.

„Wer ist aktuell vor Ort?"

„Im Moment nur die Streife und eine Zivilistin. Es handelt sich um eine Joggerin. Sie hat die Leiche vor einer knappen halben Stunde entdeckt und sofort bei der Polizei angerufen. Die Kollegen haben bereits den diensthabenden

Arzt informiert und warten jetzt nur noch auf uns und die Spurensicherung."

„Am besten schickst du mir die Koordinaten aufs Handy, dann treffen wir uns in ein paar Minuten direkt vor Ort."

———

Beim Fundort der Leiche handelte es sich um den Abschnitt in der Nähe des Hundestrandes. Sie stellte ihren Wagen auf dem bereits gut gefüllten Parkplatz ab, machte sich zu Fuß auf den Weg. Sie erkannte von Weitem das gelbe Absperrband, registrierte das geschäftige Treiben ihrer Kollegen, verspürte den Anflug eines schlechten Gewissens, weil sie nicht gleich beim ersten Klingeln des Telefons rangegangen war.

Andererseits, sagte sie sich, war sie diejenige, die am Abend immer am längsten blieb, weil sie die Einzige in ihrer Abteilung war, auf die am Abend keine Menschenseele zu Hause wartete.

Als sie schließlich ihren Kollegen Uwe Petersen am Anfang des Holzsteges erkannte und sah, wie er sich mit beiden Händen durch das dichte und von grauen Strähnen durchsetzte Haar fuhr, fing sie an, zu rennen.

Uwe und sie arbeiteten inzwischen seit einem knappen Jahr zusammen und hatten einander mittlerweile sehr gut kennengelernt. So gut sogar, dass Rieke auf Anhieb sah, dass Uwes Gestik von Verzweiflung zeugte.

„Tut mir leid, dass ich nicht gleich rangegangen bin", keuchte sie und rang nach Luft.

Er nickte, musterte sie düster. „Ich hoffe, du hast noch nichts gegessen, denn der Anblick ist ziemlich …" Er stockte, sah auf einmal aus, als müsse er jeden Augenblick in Tränen ausbrechen.

„Unappetitlich", beendete Andreas Wollmer, ein Kollege der Spurensicherung, Uwes Satz.

Andreas Wollmer war mit seinen zweiundfünfzig Jahren ein alter Hase bei der Kripo, doch auch ihm sah man an, wie nahe ihm dieser Leichenfund ging.

„Gibt es schon eine Vermutung, um wen es sich handelt?", wollte Rieke wissen und sah zwischen Uwe und Andreas hin und her. Beide wechselten einen Blick miteinander, wirkten auf einmal merkwürdig betreten, fast schon verstört.

„Was ist hier los?", fragte Rieke und konnte nicht verhindern, dass ihre Stimme auf einmal ungeduldig klang. Uwe holte tief Luft, sah sie an. „Du kennst doch Sven Thomsen oder? Er ist Internist in der Klinik hier auf der Insel."

Rieke nickte, spürte, wie sich ihre Innereien verkrampften. „Was ist mit ihm? Ich dachte, die Leiche sei weiblich?"

„Ist sie auch", kam es von Andreas Wollmer. „Uwe ist sich absolut sicher, dass es sich bei der Toten um Svens ältere Tochter Juna handelt."

Für einen Moment lang fühlte Rieke sich, als habe jemand ihr mit Wucht gegen den Solarplexus geschlagen. Sie bekam kaum Luft, hatte Mühe, sich auf den Beinen zu halten. Plötzlich brach alles wieder an die Oberfläche. Sven und sie … vor mehr als zwanzig Jahren. Sie kannten einander schon so lange, seit sie Kinder waren beinahe, doch so richtig zwischen ihnen gefunkt hatte es erst in der Oberstufe. Sie waren so verliebt gewesen. Hatten heiraten wollen. Bis Svens Medizinstudium und die damit verbundene Distanz einen Keil zwischen sie beide getrieben hatte. Es war furchtbar gewesen, als sie ihm gesagt hatte, dass für sie eine Fernbeziehung nicht länger infrage kam, weil es da einen anderen gab. Sven war so traurig gewesen. Verletzt und vollkommen am Boden zerstört. Deswegen hatte Rieke sich wirklich für ihn gefreut, als er auf der Uni schließlich seine spätere Frau und Mutter seiner beiden Töchter kennenlernte.

Mara und er waren ein Traumpaar gewesen und obwohl sie gewusst hatte, dass Rieke und ihren Mann mehr als nur eine ehemalige Freundschaft verband, hatte sie ihr von Anfang an nur Freundlichkeit entgegengebracht. Mara war genau wie Sven ein großartiger Mensch gewesen, bis eine furchtbare Tragödie sie vor knapp fünf Jahren aus dem Leben gerissen hatte. Sie war auf dem Weg zu einem Notfall in die Klinik gewesen, als ein erschöpfter Lkw-Fahrer sie übersehen und von der Fahrbahn gedrängt hatte. Mara war noch an der Unfallstelle gestorben und hatte einen untröstlichen Mann und zwei vollkommen verstörte Töchter hinterlassen.

Von Uwe wusste sie, dass Sven fortan alles gegeben hatte, um seinen Job in der Klinik genau wie die plötzlich alleinige Verantwortung für zwei Kinder unter einen Hut zu kriegen.

Sie wusste außerdem, dass Juna nach ihrer Mutter schlug und Sven den Boden anbetete, auf dem das Mädchen wandelte. Oder bis heute gewandelt war – falls es stimmte, dass es sich bei der Toten um Juna handelte.

Sie selbst musste bei der Identifizierung leider passen, denn obwohl sie von der Insel stammte, hatte sie innerhalb der letzten Jahre kaum noch Kontakt zu Sven gehabt, wusste also nicht, wie Juna heute aussah. Rieke hatte sie zuletzt auf der Beerdigung von Mara gesehen, da war das Mädchen gerade 14 Jahre jung gewesen.

Damals war sie noch bei der Kripo in Hamburg gewesen, weil sie wegen ihres Ex-Mannes von der Insel in die Hansestadt gezogen war und sich dorthin hatte versetzen lassen. Nach der Scheidung vor einem knappen Jahr hatte sie beschlossen, dass es Zeit war, nach Hause zurückzukehren. Es war pures Glück gewesen, dass sie diese Stelle bekommen hatte, und sie vermutete, dass sie es Beeke Hermann, ihrer Vorgesetzten, zu verdanken hatte. Beeke war seit drei Jahrzehnten bei der Polizei und schon früher – vor Riekes Wegzug nach Hamburg – ihre Vorgesetzte gewesen.

Sie sah Uwe forschend an. „Und du bist absolut sicher, dass es sich um Svens Tochter handelt?"

„Selbstverständlich, verdammt!" Er sah sie böse an. „Ich kenne das Mädchen, als wäre es mein eigenes Kind."

Rieke schluckte hart. Natürlich wusste sie, dass Sven Thomsen und ihr Kollege Uwe Petersen dicke Freunde waren, und zwar bereits seit Kindergartentagen.

Sie ignorierte den emotionalen Ausbruch ihres Kollegen, sah ihn an. „Ich will es mir mit eigenen Augen ansehen, dann reden wir weiter, okay?"

———

Die Leiche lag in einer Sandeinbuchtung in den Dünen, umgeben von dürrem Strandhafer und hätte leicht übersehen werden können, stünde nicht das linke Knie ein Stück weit zwischen den Halmen hervor. Rieke ging an ihren betreten dreinschauenden Kollegen der Spurensicherung vorbei, reichte dem diensthabenden Arzt die Hand. Der Mann verzog das Gesicht und Rieke wurde klar, dass auch er das Mädchen zu Lebzeiten gekannt haben musste.

„Ich hab den Totenschein ausgestellt", erklärte er. „Die endgültige Todesursache muss bei der Obduktion geklärt werden." Er räusperte sich, sah Rieke finster an. „Ein grauenvoller Anblick und das Geschrei noch dazu." Er brach ab, schüttelte sich.

„Welches Geschrei?", fragte Rieke und sah den Mann stirnrunzelnd an.

Er riss die Augen auf. „Hören Sie das nicht?" Er machte eine ausladende Armbewegung in Richtung des Himmels.

Rieke folgte seinem Blick, zuckte zusammen.

Warum war ihr das nicht selbst aufgefallen?

Sie betrachtete einen riesigen Schwarm Möwen ein paar Meter über ihnen, die aufgeregt herumflogen und laut kreischten. Sie sah den Arzt an. „Das sind Fleischfresser. Vielleicht sind sie wegen des Leichengeruchs so aufgeregt."

Der Mann schüttelte langsam den Kopf. „Ich schätze den Todeszeitpunkt auf die vergangene Nacht", erklärte er schließlich. „Die Viecher hätten also genug Zeit gehabt, sich an der Leiche gütlich zu tun, und haben sie in Ruhe gelassen." Er brach ab, sah erneut gen Himmel. „Hören Sie das wirklich nicht?", wollte er von Rieke wissen.

Sie erschrak, als Uwe plötzlich neben ihr auftauchte, sich verstohlen ein paar Tränen aus dem Gesicht wischte.

Sie sah ihn an. „Vielleicht solltest du darüber nachdenken … na ja … du kanntest sie, verstehst du? Du könntest den Fall abgeben, dich da rausnehmen, wenn dir das alles zu nahe geht."

Er schüttelte unwirsch den Kopf. „Das kann ich nicht."

Rieke seufzte innerlich, nickte aber. Sie verstand ihren Kollegen und wenn sie ehrlich war, konnte sie nachvollziehen, wie es ihm ging. Sven sagen zu müssen, dass er nach Mara nun auch noch seine älteste Tochter verloren hatte … Allein bei der Vorstellung wurde es Rieke eiskalt. Selbstverständlich wollte Uwe bei den Ermittlungen dabei sein, damit er an vorderster Front stand, wenn es Neuigkeiten gab, die relevant für die Familie des Opfers waren.

Das Kreischen der Möwen war inzwischen so laut, dass es Rieke in den Ohren wehtat.

Sie schüttelte genervt den Kopf.

„Hast du so was schon mal erlebt?", fragte nun auch Uwe mit brüchiger Stimme. Er sah sie an, deutete nach oben zu dem Schwarm Wildvögel über ihnen. „Das ist kein normales Geschrei, verstehst du? Stattdessen klingt es fast, als ob die Möwen ganz schrecklich heulen würden."

ÜBER DIE AUTORIN

Die Thriller-Autorin Daniela Arnold wurde 1974 geboren und lebt mit ihrer Familie im schönen Bayern. Daniela Arnold hat Journalismus studiert und viele Jahre als freie Autorin für zahlreiche und namhafte Zeitschriften gearbeitet.

Sie schrieb mit *Lügenkind* und *Scherbenbrut* zwei Kindle Top 1 Bestseller und Bild-Bestseller.

Mit ihrem Thriller - *Die Nacht gehört den Schatten* - schaffte es die Autorin unter die Finalisten des Kindle Storyteller Award 2020.

www.ingramcontent.com/pod-product-compliance
Lightning Source LLC
Chambersburg PA
CBHW021946120726
47992CB00001B/172